생각하는 정원

생각하는 정원

1판 1쇄 발행 2004. 5. 20.
2판 1쇄 발행 2006. 4. 17.
3판 1쇄 발행 2014. 7. 18.
　3쇄 발행 2017. 10. 27.

지은이 성범영

발행인 고세규
편집 박주란 | 디자인 길하나

발행처 김영사
등록 1979년 5월 17일 (제406-2003-036호)
주소 경기도 파주시 문발로 197(문발동) 우편번호 413-120
전화 마케팅부 031)955-3100, 편집부 031)955-3250 | 팩스 031)955-3111

값은 뒤표지에 있습니다.
ISBN 978-89-349-6898-6 03810

독자 의견 전화 031)955-3200
홈페이지 www.gimmyoung.com　　블로그 blog.naver.com/gybook
페이스북 facebook.com/gybooks　　이메일 bestbook@gimmyoung.com

좋은 독자가 좋은 책을 만듭니다.
김영사는 독자 여러분의 의견에 항상 귀 기울이고 있습니다.

이 도서의 국립중앙도서관 출판예정도서목록(CIP)은 서지정보유통지원시스템 홈페이지(http://seoji.nl.go.kr)와
국가자료공동목록시스템(http://www.nl.go.kr/kolisnet)에서 이용하실 수 있습니다.(CIP제어번호: CIP2014028298)

한 농부의 돌과 나무 사랑, 그리고 삶의 이야기

생각하는 정원

성범영 지음

김영사

이곳에서 나는 위대한 철학을 발견했습니다.
이곳은 열정과 오감의 연결장입니다.
이 장소에서 나는 가톨릭교회의 성인이신
성 베르나도(14세기경)께서 말씀하신
다음의 문장을 떠올리게 되었습니다.
"우리는 책보다도 숲 속에서 더 많은 것을 배울 수 있습니다.
바위와 나무들은 그 누구도 가르쳐줄 수 없는
'비밀'들을 우리에게 가르쳐줄 것입니다."

프랑스인 신부 크렉 알렉스

평화와 행복의 정원에서

우리 생각하는 정원의 테마는 '평화'이다. 세상의 시끄러운 풍파에서 벗어나 맑고 밝은 꿈이 피어나는 고요와 사색의 정원으로 사람들이 들어오기만을 기다리고 있다. 나무와 돌과 물이라는 자연의 짝꿍들이 모인 생각하는 정원은 사람을 위한 장소이다. 그러므로 우리 정원이 많은 사람의 마음에 평화와 행복을 주기를 바란다.

　가장 행복한 순간은 생각하는 정원에서 행복한 얼굴로 미소를 가득 짓고 있는 사람들을 만날 때이다. 우리 정원이 그들에게 마음의 평화와 즐거움을 주었다면 내게 그보다 기쁜 일은 없다.

　정원에서 하루해를 보내다 보면 사람들은 내게 분재에 대해, 나무에 대해 묻곤 한다. 이 질문에 대답하면 저것이 궁금하다고 하고, 저 질문에 대답하면 금방 또 다른 것이 궁금하다고 한다. 분재와 나무는 처음 관심을 가지기 시작한 사람들이나 웬만큼 세월이 흘러 소위 '나무를 만질 줄 안다'고 하는 사람들이나 궁금한 점이 한둘은 있게 마련이다. 궁금증을 서로 얘기하다 보면 대개 질문은 새로운 질문으로 이어진다. 내가 바로 그렇게 분재를 배웠으니 그들의 심정을 알고도 남는다. 그러나 한없이 묻고 대답할 수는 없는 일이다.

아쉬워하며 떠나는 사람들을 보면서 분재와 나무에 관한 책이 필요하겠구나, 내 생각을 정리해서 책으로 내놓으면 어떨까, 하는 생각을 하곤 했다. 그래서 그동안 틈틈이 써둔 글을 정리하기 시작했다. 여기저기서 강의한 내용과 잡지에 기고한 글들을 새롭게 정리했고, 부족한 부분은 다시 쓰고 보충했다. 그리고 이제 우리 생각하는 정원을 아껴주시고, 분재와 나무를 사랑하는 분들께 조금이나마 도움이 되기를 바라는 마음으로 용기를 내어 세상에 내놓는다.

이 책이 나오기까지 고마움을 전해야 할 분이 너무나 많다. 특히 고맙고 감사한 것은 신이 축복한 황금의 땅, 제주도의 자연환경이다. 분재와 나무가 좋아하는 따사로운 제주도의 햇살과 높고 푸른 하늘, 초록의 산과 들, 제주도의 비와 바람이 있었기에 지금의 생각하는 정원이 태어날 수 있었다.

제주도와 인연을 맺게 해준 친구와 마을 주민들, 외지인인 내가 제주도에 정착할 수 있도록 도움과 배려를 아끼지 않은 김경석 사장 내외분,

생각하는 정원 공사를 위해 많은 도움을 주신 여러분, 개원 후 일개 농부가 만든 정원을 일찍이 방문해 '세계적인 정원'이라고 평가해준 중화인민공화국 장쩌민 전 국가주석과 후진타오 전 국가주석 및 각 지도부와 언론사 간부들, 감동과 격려의 편지를 보내준 세계 각국의 명사들과 언론인들, 생각하는 정원이 IMF 외환 위기로 인해 어려움에 처했을 때 격려해주신 많은 분, 제주도 행정 당국과 언론인 여러분, 그 외에도 어려울 때 힘이 되어주신 많은 분께 깊은 감사를 드린다.

그러나 언제나 미안함이 앞서는 사람들이 있다. 아침 일찍부터 밤늦게까지 묵묵히 고된 하루를 보내는 우리 직원들, 도시에서 잘나가던 사업을 접고 황무지로 내려온 고집쟁이 남편을 만나 평생을 농부의 아낙으로 살아온 아내, 직원들과 함께 생각하는 정원을 지키고 있는 장성한 아들과 딸, 이들에게는 고마움보다 늘 미안함이 앞선다. 그저 내일을 기약하자는 말로 고맙고도 미안한 내 마음을 전할 뿐이다.

정원은 언제나 요동친다. '요동치는 고요'가 정원이라는 우주의 작동 원리이다. 언뜻 정원의 생명들이 저절로 자라고 저절로 꽃피고 저절로 열매 맺는 것처럼 보일지 몰라도 그들은 좁쌀만 한 새순을 틔우고 조그만 꽃봉오리를 벌리기 위해 몇 달, 몇 계절 전부터 준비하고 계획을 세운다. 그러니 부지런하지 않은 자는 정원을 지킬 수가 없다.

부지런한 자를 더욱 부지런하게 만드는 정원! 거기에는 언제나 나를 기다리는 나무들이 있다. 그러므로 내 모든 이야기는 나무로부터 시작되고, 나무로부터 끝을 맺는다. 나에게 나무를 만지는 일은 연애요, 노동이요, 생각이요, 공부이다. 이 책은 내가 정원에서 나무를 만나 사랑하고 일하고 생각하고 공부한 것들에 관한 기록이다. 나는 문필가도 아니요, 제대로 학교 공부를 하지 못한 농부이다. 책으로 엮기엔 아직 부족한 점이 많지만 이제 나무를 사랑하는 모든 분과 이 조그만 기록을 나누고 싶다. '나무'로 통하는 즐겁고 아름다운 비밀! 그것을 나누고 싶다.

개정 증보판을 내면서

생각하는 정원은 1992년 7월 30일, 분재예술원이라는 이름으로 개원했다. 2004년《생각하는 정원》으로 책을 내어 함께 사용해오다 2007년 개원 15주년과 한중 수교 15주년 기념식을 거치며 '생각하는 정원'으로 정식 개칭했고, 이에 상호와 일부 내용을 교정해 2014년 개정 증보판을 내게 되었다. 개척에 손댄 지 46년, 개원 22주년, 그간 수많은 고난과 역경을 딛고 오늘에 이르러 전 세계 전문가들로부터 '세계에서 가장 아름다운 정원'이라는 평가를 받고 있지만 아직은 부족하고 미흡하다. 더 보충하고 다듬어 세계인들의 큰 사랑을 받는 '생각하는 정원'으로 거듭나는 것만이 보답하는 길이라고 생각한다.

2014년 성범영

평화와 행복의 정원에서 6

1
나무를 만지는
즐거움

인간의 꿈을 키워주는 나무 14 • 몸살을 앓는 소사나무 34 • 살아서 천년 죽어서 천년, 주목 47 • 돌을 껴안은 느릅나무 59 • 물 주기 3년, 정들기 3년 71 • 꽃 피는 봄이 오면 79 • 나의 우주, 나의 녹색 정원 91 • 작은 분재 하나의 힘 99 • 분재에 대한 편견과 오해 114 • 그와 마주 보면 마음이 편해지네 124

2

평화의
정원에서

나무와 돌의 얼굴을 찾아주는 일 142 ● 자연과 사람 그리고 분재 158 ● 돌에 미친 돌챙이 169 ● 일본 분재문화 기행 183 ● 생각하는 정원과 새마을 운동 197 ● 제주도 정자목, 팽나무 202 ● 알 수 없는 나무, 알 수 없는 날씨 207 ● 나무 중의 나무, 소나무 214 ● 향기로운 나무, 한국향나무 222 ● 선비 같은 나무, 구상나무 229 ● 한 송이 동백꽃이 떨어질 때 234 ● 겨울에 꽃잔치를 벌이는 괴불나무 240

3

생각하는 정원의
꿈

나무 인생의 시작 248 ● 모든 것을 걸고 시작된 꿈 277 ● IMF라는 비운의 태풍이 몰아치다 289 ● 중국과의 특별한 인연 299 ● 명사들이 남기고 간 이야기 325 ● 세계인과의 만남 340 ● 생명의 소리들 361 ● 나는 행복한 꿈동이 366

추천의 글 375

1

나무를
만지는 즐거움

봄날, 나무들이 꽃봉오리를 벌리는 순간은 짧다.
그러나 그 순간을 기다려온
나무들과 나의 마음은 오래 묵은 것이다.

인간의
꿈을
키워주는
나무

인 간 을 만 나 는 분 재

개구쟁이이던 어린 시절, 내 고향에는 봄이 되면 뒷동산에 개나리, 진
달래, 벚꽃이 만발했다. 이웃의 한 노선비가 100평쯤 되는 정원에서 아
름다운 꽃나무를 키우고 있었는데, 온갖 아름다움과 신비가 그곳에 있
는 듯싶어, 꽃 피는 계절이면 나는 늘 홀린 듯이 그 정원으로 달려가곤
했다. 그런데 노선비는 아이들을 정원 근처에 얼씬도 하지 못하게 했
다. 나는 먼발치에서 목단, 철쭉, 개나리 등 아름다운 꽃이 불타는 정원
을 훔쳐보곤 했다. 그때 그 할아버지가 엄한 분이 아니어서 정원을 실컷
구경할 수 있도록 해주었더라면 어찌 되었을까? 오늘날 내 분재 인생이

가능할 수 있었을까?

크지는 않지만 잘나가던 가게를 서울에 두고 라디오에서만 들어본 제주도에 땅을 사기까지, 그리고 온갖 우여곡절을 겪으며 분재정원을 만들기까지, 꽃과 나무를 사랑해 아름다운 나무들을 보면 황홀하던 어린 시절의 강한 욕망이 가슴속 어딘가에 도사리고 있던 것은 아닌지.

분재를 시작한 것이 결코 어느 순간의 낭만에 의해 결정된 일이 아니었음에도 머릿속에는 늘 어린 시절 노선비의 그 신비로운 정원이 떠오르곤 한다.

나무와 함께한 지 어느덧 반세기가 흘러 검은 머리가 백발이 되었다. 그동안 나무에 정을 쏟아붓고, 그것을 나무에게서 더 큰 것으로 돌려받는 즐거움이 있었다. 사람들을 만나는 기쁨도 컸다.

분재는 바람이 잦고 돌이 많은 섬과 같은 환경에 소재가 많은 편이다. 나무의 씨가 섬의 한구석에 날아내려 자라기 시작한다. 바위에 가려져 있을 때는 성장하기가 쉽다. 그러나 바위보다 더 크게 성장해 밖으로 나오게 되면서부터는 바람의 괴롭힘을 당한다. 햇빛과 비를 맞으며 가지들이 무성하게 자라는 어느 날 거대한 태풍이 불어온다. 나무들은 혼신을 다해 몸부림치며 싸우지만 끝내는 가지들을 잃고 만다. 커다란 아픔을 겪기는 했지만 나무는 가지가 부러지면서 태풍에도 생존할 수 있는 자세를 갖추게 된다. 나무는 자신을 추슬러 다음 해에 새로운 가지를 만들어낸다. 또 태풍이 불어와 가지들은 사정없이 부러지고……

나무의 생장 활동은 끊임이 없다. 이런 과정을 반복하며 나무의 엑기스만 남게 된 것들이 자연의 분재가 되는 것이 아닐까. 부러진 가지는 마디를 만들어내고, 표피에는 그 연륜이 배게 된다. 많은 고통과 싸워 이긴 나무일수록 수형이 격을 갖추어 사람들의 사랑을 더 받게 되는 것이다. 인간도 마찬가지이다. 시련을 겪으며 끊임없이 경쟁력을 높인 인간이 더 아름답다.

　분재로 가까이 다가가 보면 알 것이다. 각기 다른 분재마다 인간에게 뭔가를 전하려고 한다. 우리 생각하는 정원의 팽나무 밑에서 더위를 식히다 보면 저도 몰래 팽나무의 아름다움에 탄복하게 된다. 팽나무는 제주도 마을마다 있는 정자목이다. 제주도 마을의 중심부마다 커다란 팽나무가 있을 정도이다. 천부적 예술성을 지니고 태어난 팽나무의 수형을 바라보노라면 세파와 홀로 싸우며 자신의 모습을 만들고 있다는 느낌이 든다. 팽나무의 아름다움은 모진 세파 속에서 다듬어진 수형미에서 비롯되기 때문이다. 예술적이라는 것은 그만큼 많은 고난을 극복했다는 뜻이 아닐까.

　살아서 천년, 죽어서 천년이라는 주목이 오래 사는 비결은 무엇일까. 일반적인 나무들은 줄기가 크면 뿌리도 크지만, 주목은 줄기가 커도 뿌리 끝은 실뿌리처럼 가늘다. 그래서 물을 흡수하는 양이 적고 강한 햇빛을 싫어하는 편이라 성장이 늦다. 더구나 이런 약점을 극복하기 위해 모든 적극적 요소를 동원해 활력소를 만들며 생존한다. 그런 피나는 노력이 수령 천년을 이어주는 것이 아닐까.

주목은 죽어도 잘 썩지 않아서 살아 있는 부분과 더불어 조화를 이루며 공존해 새로운 아름다움을 창조한다. 죽어서도 천년을 사는 것이다. 주목의 의지에서 우리는 혼신을 다해 치열하게 살아가는 나무의 자세를 배우게 된다.

우리 생각하는 정원에는 속이 썩은 매화나무가 있는데 수령이 100년 정도 된다. 가까이 가서 보면 몇 그루의 나무를 합쳐놓은 것같이 굵은데, 사실은 합쳐놓은 것이 아니고 가운데가 썩어서 속이 넓어진 것이다. 나무는 본래 목질부인 가운데 부분이 약하고 표피부가 강하다. 그래서 오래된 나무들은 가운데가 썩어서 공동화 현상을 일으키게 된다. 나무도 속이 썩으면 통이 넓어지는 것처럼 사람도 속이 썩으면 마음이 넓어지게 되는 것일까. 생각하는 정원을 일구는 동안 어려운 일에 수없이 봉착했다. 힘들고 고민스러울 때면 나는 이런 생각을 하며 자신을 추스르곤 한다.

꽃은 작지만 향기는 그윽한 겨울의 매화, 모습은 화려하지만 독이 많은 여름의 유도화, 못생기고 직접 먹지도 못하지만 향기가 짙은 모과, 동박새가 없으면 꽃이 필 수 없지만, 일단 피면 가장 아름다울 때 당돌하게 꽃 이파리를 떨어뜨리는 동백, 이파리가 먼저 나온 후 꽃이 피는 사과 또는 배나무, 꽃이 먼저 피고 나중에 이파리가 나오는 홍괴불나무와 매화, 그런가 하면 각기 제 계절에 꽃을 피우는 나무들, 나무마다 지닌 독특한 향기, 춘하추동, 조석으로 변화하는 모습.

곰곰이 생각해보면 나무마다 제 모습이 따로 있다. 다양한 삶의 방식으로 인간에게 자연의 이치를 가르치는 모양이다. 결국 그들 속에서 나를 만나곤 한다. 오, 그래, 그런 거야, 정말 그렇구나, 라며 맞장구를 치게 된다. 나무에 몸과 마음을 빼앗긴 내 인생이 마치 어떤 구도자처럼 보인다.

분재는 천시지리인화天時地理人和가 이뤄져야 아름답다. 나무는 하늘의 천기를 받아 흙에 뿌리를 내리고, 자연의 시련을 겪는다. 인간의 마음과 우주의 시간이 머무른 자리에 연륜을 다진다. 아프며 인내하며 조화하며 이루어진 것이 분재예술 아니겠는가.

분재는 실내가 아닌 실외에서 자라기에 햇빛, 공기, 비, 눈, 바람을 맞아야 더 아름답다. 그래서 나는 우리 정원의 분재들을 혼자서 만들었다고 생각하지 않는다. 하늘의 햇빛, 자연의 섭리가 아니면 만들 수 없다.

분재는 허리를 낮추고 밑에서 쳐다보며 감상해야 그 아름다움을 제대로 볼 수 있다. 튼튼하고 잘 뻗은 뿌리의 모습, 연륜을 나타내는 웅장한 자태, 조화와 변화를 갖춘 가지의 방향, 인위적으로 만들었으되 인위적 흔적이 없이 자연스러운 기품, 전체적으로 균형과 조화를 이룬 자세, 기른 사람의 개성…….

분재 앞에서는 반드시 허리를 낮춰야 하는 것처럼, 분재를 만나면 자연에 겸허하고 하늘에 감사하는 자세와 마음이 생긴다. 분재는 인간을

가르치는 스승이요 철학이라는 것을 나는 늘 깊이 느끼곤 한다.

　우리 정원의 분재들은 나에게 애틋한 자식이나 다름없다. 일부 손님이 어느 분재가 더 값진 거냐고 물을 때마다 서운한 까닭이 여기에 있다. 분재 하나를 키우는 데 10년 또는 30년 이상도 걸린다. 눈이 오나 비가 오나 바람이 부나 내게는 모두가 똑같이 소중한 자식과 같다. 분재에는 생명의 귀중함과 견줄 만한 사랑, 아픔과 기쁨이 가득 사무쳐 있다.

　나는 젊은이들에게 분재를 볼 때 그냥 겉만 보지 말고 그 옆에 써놓

───

육송

은 글을 읽으며 자신과 비교해보라고 말한다. 저 분재가 저렇게 아름다워지기까지는 나무도 긴 세월의 고통을 감수했고, 만든 사람도 수년 동안 깊은 애정과 함께 고뇌하고 수고했다. 하물며 사람이야. 사람도 사회로부터 인정받고 존경받는 사람이 되기 위해서는 부모와 자신과 주위 사람들에 이르기까지 얼마나 많은 노력과 수고가 필요한가를 한번 생각해보라고 하는 말이다.

나무를 통해 깨닫는 진리와 철학은 우리 인간에게 가장 소중한 촛대가 될 것이다.

부드러운 남성이 떠오르는 모과나무

모과나무 햇가지에 솜털에 싸인 어린잎이 돋아 있다. 그늘진 곳에 있어서인지 아직 꽃은 피지 않았는데 저 양지바른 곳에 있는 모과나무에는 꽃이 한창이다. 연분홍 바탕에 가운데만 짙은 분홍색이다. 작은 열매를 감싸고 쭉쭉 커가는 햇가지에도 솜털에 덮인 어린잎이 비죽비죽 돋아 있다. 올봄에는 유난히 꽃도 많이 피고 열매도 많이 열린다. 햇순이 나오는 모과나무 가지에는 만지면 끈적끈적한 점액이 있다. 다른 나무에는 없는 그 점액이 왜 모과나무에만 있는지는 나도 알 수가 없다.

같은 수종이라도 자리 잡은 곳에 따라 이처럼 개화 시기와 착과着果

가 차이를 보이는 것은 일조량 때문이다. 햇빛은 나무가 꽃을 피우고 열매를 맺는 데 주요한 역할을 한다. 잎을 통해 광합성을 하고 이를 성장의 영양분으로 쓰기 때문이다.

모과나무는 수피가 아름답기로 유명하다. 매끄러운 수피가 얼룩무늬처럼 벗겨지는 특징이 있다. 모과나무의 수피는 수액이 돌기 시작하고 성장이 시작되는 봄에 속의 새살이 돋으면서 겉껍질이 벗겨진다. 이때 줄기가 벗겨진 부위를 보면 노란색의 부드러운 새살이 보인다.

굵은 줄기와 가지, 암반색 표피의 형태가 우람하고 남성적인 느낌을 주면서도 부드럽고 여유가 있다. 사람에 비유하자면 너그럽고 여유 있고 부드러운 남성 같다고 할까. 성장기를 제외하고는 접목도 잘되고 눈이 잘 튼다. 잘라도 상처가 잘 아문다. 나무끼리 접합이 잘되기 때문에 다른 나무보다 분재로 기르기가 재미있어 정원수 또는 분재목으로서 가장 매력적인 수종이다.

큰 나무는 대부분 뒤쪽에 상처가 있게 마련이다. 경사가 심한 비탈진 곳에서 캐기 때문이다. 그래서 씨를 뿌려 키운 실생묘목으로 접을 붙여 오랜 세월 동안 봉합한다. 큰 묘목 가지로도 접이 잘되고 뿌리접도 잘되곤 한다.

나는 모과나무를 기를 때 작은 상처는 그냥 둔다. 굵은 가지를 잘라주었다든지 해서 생긴 큰 상처에만 '카타파스타'라는 상처 봉합제를 발라준다. 그러면 큰 상처도 시간이 지나면서 예쁘게 잘 아무는데, 큰 상처

는 여러 해에 걸쳐 아물기 때문에 주의하지 않으면 썩을 염려가 있다. 그러나 상처가 썩어도 나무가 죽거나 하지는 않는다. 깨끗하지 못한 것이 흠이 될 뿐이다.

모과나무는 밭에서 재배해 분에 올릴 때 너무 과습한 상태로 심으면 표피가 갈라지면서 죽을 수도 있기 때문에 주의해야 한다. 분에 올리는 시기는 경험상 늦가을이나 초겨울이 좋다. 새순이 나와 열매 크기가 애기사과나무 열매만 할 때까지는 이식이 가능하다. 그리고 정원수는 표토 부분에서 근부패병이 발생하면 뿌리가 썩으면서 죽게 된다. 조기에

모과꽃

발견해 베노밀이나 아그렙토 살균제를 살포해주면 치유가 가능하다. 종류에 따라 열매가 쉽게 열리는 것도 있고 잘 열리지 않는 것도 있는데 당모과는 쉽게 열매가 열리지만 재래종 모과는 시간이 많이 걸린다.

모과나무 분재에 탐스러운 모과가 열리게 하려면 인내와 정성이 필요하다. 열매가 많이 열리기 시작하면 우선 모과 열매를 솎아주어야 한다. 열매솎기는 모과가 작은 도토리만 해졌을 때 한 번 해주고 조금 더 커졌을 때 나무를 살펴보아 전체적으로 열매가 많다고 판단될 경우 한두 번 더 솎아주면 된다. 나무는 작고 열매는 많을 경우 나무가 제대로

남성적 이미지의 모과나무

자라지 못하고 해거리를 하는 경우가 생긴다. 그렇기 때문에 모과나무
의 크기와 영양 상태를 고려해 2~3개에서 5~6개 정도만 남기면 된다.
열매의 발육을 돕기 위해 유박비료를 주어 영양을 보충해주어야 한다.

모과나무를 감상하는 즐거움이 가장 클 때는 가을에 붉은 단풍이 들
고 열매가 노랗게 익어 짙은 향기가 코끝을 황홀하게 해줄 때이다. 그
짧은 기간을 위해 수년간 온갖 정성을 들여 가꾸는 것이다. 그런데 우리
생각하는 정원을 찾은 사람들 중에는 모과나무 분재에 열린 모과가 진

모과나무

짜인지 알아보려는지 손톱으로 긁어 흉터를 내놓는 사람도 있고, 더러는 아예 따 가는 사람도 있다. 그런 사람들을 이해할 수가 없다. 매년 그런 일이 없기만을 바랄 뿐이다.

얼마 전에 어떤 남자분이 직원에게 과도를 빌리러 왔는데, 그 이유를 들은 직원이 몹시 놀라고 당황했다고 한다. 그 이유인즉 화분에서 딴 배를 깎아 먹기 위해서였다. 알고 보니 배를 딴 사람은 그 남자분과 동행한 여자분이었다. 우리 정원에서는 분재에 열린 열매는 자연적으로 떨어질 때까지 그대로 두는 것을 원칙으로 해 방문객들과 함께 보고 즐길 수 있게 한다.

모과나무 분재 중 10여 점은 1980년대 초에 구입한 것이다. 분재를 시작한 지 얼마 되지 않았을 때이다. 모과나무에 매력을 느끼기 시작한 나는 당시 20여 그루의 모과나무를 구입한 뒤 아주 좋은 모과나무를 구입했다고 내심 뿌듯해하고 있었다. 그런데 분재를 이미 하고 있던 분이 찾아와서 보고는 이걸 나무라고 샀느냐고 혹평했다.

그분의 혹평에 나는 거꾸로 오기가 생겼다. 나는 꼭 그 모과나무들을 좋은 나무로 길러보겠다고 생각했다. 톱과 가위로 모과나무 가지를 대부분 자르고 다듬어 다시 밭에 심었다. 거의 원둥치만 남기다시피 한 것이다. 미련을 두어 가지나 줄기를 남겨둔다고 해서 나무가 좋아지지 않기 때문이다.

밭에서 해마다 조금씩 가지를 받아 굵게 만들어 새로운 가지를 만들고 가꾸어갔다. 시간이 지나면서 모과나무는 차츰 우람하고 탐스럽게 자라주었다. 처음 모습은 사라지고 완전히 다른 나무로 변해갔다. 그렇게 10여 년이 흐른 뒤, 마침내 나는 탐스러운 모과나무를 화분에 다시 옮겨 심을 수 있었다.

나무는 만들기에 달렸다. 특히 모과나무의 경우에는 접붙이기도 잘되고, 활착률도 높기 때문에 더욱 좋은 성과를 기대할 수 있다. 처음부터 좋은 나무를 구입해서 잘 기를 수도 있지만, 좋은 소재는 고가품이기 때문에 구입이 쉽지 않다. 시간과 노력을 투자하면 좋지 않은 나무도 좋은 나무로 만들 수 있다. 이것이 모과나무의 매력이고 분재를 하는 재미이다.

우리나라 자생 수종의 가치

– 소사나무, 모과나무, 혹느릅나무, 육송

모과나무는 원산지가 한국과 중국으로, 우리나라의 경우 중부 이남 지방에 분포하고 있다. 특히 경북 지방에 집중적으로 자생하고 있는 나무이다. 모과나무는 표피가 진갈색이며 성질이 유하고 열매는 대과인데 과실로 먹을 수는 없으나 가을에 노란색으로 익으면 보기에도 아름다울 뿐 아니라, 향기가 뛰어나 차와 술을 담갔을 때 향기와 맛이 일품이다. 또 분재와 정원수로 뛰어나 조경사와 분재 애호가들로부터 큰 사랑을 받는 나무이다.

모과나무 분재는 주로 가을에 전시회에 출품하게 된다. 빨갛게 단풍이 들고 다른 나무의 열매에 비해 크고 향이 좋으며 색이 아름다운 모과가 노랗게 익었을 때이다.

전시회에 가서 보면 간혹 잎이 다 떨어진 나목 상태의 모과나무 가지에 꼭지가 굵은 샛노란 모과가 달려 있는 것을 볼 수 있다. 우람한 수형과 노랗게 잘 익은 탐스러운 열매가 어우러져 그 모습이 아름답고 가을을 실감하게 한다. 그것을 보고 혹시 가짜 모과를 꽂아둔 것이 아니냐고 묻는 사람도 있다. 전시회에 출품할 때 실제로 그런 경우도 있다. 그것은 모과 열매가 크고 향기가 좋긴 한데 가지에 오래 달려 있지 못하기 때문에 떨어진 꼭지에 궁여지책으로 사용하는 방법이다.

모과나무에 대해 이야기를 하자면 빼놓을 수 없는 일화가 있다.

우리 정원을 방문한 워싱턴 DC의 국립수목원 내 분재박물관 관장 잭 서스틱Jack Sustic은 유난히 모과나무를 탐냈다. 처음 두 번 방문할 때까지만 해도 부관장이던 잭 서스틱은 관장으로 승진한 후에도 몇 번 더 정원을 찾아왔다. 잭은 그때마다 모과나무를 워싱턴으로 가지고 갈 수 없는 것을 몹시 안타까워했다.

미국은 모과나무의 반입을 금지하고 있다. 각 나라마다 식물 검역 규정이 있어 반입을 금지하는 식물들이 있다. 반입 시 규정도 각기 다르다. 어떤 나라는 소독만 한 후에 분토째 반입할 수 있는가 하면, 어떤 나라는 분토를 털고 뿌리를 물에 깨끗이 닦아 소독한 뒤 수태로 감싼 상태로 반입을 허용하기도 한다. 물론 나무의 휴면기인 겨울에 가능하다.

금수품인 모과나무를 가지고 갈 수 없던 잭은 "언젠가는 미국 대통령이 이곳을 방문하게 될 것이다. 그때 꼭 모과나무를 선물로 기증해주면 그 분재는 우리 분재박물관으로 오게 돼 있다"며 아쉬움과 안타까움을 감추지 못했다. 대통령이 탄 특별기는 식물 검역 대상에서 제외되니 그때를 기약하자는 얘기였다.

잭은 클린턴 당시 미국 대통령이 대단한 분재 애호가라고 했다. 클린턴 대통령은 일본을 방문했을 때 외교 행사로 에조마쓰 분재 한 점을 선물로 기증받았고, 이를 워싱턴DC 국립수목원 내 분재박물관에 기증했다. 그리고 재임 기간 동안 세 번이나 그 분재박물관을 방문해 분재를 감상했다고 한다. 또 답례로 미국산 분재를 일본에 보내주었다고 한다. 이렇게 자기 나라 대통령이 분재 애호가이니 언젠가는 세계에서 가장 아름답다고 하는 우리 정원에도 방문하게 될 것이라고 생각한 모양이다. 그만큼 잭은 모과나무의 아름다움에 흠뻑 빠져 있었다.

그는 또 워싱턴DC 국립수목원에 코리아 가든이 없다며 나에게 코리아 가든을 조성할 수 있도록 도움을 청하고, 그곳에 방문해달라고 초청했다. 그러나 사정이 여의치 못해 지금껏 잭의 초청에 응하지 못하고 있다가 2005년 워싱턴DC에서 개최된 제5회 세계분재대회 참가차 방문하게 되었다. 잭의 말을 빌리면 그곳을 찾는 많은 사람이 세계에서 가장

모과나무의 수피는 수액이 돌기 시작하고 성장이 시작되는 봄에 속의 새살이 돋으면서 겉껍질
이 벗겨진다. 이때 줄기가 벗겨진 부위를 보면 노란색의 부드러운 새살이 보인다.

크고 아름다운 분재 테마파크가 한국의 제주도에 있다며 시간을 내어 꼭 가보고 싶다는 말을 한다고 했다. 그리고 잭은 생각하는 정원이 한국보다 미국에서 더 유명하다는 말도 잊지 않았다.

잭뿐만 아니라 모과나무를 비롯한 우리나라 자생 수종이 세계인의 관심을 끈 지는 이미 오래되었다. 분재문화가 발달한 일본의 국풍전 같은 세계적으로 유명한 분재 전시회에도 우리나라의 소사나무, 육송, 모과나무로 만든 명목名木들이 출품되고 있다.

그러나 그러한 우리나라 자생 수종 명목들을 볼 때면 기쁘면서도 한편으론 우울해진다. 우리 나무의 아름다움을 다른 나라 사람들이 먼저 알고, 먼저 가치를 인정하고 있는 것이다. 하루빨리 우리나라 자생 수종의 가치를 깨닫고 보호해야 하는데 어떻게 된 일인지 좋은 나무는 다른 나라로 건너간다. 모과나무가 중국이 원산지로 알려져 있어 중국을 방문할 때마다 유심히 살펴보았지만 그동안 한 번도 볼 수가 없어 멸종한 것이 아닐까 생각했다. 하지만 최근에는 간혹 볼 수가 있으니 우리나라 모과나무가 더러 건너가 있는 듯하다.

제 5 회 세 계 분 재 대 회 를 참 관 하 고

2005년, 제5회 세계분재대회가 미국 워싱턴 DC에 있는 국립수목원 내 분재박물관의 주최로 힐튼 호텔에서 열렸다. 제5회 세계분재대회의 공동 대회장인 잭에게 초청장을 받은 나는 난감해졌다. 돌담을 쌓다 다리를 다쳐 여행이 힘든 상황이었기 때문이다. 하지만 여러 차례 우리 정원을 방문한 그의 청을 거절하기가 힘들었다. 고심 끝에 결국 나는 병원 치료를 받고 아픈 다리를 붕대로 감은 후 절룩거리며 세계분재대회에 참관하기로 결정했다.

세계분재대회는 문화·예술로서의 분재가 세계적으로 얼마나 각광받는지를 여실히 보여주는 현장이다. 나는 세계적으로 문화적 위상을 드높이고 있는 분재를 보면서, 우리가 그들에게서 무엇을 배우고 깨달아야 하는지를 생각했다. 생각의 전환이 필요한 때이다. 우리도 이제는 세계로 눈을 돌려야 한다. 우리나라만큼 풍부한 산림자원과 기술력, 맑은 물을 비롯한 자연환경을 골고루 갖춘 아름다운 나라도 많지 않다. 조금만 더 연구하고 노력하면 우리 분재가 국제 무대에서 충분한 두각을 나타낼 수 있다고 본다.

도착한 날 저녁에는 잭 서스틱 위원장의 자택을 방문해 세계분재대회를 개최하는 과정과 세계 분재계의 동향에 대해 의견을 나누게 되었다. 그때 그는 우리 정원에서 세계분재대회를 유치할 계획을 세워보라고 내게 권했다. 가슴 벅찬 제안이었다. 그러나 나는 분재에 대한 연구와 세계적 동향에 대해 더 공부를 해보겠다는 말로 끝을 맺었다.

그날의 제안은 세계 최고의 전문가들이 우리 정원을 정원 문화·예술

"What a special place this is. Truly a spirited garden. The garden, the bunjae and Mr. Sung himself should inspire us all to have a better understanding of nature and how very special it is. The spirited gardenhas no rival!" -Jack Sustic

2005년 5월. 워싱턴 DC에서 열린 제5회 세계분재대회 참관 중 분재박물관에서 잭 서스틱 대회장 및 임원들과 함께.
"이 정원은 정말 특별한 곳입니다. '생각하는 정원' 이라는 이름이 정말 잘 어울립니다.
정원과 그 안의 분재 작품 그리고 성 원장님은 자연에 대해 우리가 더 잘 이해할 수 있도록 영감을 주고, 또 자연이 얼마나 특별한 것인가를 일깨워주고 있습니다.
그 어떤 정원도 이곳에 필적할 수 없을 것입니다!" – 잭 서스틱

로서 세계의 정점에 섰다고 인정한다는 것이었다. 이제 생각하는 정원은 나 자신을 떠나 제주도의 자랑이고 한국의 보물이며 세계의 문화유산이라고들 한다. 문화와 예술을 통해 이곳에 방문하는 세계인들과 교류하며 기쁨을 함께 나눌 수 있다는 것만으로도 나는 이제 더 이상 행복할 수가 없다.

몸살을
앓는
소사나무

분재로 다시 태어나기

"온실에 다시 넣어야겠어."

내 목소리는 내가 듣기에도 기운이 없었다.

"안 돼요! 이대로 밖에서 적응시켜야 해요."

강 과장은 단호했다.

"이렇게 심하게 몸살을 앓는데 계속 바깥에 두자고?"

나는 소사나무 화분 앞으로 바짝 다가서며 말했다.

"벌써 내놓은 지 한 달이 넘어가는데 어떻게 다시 온실로 옮겨요."

등 뒤에서 여전히 단호한 강 과장의 목소리가 들려왔다.

"그럼 바람이 덜 불고 볕이 잘 드는 자리로 옮겨놓기라도 하지."

매사에 신중하고 판단이 분명한 강 과장이니 더는 고집을 부릴 수가 없었다.

소사나무 분재는 여러 해 동안 밭에서 가지를 굵게 키워 지난겨울 화분에 올린 대작이다. 화분을 같이 옮길 직원들을 데리러 강 과장이 자리를 뜬 사이, 나는 소사나무를 쳐다보았다.

대부분 중부 이남에서 자생하는 소사나무는 곁가지가 많이 나오는 편이고 들깨보다 작은 열매에는 날개가 달려 있다. 입체적인 무늬가 돋보이는 잎도 좋지만 무엇보다도 먼저 백색의 표피가 눈길을 끈다. 소박하면서도 은은한 멋을 풍긴다. 우리나라에서 자생하는 나무이기에 백의민족이라 불리는 우리와 더없이 잘 어울리는 나무이다. 표피가 흰 것만 있는 것은 아니다. 흰색과 검은색 등 여러 가지 종류가 있다. 그러나 대부분 흰색을 좋아한다. 소사나무는 앞에서 말했듯이 그 잎도 독특하다. 청록색의 갸름한 잎 표면에는 힘줄처럼 돌기가 있고, 가장자리는 톱니바퀴 모양이다. 소사나무는 분재목으로도 인기가 높다. 특히 일본 사람들이 '조센소로'라고 부르며 몹시 좋아해서 명목들은 일본으로 많이 건너가 있다.

땅에서 캐어 화분에 올리는 시기는 초겨울이 좋다. 정도의 차이는 있지만 대부분의 나무는 이식을 싫어한다. 특히 소사나무는 대작일 경우 더욱 이식을 싫어 한다.

이식한 나무는 뿌리가 흔들리지 않도록 고정시키는 것이 중요하다. 뿌리 부분을 잘 덮고 단단히 묶어준다거나 옮겨 심은 후에 지주목을 세워 고정해주는 것도 그 때문이다. 노목의 경우 땅이든 화분이든 이식한 후에는 새 흙에 적응하기 위해 몸살을 앓는다. 물론 뿌리를 자르고 처음으로 화분에 옮겨 심은 나무의 몸살이 더 심하다.

나무를 땅에서 화분에 옮겨 심을 때 길게 뻗은 굵은 뿌리는 잘라주어야 한다. 굵은 뿌리를 자르지 않으면 좁은 화분에 자리 잡을 수 없다. 나무의 크기와 상태에 맞는 화분을 정했다면 그 화분 크기에 맞게 뿌리를 자르고 밭에서 묻혀온 흙을 털어낸다. 특히 뿌리에 묻어 있는 흙은 깨끗하게 털어낼수록 좋다. 땅에서 뿌리에 묻어온 흙, 즉 원토原土는 처음 화분에 옮겨 심을 때가 아니면 영원히 털어낼 수 없기 때문이다. 나중에 화분에서 새로 뿌리가 자라면 자연히 남아 있던 뿌리와 뒤엉키게 되어 후에 분갈이를 할 때 뿌리 사이를 비집고 원토를 털어내려고 해도 털어낼 수가 없다. 원토를 깨끗이 털어내지 않고 남겨두면 시간이 흐르면서 원토가 딱딱하게 굳어 뿌리의 숨구멍을 막고 분토의 통기성을 떨어뜨려 뿌리가 썩는 원인이 된다.

자연 속에서 자라던 나무를 화분에 옮겨 심으면 나무는 몸살을 앓는다. 애처로운 모습으로 몸살을 앓는 소사나무는 그래서 더 각별하다. 심한 몸살을 앓은 뒤에 제자리를 잡은 나무는 더없이 사랑스럽다.

깨끗하게 흙을 털어낸 나무의 잘린 뿌리는 화분의 새 흙에 놀란다. 나무는 모든 힘을 뿌리의 복구에 집중하며 새 흙에 적응해간다.

뿌리에서 영양분을 흡수하는 것은 굵은 뿌리가 아니라 가는 뿌리에 난 뿌리털이다. 나무는 영양분을 제대로 흡수하고 뿌리털의 기능을 회복하기 위해 몸살을 앓는 것이다.

그렇기 때문에 분재로 기르는 나무는 뿌리의 굵기가 중요하지 않다. 대개 분재 화분을 보면 바닥 중앙에 하나, 측면에 네 개의 구멍이 뚫려 있다. 이 구멍에 양쪽으로 철사를 넣어 나무의 뿌리 부분을 묶어주는데, 이는 뿌리가 흔들리지 않도록 하기 위해서이다. 이 철사가 굵은 뿌리의 역할을 하는 셈이다. 화분에 옮겨진 나무는 땅에서와는 전혀 다른 방식으로 살아가게 되는 것이다.

지난겨울 화분에 올린 소사나무도 지금 화분에 적응하기 위해 몸살을 앓느라 기운을 쓰지 못하고 있다. 100년이 넘는 수령에서 느껴지는 당당함도 찾기 힘들다. 화분에 올릴 때 잘라낸 가지에는 짙은 회색의 상처 봉합제 카타파스타가 붙어 있고, 온실에 있는 동안 그 사이를 뚫고 자라난 가는 가지도 보인다. 잎까지 축축 늘어져 있는 게 누가 보아도 애처롭다.

소사나무뿐만 아니라 화분에서 최초의 1년을 보내는 나무들은 모두 이와 같은 기간을 거치게 된다. 우리는 그것을 뿌리의 활착活着이라고 부른다. 그러나 활착이 끝나고 잘 자라던 나무도 시간이 지나면 다시 뿌리를 잘라주어야 한다. 이를테면 젊음을 유지하게 하기 위해서이다.

화분은 3~4년만 지나면 뿌리로 가득 찬다. 화분에 올린 나무의 경우에는 화분 밑바닥에 뿌리가 가득 차는 경우가 많다. 습한 곳을 좋아하는 뿌리의 성질상 보습력이 오래 지속되는 화분의 아래쪽에서 뿌리가 발달하기 때문인데, 그렇게 되면 화분 바닥의 배수 구멍이 막히고 길게 자라 뒤엉킨 뿌리에 밀려 분토가 올라온다. 흠뻑 물을 주어도 화분 밑바닥으로 잘 새어나오지 않는다. 배수가 되지 않아 통기성도 떨어진다. 시간이 지나면서 딱딱해진 분토도 제 역할을 하지 못한다. 그대로 두면 뿌리가 썩기 때문이다.

분갈이를 통해 뿌리의 노화한 신진대사를 원활하게 해줄 때가 된 것이다. 분갈이는 화분에서 자라는 나무가 땅에서 자라는 나무보다 젊음을 유지하고, 또 오래 사는 이유가 되기도 한다. 분갈이를 한 후 온실에서 겨울을 나고 바깥으로 나온 나무도 몸살을 앓지만 처음 화분에 옮겨 심을 때와는 달리 그 기간이 짧다. 분갈이를 제때 해주고 잘 관리한다면 분재의 수명은 무한하다.

무엇보다도 분갈이는 시기가 중요하다. 보통 송백류처럼 성장이 느린 것은 4~5년, 잡목류는 3~4년마다 해주라고 말한다. 그러나 이 햇수가 절대적인 것은 아니다. 매일매일 나무의 상태를 살피는 일은 기본이다. 분토가 위로 올라와 있다든지, 물 빠짐이 좋지 않다든지, 나무의 상태가 좋지 않다든지 등, 나무와 화분의 변화에 관심을 가지고 관찰해야 한다.

화분에 꽉 차게 자란 뿌리의 일부를 잘라주는 분갈이는 나무의 휴면 기인 겨울철에 해야 좋다. 지방에 따라 다르지만 11월에서 3월이 적당하다고 할 수 있는데, 화분의 수가 많으면 수종마다 그 시기를 조절해줄 필요가 있다.

모과나무처럼 이듬해 봄에 새순이 일찍 돋는 것은 그만큼 분갈이도 조금 일찍 해줘야 한다. 그래야 분갈이 후 온실에 넣었다가 이듬해 봄에 바깥에 내놓았을 때 정상적으로 자란다. 화분에 나무를 옮겨 심고 나서, 혹은 분재를 구입하고 나서 몇 년이 지나도록 분갈이를 하지 않고 그대로 방치해두는 일은 없어야 한다.

10년을 기다려 화분에 옮긴 나무

직원들과 대형 분재를 옮길 때 사용하는 핸드카에 소사나무 화분을 싣고 정원의 관람로를 따라 밀고 내려왔다. 이제 핸드카에서 다시 분재를 올려놓는 좌대로 화분을 옮길 차례였다. 나는 핸드카 받침대를 좌대 기둥에 붙이고 움직이지 않도록 손잡이를 꽉 잡았다. 그런데도 조금씩 받침대 밑의 바퀴가 밀리는 듯했다.

"자, 셋에 힘을 주는 겁니다."

여섯 명의 직원이 소사나무 분재 화분을 빙 두르고 자리를 잡았다. 가로 길이가 1.5m에 이르는 직사각형 화분이다.

"하나, 둘, 셋!"

구령 소리에 맞춰 동시에 힘을 쓰는 직원들의 얼굴이 굳어졌다. 조금 전 연못가 좌대에서 핸드카로 내려놓을 때보다 더 힘이 드는 눈치였다. 내리는 것보다 올리는 일이 더 힘들 테니까. 게다가 한 사람이라도 순간적으로 균형을 잃으면 바닥에 화분을 떨어뜨릴 수도 있기 때문에 잔뜩 긴장했다.

좌대에 소사나무 화분을 올리고 나서 소사나무의 줄기 밑부분에 수태를 붙였다. 수태는 호주나 뉴질랜드의 밀림 지대에서 자라는 파란 이끼를 삶아 살균 처리를 해서 말린 것으로 수분 증발을 막아준다.

화분에 나무를 심으면 뿌리가 드러나도록 일부러 분토 위로 뿌리를 올려 심는다. 뿌리를 감상하는 근상根上의 경우가 아니라도 뿌리가 뻗은 모습을 약간 볼 수 있게 심음으로써 나무의 웅장한 고태미古態美를 더욱 돋보이게 하기 위해서이다. 화분에서 주로 사용하는 흙인 마사토는 통기성이 좋은 만큼 수분 증발도 빠르다. 그런 이유로 나무를 화분에 옮겨 심은 지 얼마 되지 않은 경우에는 나무의 뿌리가 수분을 흡수하는 데 어려움을 느끼게 된다. 활착의 어려움 중 하나라고 할 수 있다.

땅에서 화분으로 옮긴 나무는 보통 1년 정도 지나야 몸살이 끝난다. 그러나 봄 성장기를 잘 넘기면 위험한 고비는 넘기는 셈이다. 다음 해부터는 생장 활동이 왕성해진다. 대개 수령이 낮을수록 적응은 빠른 편이나 대작일 경우에는 늦어지게 마련이다.

소사나무나 윤노리나무, 장수매 등은 화분에 옮겨 심는 적기를 넘길 경우 활착에 약간 애를 먹는다. 특히 이식을 싫어하고 수령이 오래된 소사나무는 1~2년이 지나야 제 성장을 하는 것이 보통이다. 그렇기 때문에 소사나무나 윤노리나무는 물 주는 일에 각별히 신경을 쓴다. 대신 소사나무는 한번 활착이 되면 병해충도 없고 화분 생활에 적응을 잘한다. 그래서 초보자에게 권하고 싶은 나무이다.

물 관리에 어려움을 느끼는 초기에 물을 자주 주는 것만으로 부족하다고 판단되면 수태로 감싸주기도 한다. 수태가 젖은 상태로 수분 증발을 막아 뿌리 윗부분의 습기를 유지해주며 활착을 돕는 것이다.

수태는 취목取木을 할 때도 쓴다. 취목은 씨앗을 파종해서 기르지 않고도 다 자란 나무를 얻을 수 있다는 장점이 있다. 취목의 여러 방법 중에서 수태를 이용하는 것은 공중취목의 경우이다. 새로운 나무를 얻고자 하는 가지를 일부 박피해 수태로 감싸고 비닐로 양쪽을 묶어준 후 마르지 않도록 물을 준다. 그러면 그곳에서 새로 뿌리가 나오는데 이를 잘라서 화분에 옮겨 심으면 된다.

우리 정원에서는 최근에 이와 같은 취목으로 배롱나무와 느릅나무를 배양했다. 원하는 수형을 가지에서 바로 얻을 수 있기 때문에 분재에서는 요긴한 나무 번식 방법이라고 할 수 있다.

소사나무. 분재는 자연에서보다 더 아름다운 나무로 기르되 더 자연스러워야 한다. 따라서 수형은 고유한 천성에 바탕을 두고 구상해야 한다. 그런 의미에서 수령이 100년가량 되어 굵은 줄기를 지닌 이 소사나무는 굵은 줄기와 줄기 양편에서 위로 올라갈수록 점점 가늘어지는 모양목의 수형을 택했다.

이렇게 보습력이 뛰어난 수태를 붙여준 소사나무 분재는 10년 전에 전남에서 구입했다. 수령이 100년가량 된 것으로 산에서 채취해 나무 상자 화분에서 잘 자란나무였기에 가지를 굵게 키워 대작을 만들 생각이었다. 굵은 줄기와 줄기 양편에서 위로 올라갈수록 점점 가늘어지는 가지를 떠올렸다. 흔히들 모양목이라고 부르는 수형을 머릿속에 그린 것이다.

분재는 자연에서보다 더 아름다운 나무로 기르되 자연스러워야 한다. 따라서 분재의 수형은 나무의 고유한 천성에 바탕을 두고 구상해야 하는 것이 기본이다. 그런 의미에서 수령이 많은 탓에 이미 굵은 줄기를 가지고 있던 그 소사나무에게는 알맞은 수형이었다. 또 화분에서 기르는 나무치고 대작이었기 때문에 우리 정원에서 소장하기에도 적합했다.

흠이라면 기둥 줄기와 곁가지의 굵기가 불균형하게 느껴진다는 것이었다. 그러나 성장이 제한된 화분에서 곁가지를 굵게 키우는 것은 그리 쉬운 일이 아니다.

소품분재를 화분에서 오랜 시간 기른다고 대품분재가 되지는 않는다. 나무는 화분에 올릴 때의 크기에서 크게 변하지 않는다. 화분에서 얻을 수 있는 영양분으로 감당할 수 있는 성장의 질과 양에 한계가 있다. 땅에서 기르는 나무처럼 크지는 못한다. 잔가지나 잔뿌리를 늘릴 수는 있지만 나무 자체를 아주 크게 기를 수는 없다.

나는 그런 이유로 화분에 있던 소사나무를 다시 땅에 심어서 크게 키우기로 한 것이다. 화분에서 땅으로 옮겨 심는 것은 나무에 무리를 주지 않는다. 좁은 화분에서 뻗지 못한 뿌리를 땅속 깊이 뻗을 수 있기 때문이다. 그렇게 화분에서 땅으로 옮겨 심은 소사나무의 가지가 굵어질 때까지 10여 년이 걸렸다.

이렇게 밭에서 오랜 기간 크게 가꾸어온 작품을 캐서 다시 화분에 옮겨 심기 위해 네 명의 직원이 동원됐다. 핸드카에 삽, 톱, 뿌리가위, 전정가위, 플라스틱 통을 싣고 밭으로 가는 것으로 시작된 작업은 반나절이 소요됐다. 워낙 크고 노령인 탓에 소사나무의 뿌리는 굵고 넓게 퍼져 있었다. 밭에서 일단 삽으로 캐어 톱으로 대강 뿌리를 자르고 작업실로 옮겨왔다. 작업실에서 억세고 굵은 뿌리를 톱과 뿌리가위로 잘랐다.

뿌리를 씻는 데는 세 단계의 작업이 필요했다. 호스로 물 뿌리며 청소하기, 대나무 꼬챙이로 틈 사이에 있는 흙을 긁어내고 칫솔로 닦기, 손으로 문질러 때 벗기기.

작업실의 낮은 회전대에는 대형 화분이 기다리고 있었다. 구멍에 철사를 끼우고 깨끗이 씻어 말린 분토를 깔아놓은 상태였다. 화분 중앙에 분토를 봉긋하게 높이 쌓고 소사나무를 그곳에 올려놓았다. 세 명이 소사나무를 들었다. 우리는 천천히 나무를 흔들어서 화분에 마사토가 고루 퍼지게 했다. 그런 다음 화분이 차도록 마사토를 넣어 메우고 꼬챙이로 쑤셔가며 빈 공간을 없앤 다음 마지막으로 작은 쇠손으로 분토를 눌러 마무리를 해주었다. 기나긴 작업이 끝난 것이다.

하지만 그때부터 새로운 작업이 시작된 것이기도 하다. 온실로 옮긴 후 물이 마르는 일이 없게 해주며 나무의 상태를 수시로 살펴야 한다. 그렇게 화분에 옮겨 심은 소사나무를 온실에 두었다가 한 달 전에 밖으로 내왔을 때는 마음이 뿌듯했다.

살아서 천년
죽어서 천년,
주목

주 목 때 밀 기

이슬비 내리는 날, 영화배우 존 트라볼타를 닮아 우리가 '쫀'이라 부르는 진군은 칫솔질을 하느라 여념이 없다. 주목 분재의 하얀 줄기를 닦고 있는 중이다. 우비도 걸치지 않은 진군은 한눈 한 번 팔지 않고 꼼꼼하게 주목나무 줄기를 닦는다.

　진군이 닦고 있는 하얀 줄기는 주목의 죽은 부분이다. 화분에서 자라는 주목은 S자 형태의 굵은 줄기를 가지고 있고, 줄기 대부분이 하얗게 보일 만큼 죽은 부분이 많다. 죽은 부분이 흰색을 띠는 것은 조각을 하고 약제를 발랐기 때문이다.

조각은 껍질이 벗겨진 나무의 죽은 부분을 조각도로 결을 따라 자연스럽게 깎아서 아름답게 다듬는 것을 말한다. 조각한 후에는 석회와 유황을 1:1의 비율로 섞은 석회유황합제를 발라준다. 석회는 하얗게 색을 내고 유황은 부패를 방지하는 역할을 한다. 이때 죽은 줄기의 목질부는 바짝 마른 상태라서 약제가 잘 스며들지 않기 때문에 촉촉하게 물을 뿌려준 후에 붓질을 해야 한다. 이와 같이 세심하게 조각을 하는 것은 나무의 살아 있는 부분과 죽은 부분의 조화를 꾀하기 위해서이다.

그러나 석회유황합제를 발라도 시간이 지나면 누렇게 변색되어 보기가 좋지 않게 되고, 비바람에 약제가 씻겨 내려가면서 벗겨진 부위에 병균이 침입하기도 한다. 그래서 2~3년에 한 번씩 석회유황합제를 덧바른다. 진군이 칫솔질을 하는 것도 석회유황합제를 다시 바르기 전에 먼저 조각한 부분을 깨끗이 청소하기 위해서이다. 그러나 약제를 덧바르기 위해서가 아니더라도 먼지가 끼고 때가 타기 때문에 가끔 조각한 부분을 닦아줄 필요가 있다.

나무를 돌볼 때는 날씨에 맞는 그날그날의 일이 있다. 오늘처럼 이슬비가 오는 날은 조각한 부분을 청소하기에 그만이다. 조각한 부분, 즉 죽은 부분에는 물기가 없어서 맑은 날 청소를 하려면 일부러 물을 뿌려가며 칫솔질을 해야 한다. 당연히 시간도 오래 걸리고 능률도 떨어진다. 진군의 때 밀기가 끝나면 주목은 방금 목욕탕에서 나온 사람처럼 뽀얗게 화색이 돌 것이다.

조각한 줄기 틈틈이 박혀 있는 때를 벗겨내자면 칫솔보다 좋은 것이 없다. 쇠솔을 쓰기도 하는데, 쇠솔로는 조각한 줄기의 가느다란 홈 사이에 낀 먼지나 홈집이 생긴 부분을 말끔히 청소하기가 어렵다.

열심히 칫솔질을 하는 진군과 몇 걸음 떨어지지 않은 곳에 목욕하는 직박구리가 있다. 거무스름한 빛깔이 도는 깃털, 작지만 홀쭉한 몸매를 지닌 놈이다. 그러니까 우리 정원 동산에 심은 감나무를 사이에 두고 오른쪽에는 좌대 위 주목 분재 앞에서 칫솔질하는 진군이, 왼쪽에는 목욕하는 새가 있는 셈이다.

동산의 감나무 밑 돌 웅덩이가 바로 그곳이다. 우묵하게 팬 돌에는 늘 물이 고여 있게 마련이고 녀석은 하루도 거르지 않고 그곳으로 출근한다. 오늘 아침에도 녀석은 어김없이 그곳으로 출근했다. 가장자리에 앉아서 두리번거리며 콕콕 물을 찍어 깃 사이사이를 닦는다.

누가 있다고 하던 짓을 그만두고 날아가지도 않으면서 두리번거리기는 왜 두리번거리는지. 박자까지 맞춰서 두리번두리번 콕콕. 다 닦고 나면 꼭 감나무 가지에 가 앉는다. 수건으로 얼굴이라도 닦는 것처럼 감나무 잎에 부리를 문지르고 깃을 비빈다. 또 두리번두리번, 이번에는 정찰이라도 하려는 것인가. 후닥닥 날아가버린다.

일부가 죽어도 사는 나무

숲에서 사는 나무들은 태어날 때부터 치열한 생존경쟁을 하며 자란다. 다양한 수종의 나무들이 한데 어우러져 자라는 숲에서 나무들은 저마다 처한 상황이 다르기 마련이다. 기본적으로 수종의 특징과 수령이 다를 뿐 아니라 양지바른 곳에 자리를 잡은 나무가 있고, 그늘지고 비탈진 곳에 자리 잡은 나무가 있다.

이렇게 한데 어우러져 크다 보니 자신이 처한 환경에 적응하지 못하는 나무는 차츰 가지가 마르고, 성장 장애를 일으키기도 한다. 또 자연재해, 벼락이나 태풍 또는 비바람에 의해 혹은 예기치 못한 병충해로 가지가 부러지거나 줄기에 커다란 상처를 입을 수도 있다. 이를 견디지 못하면 나무는 죽음에 이르게 된다.

내 경험에 비추어보면 사과나무나 배나무는 표피에 조금만 상처가 있어도 이내 나무 전체가 죽어버린다. 또 목질부가 연해 가지를 자르면 그 부위가 쉽게 썩는다. 그에 비해 매화나무나 동백나무, 모과나무는 구멍이 뚫리듯이 죽은 부분이 썩지만 나무 전체가 죽지는 않는다.

제 몸이 패면 팬 대로 세월의 풍상을 묵묵히 견뎌내는 주목. 천년을 산다는 주목의 뿌리는 신기하게도 파뿌리처럼 여리디여리다. 나무 기르는 이에게 믿음을 주는 주목은 누구에게나 큰 애정을 갖게 하는 나무이다.

우리 정원에 있는 매화나무 고목 분재도 언뜻 각기 다른 세 그루의 줄기처럼 보이지만 줄기 가운데 부분이 썩어서 커다랗게 구멍이 뚫린 것이다. 그러나 몸 일부가 죽어도 썩지 않고 다른 부위로 전이되지도 않은 채 사는 나무들이 있다. 주목이나 향나무, 두송, 소나무 같은 나무들인데 공통적으로 목질부가 조금은 강하다.

표피가 일부 죽어도 사는 나무들, 그중에서도 주목은 특별하다. 주목은 나무 중의 왕자, 까다로운 선비 중의 선비라고 할 수 있다.

나무 키우는 사람들은 대부분 주목을 한두 주 갖고 싶어 하는데, 주목을 두고 흔히들 살아서 천년을 가고 죽어서 천년을 간다고 할 정도로 죽은 부분이 강한 나무이다. 다시 말해 죽은 부분이 잘 썩지 않는다. 죽은 부분을 그대로 지니고 살아가는 만큼 주목은 생명력이 강하다.

그래서 주목을 분재로 기를 때는 이러한 특성을 살려 살아 있는 부분과 죽은 부분이 조화를 이룰 수 있도록 자연에 가깝고 아름답게 조각을 해주면 좋다. 그리고 가지는 나무가 지닌 능력에 따라 수형을 잡아 길들여주면 된다. 그러나 주목의 명목은 쉽게 구할 수가 없다. 값도 제법 나간다.

주목은 대부분 설악산, 덕유산, 한라산 같은 고지에 자생하는 것으로 알려져 있다. 높은 곳의 양지바른 곳이나 반음지에서 무리 지어 살고 있는 주목은 숲의 그늘진 곳에서도 잘 적응하고 살아간다. 고산지대에 사는 주목들 가운데는 환경이 좋지 않아 일부 가지가 마르고 한쪽 줄기가 죽고 패고 하면서 끈질기게 살다가 고사한 경우도 있다.

설악산, 덕유산이나 한라산 정상 부근에서 이처럼 수백 년을 살다가 죽은 주목을 볼 수 있는데, 죽어서 천년을 간다는 주목의 고사목은 경외감을 불러일으키기에 충분하다. 줄기와 가지의 껍질이 하얗게 벗겨진 채 비바람에 씻기고 햇볕에 마르면서 백골이 된 모습은 오랜 세월 풍파에 시달린 주목의 시련과 연륜을 고스란히 드러내고 있다. 사람이 자연 앞에서 느끼는 엄숙한 경외감, 그와 같은 고태미를 분재에서 재현하는 방법 중의 하나가 조각이라고 할 수 있다.

그러나 천성적으로 주목과 같이 표피가 일부 죽어도 사는 나무들에나 조각할 수 있는 것이지 모든 나무에 조각할 수 있는 것은 아니다. 앞에서 언급한 주목이나 향나무, 두송과 소나무 그리고 매화나무 정도가 그 대상이다.

나무의 왕자라고 할 만한 주목이라고 해서 분재목으로 모두 인기가 있는 것은 아니다. 분재목은 어떤 특징, 이를테면 곡曲이 있고 매력적인 부분이 있어야 좋다. 그래서 덕유산, 설악산의 곧고 굵은 주목은 분재목으로 그다지 인기가 없고, 대부분 곡이 있는 한라산의 주목을 불법으로 캐서 분재목으로 쓰는 경우가 많다. 일본에도 주목이 자생하고 있으며 우리나라에서도 더러 건너갔다고 한다. 우리 정원에도 좋지는 않지만 육지에서 구입해온 것이 몇 주 있다.

주목처럼 조각이 가능한 나무들을 화분에서 기르다 보면 조각한 부분에 곧 사리를 만들 수 있는 기회가 생긴다. 나무가 성장을 멈추고 휴면기로 접어드는 겨울에 불필요한 가지를 잘라주게 된다. 그러한 가지들은 나무의 고른 성장을 방해하고, 미관상으로도 좋지 않기 때문이다. 그때 불필요한 가지를 완전히 제거하지 않고 일부분을 남겨 사리로 만들 수 있다.

불필요한 가지를 조각할 수 있는 길이로 잘라두었다가 가지가 마른 후 시간이 허락할 때 껍질을 벗겨내고 조각을 한다. 나의 경우 자연스럽게 끌과 조각칼로 긁어 표피를 벗겨내고 나뭇결을 따라 분재용 핸드드릴로 조각을 한 후 석회유황합제를 바른다. 이때 약제가 다른 부위에 묻지 않도록 주의해야 한다.

사리의 관건은 자연스러움에 있다. 인공의 티가 완연히 난다면 차라리 조각을 하지 않는 것만 못하다. 자연의 고태미를 분재에 옮겨오기 위한 작업인데 인공의 냄새가 난다면 실패이다. 그러니 조각을 섣부르게 시도해서는 안 된다. 조각에 재능이 조금이라도 있으면 일반 나무로 연습하면서 연마를 해야 할 수 있다. 분재를 잘할 줄 알아도 스스로 조각에 재능이 없다고 판단되는 사람들은 조각에 욕심을 내어서는 안 된다. 조각이 세련되고 자연스럽지 못하면 차라리 안 한 것만도 못하다. 아무리 표피가 일부 죽어도 사는 천성을 지닌 나무라고 하지만 인위적으로 사리를 만드는 일은 나무에 크든 작든 무리를 준다. 무리를 주고 만든 사리가 볼품없는 것이라면 그것은 나무 자체를 못쓰게 만들 뿐 아니라 나무에 작든 크든 무리를 줄 때, 즉 희생을 시킬 때는 그 희생으로 얻는 것의 가치를 따져봐야 할 것이다.

누구에게나 믿음을 주는 나무, 주목

씨 뿌린 이듬해에 싹이 트는 주목은 빨리 크는 나무가 아니다. 눈에 띄지 않을 만큼 천천히 큰다. 어린 주목을 보면 도통 굵어질 것 같지가 않다. 웬만큼 굵어진 주목의 수령은 50~100년을 훌쩍 넘게 마련이다. 그러니 아름드리나무가 되려면 천년도 부족할 것 같다. 그런데도 주목은 아름드리나무로 큰다.

주목이 이 지구 상에 출현한 것은 약 2억 9,000만 년 전쯤이라고 한다. 까마득히 오래전이다.

주목은 은행나무나 소철처럼 암수가 나뉘어 있다. 앵두처럼 빨간 암나무 열매는 끝이 옴폭하게 패어 있어 그 속으로 까만 씨가 들여다보인다. 예로부터 주목의 씨에는 독이 있다고 했고 새들도 주목의 열매에는 잘 접근하지 않는다. 그러나 씨만 먹지 않는다면 문제가 되지 않는다. 다른 침엽수의 열매와 다르게 작고 붉은색인데 달콤하니 먹을 만하다.

주목의 잎은 침엽수 잎치고는 도톰하고 부드러운 편이다. 봄에 돋는 연둣빛 어린잎이 짙은 초록색 잎과 어울려 만들어내는 색깔도 재미있

다. 침엽수라고 해서 사시사철 똑같은 색은 아니다. 침엽수도 낙엽이 떨어지는데 이를 잎갈이라고 한다.

주목은 또 그 이름에 붉을 주朱자가 붙어 있는 만큼 표피의 색깔이 인상적인 나무이다. 나무가 건강할수록 표피의 색깔도 붉다. 우리 정원에 심은 주목 한 그루는 겉껍질이 벗겨져 표피의 색이 밖으로 드러나 있는데 아주 빨갛다.

주목은 또 누구에게나 믿음을 주는 나무이다. 혼자서든 여럿이든, 화

주목의 잎은 침엽수치고 도톰하고 부드러운 편이다. 주목은 또 더디지만 꾸준히 자라 누구에게나 믿음을 주는 나무이다. 배수가 잘되는 흙만 있으면 더 이상 욕심을 내지 않는다.

분에서든 자연에서든 잘 자란다. 본래 고산지대에서 자랐다는데도 특별히 기후를 가리지 않는다. 가리는 것이 있다면 더운 열대지방과 습기가 많은 곳을 싫어한다는 정도이다. 또 물이 고여 배수가 안 되는 흙, 차진 흙을 싫어한다.

토양은 배수가 잘되는 사질양토가 좋다. 배수가 안 되는 질흙일 경우 구덩이를 넓게 파고 자갈을 많이 넣고 흙을 높이 돋우어 심어야 한다. 그럴 때 보면 주목의 가는 뿌리는 파뿌리처럼 보인다. 이런 뿌리로 천년 세월을 산다니 새삼 놀라게 된다.

흔히들 음수라고 하면 햇빛을 싫어하는 나무라고 착각한다. 주목도 햇빛을 싫어하고 그늘을 좋아한다고 알려져 있지만 양지바른 곳에서도 잘 자란다. 다만 여름철 물 관리만 잘해주면 햇빛이 뜨거운 곳에서도 잘 산다. 물론 분재는 뜨거운 여름에는 반음지로 옮겨 심으면 더욱 안심할 수 있다. 그러니까 꼭 그늘진 곳을 좋아하는 게 아니라 그늘진 곳에서도 잘 견딘다. 이른바 내음성이 뛰어난 나무이다.

주목은 이처럼 배수가 잘되는 흙만 있으면 더 이상 욕심을 내지 않는 듯 보인다. 더디지만 꾸준히 자란다. 그 덕분에 우리 정원에도 주목이 몇 주 있다. 키가 큰 주목은 정원 여러 곳에 독립수로 심었다. 어린 주목들은 가는 줄기가 많고 빽빽하게 밀식시켜도 잘 자라기 때문에 연못가나 잔디밭 가장자리 혹은 독립수 주변에 군식으로 심어 모양을 다듬어 놓았다. 물론 화분에는 표피가 일부 죽은 노령의 주목들이 있다.

다양한 모습으로 자라고 있는 우리 정원의 주목들은 언뜻 같은 수종의 나무로 보이지 않는다. 기르는 사람의 취향에 따라 여러 형태로 만들 수 있으니 정원수로는 제격이다.

붉은 표피를 드러내고 줄기를 쭉쭉 뻗은 주목은 이를테면 활기 넘치는 청년의 기상과 같다고나 할까. 반면에 모여서 자라는 작은 키의 어린 주목들은 눈에 잘 띄지는 않지만 언제 보아도 귀엽고 친근감이 느껴진다. 또 화분의 고목은 고목으로서의 풍취를 풍기며 보는 이의 탄성을 자아낸다. 크면 큰 대로, 작으면 작은 대로 우리 정원을 지키는 나무이다.

돌을
껴안은
느릅나무

꽃보다 아름다운 가지

쌀쌀한 기운이 가시지 않은 2월 초순, 분재과 강 과장이 전지가위를 들고 좌대에 올라갔다. 강 과장은 한동안 좌대 위 느릅나무 화분 옆에 서서 느릅나무의 잔가지 속을 들여다본다. 관람로를 따라 오가던 방문객들이 강 과장이 서 있는 좌대 앞에서 물끄러미 강 과장을 쳐다보지만 고개 한 번 돌리지 않는다. 화분 크기가 웬만하면 작업실로 옮겨 다듬곤 하는데, 너무 크고 무거우면 놓아둔 현장에서 다듬게 된다. 그럴 때면 여간 불편한 게 아니다.

이제 새순이 움트기 시작한 느릅나무의 잔가지는 집중해서 들여다보지 않으면 다듬기가 힘들다. 손가락 한 마디도 채 되지 않는 짧고 가느다란 잔가지들이 퍼져 있고 잔가지마다 움트기 시작한 싹이 하나 둘 자리 잡고 있는 것이다.

그런 잔가지를 전지가위로 하나씩 자르는 일에는 많은 시간과 주의가 필요하다. 정확한 부분을 자르는 것도 문제지만 가지의 숫자가 많고 또 가늘기 때문에 잘못 건드리면 옆의 가지를 부러뜨릴 수도 있다. 그러니 강 과장이 방문객이나 다른 곳에 신경 쓸 틈이 없다. 강 과장은 천천히, 그리고 주의 깊게 가지를 살피며 잔가지를 다듬어간다.

간혹 꽃보다 아름다운 가지를 지닌 나무가 있는데 느릅나무도 그렇다. 느릅나무는 잎이 다른 나무에 비해 작지만 가는 가지를 마르게 두지 않는다. 그래서 가는 가지를 다듬는 재미가 있는 나무이다.

강 과장이 다듬는 느릅나무처럼 마디가 짧은 잔가지가 많다는 것은 그 나무가 화분 생활을 한 지 오래됐다는 것을 의미한다. 가지 한 마디를 얻기 위해서는 많은 정성과 시간이 필요하기 때문이다. 그것은 또 나무의 골격이라고 할 수 있을 만한 기본적인 수형이 형성되고 나서야 가능한 일이기도 하다.

느릅나무의 경우 잔가지 다듬기는 잎이 다 떨어지고 가지의 형태가 드러날 때, 초겨울에서 새순이 나오기 전까지, 그러니까 제주도의 경우라면 2월 초순까지가 적당하다. 가지를 다듬을 때는 한두 개의 눈을 남기고 잘라주는데, 이때 남긴 눈이 싹을 틔워 햇가지가 되므로 순의 방향

제주도 흑느릅나무

이 바깥쪽으로 향하도록 잘라주어야 한다.

느릅나무처럼 잔가지가 많은 나무들은 수령이 오래되지 않아도 잔가지 다듬기를 통해 노목의 정취를 살릴 수 있다. 자생하는 노목을 보면 잔가지가 많은데 이는 오랜 세월 비바람에 혹은 무거운 눈에 부러지고 꺾이면서 자연스럽게 형성된 것이다. 분재에서는 그처럼 자연이 오랜 세월에 걸쳐 하는 가지치기를 더 짧은 시간에 할 수 있다.

가지치기를 비롯해 나무의 가지를 다듬는 것을 정지整枝라고 한다. 정지는 화분에서 나무의 아름다움을 도모할 뿐 아니라 고른 생장을 돕는 데에도 목적이 있다. 정지를 하지 않은 채 방치하면 가지가 웃자라게 된다.

나무는 가지 맨 위쪽에 달린 눈에 생장이 집중된다. 생장이 집중된 눈이 자라 햇가지가 되면서 가지 끝이 가늘고 길어지게 되고, 아래에 달린 눈에서 자란 가지는 쇠약해진다. 그래서 자연에서 자라는, 수령이 얼마 되지 않는 나무들을 보면 잔가지는 없고 그저 위로 쭉쭉 가늘고 길게 뻗은 가지가 많다. 그런 가지들이 세월이 흐르면서 부러지기도 하고, 그 밑부분에서 새로 가지가 나와 자연히 가지가 나뉜다.

나무는 이처럼 줄기의 끝, 이를테면 머리에 해당하는 수관樹冠 부위나 강한 가지 끝에 생장이 집중되는 경향이 있다. 생장점이 그곳에 있다고 생각하면 된다. 생장점을 자르면 그 밑에서 양옆으로 새순이 나온다. 이와 같은 간단한 원리를 바탕으로 가지나 새순, 꽃봉오리를 자르거나 솎아준다. 나무의 힘, 수세樹勢가 한곳에 집중되는 것을 막는 것이다. 그것을 통해 나무 전체가 균형 있게 성장할 수 있다.

그러므로 분재를 기를 때 정지는 필수 불가결하다. 정지의 방법에는 가지치기, 새순의 양을 조절해서 솎아주는 순따기, 순집기, 햇가지가 굳어지면 잘라주는 순치기 등등 여러 가지 방법이 있는데 나무의 종류 혹은 나무의 건강 상태에 따라 그 시기와 방법을 정해야 한다.

돌 을 감 싼 혹 느 릅 나 무 와 의 인 연

느릅나무 분재는 분재를 관상하는 입장에서 보아 잡목분재로 분류한다. 이와 같은 분류에 따르면 육송이나 해송·주목·노간주나무·진백 등의 침엽수는 송백분재, 사계절에 따라 변화가 뚜렷한 단풍나무·느티나무·팽나무 등의 낙엽활엽수는 잡목분재가 된다. 크게 보면 잡목분재라 할 수 있지만 그중에서도 꽃이 아름다운 매화나무나 벚나무·영산홍·해당화 등은 화물분재, 열매가 보기 좋은 감나무나 모과나무·배나무·석류 등은 실물분재, 용담이나 석창포 등을 분재처럼 기르면 초물분재가 된다.

이는 무엇을 관상의 포인트로 삼느냐에 따른 분류이다. 달리 말하자면 나무를 화분에서 분재로 기를 때 언제 그 나무가 가장 보기 좋고, 또 어디에 초점을 맞추어 기를 것인가를 제시해주는 분류이기도 하다. 그러므로 잡목이라는 어감이 불러일으킬지도 모르는 가치가 없는 나무라는 의미는 전혀 아니다.

그러나 오늘 한나절 강 과장이 잔가지를 다듬은 느릅나무 분재는 여느 혹느릅나무와는 다르다. 참느릅나무, 왕느릅나무, 당느릅나무, 혹느릅나무 등등 그 종류가 열한 가지에 이른다는 느릅나무 중에서도 그 느릅나무의 이름은 찾을 수 없다. 굳이 이름을 붙이자면 돌느릅나무, 돌과 붙은 느릅나무라고 해야 할 것이다. 참느릅나무의 변이종으로 부분적으로 혹이 생겨나기도 했다.

그 느릅나무를 40여 년 동안 기른 데에는 사연이 있다.

1970년대 말, 나무 기르는 재미를 차츰 알아갈 즈음이다. 얼추 농장의 형태가 잡혀가던 때이기도 하다. 당시 이곳 제주도 사람들에게는 내가 외지인으로밖에는 보이지 않았다. 4·3사건의 상처가 아물기에는 그리 길지 않은 세월 탓인지 외지인을 보는 눈이 고울 리가 없었다. 여러 차례 타향살이의 설움도 겪어야 했다. 지금이야 시시콜콜 다 말하고 싶지도 않지만.

그 무렵 인근 교회에서 알게 된 청년이 있는데 이심전심이라고 그도 육지에서 건너온 터라 허물없이 지내게 되었다. 어느 날 그 청년이 나를 찾아왔다. 결혼 날짜를 잡고 신혼여행 갈 때 입으려고 어렵게 산 신부의 옷을 장모가 버스에 두고 내렸다고 했다. 돈을 빌려달라는 것이다. 얼마나 급하면 나한테 달려와 하소연을 할까 싶어 얼마간의 돈을 빌려주었다.

얼마 후 그 청년은 빌려간 돈 대신 캐어다 놓은 나무들이 있다며 가져다 키워보는 것이 어떠냐고 물었다. 근처 산에서 캐온 것이라고 했다. 나는 느릅나무를 골랐다. 몇 그루를 골랐는데 그중 하나가 돌과 붙은 혹느릅나무, 강 과장이 잔가지를 다듬은 바로 그 느릅나무였다.

제주도에서 돌, 그것도 현무암만큼 흔한 것도 없다. 현무암 덤불 틈에서 싹이 터 뿌리를 내린 그 느릅나무가 신통했다. 돌과 어울려 크는 소나무나 당단풍나무는 많이 보았지만 느릅나무는 처음이었다.

기공이 많은 현무암이라 가능했을 것이다. 본래 나무의 뿌리는 어딘가 작은 틈새만 있어도 뚫고 들어가 점점 두꺼워지면서 자리를 잡고 끝내는 뿌리 내린 그것을 뚫고 나올 만큼 힘이 세어진다고 한다. 그 느릅나무 씨앗도 그랬을 것이다.

돌과 붙은 혹느릅나무를 처음 옮겨왔을 때는 돌에 나무 몸통만 붙어 있었을 뿐 가지는 하나도 없었다. 그러던 것을 땅에 심어놓고 틈틈이 가지를 받으며 잘라주고, 철사걸이를 해서 가지의 방향을 잡아갔다. 몇 년 뒤 느릅나무를 심어놓은 땅에 공사를 하게 돼 다시 느릅나무를 캐서 화분에 옮겨 심고 나서도 몇 년 동안 가지 만들기는 계속됐다.

지금은 돌은 그대로인데 느릅나무만 몰라보게 변했다. 어디까지가 돌이고 어디부터가 느릅나무인지 구분하기가 어렵다. 분토 위로 돌을 뚫고 나온 두꺼운 뿌리가 고스란히 드러나고, 거무스름한 돌과 섞여버

돌을 껴안은 느릅나무. 30여 년 전, 한 청년과의 인연으로 만나게 된 돌에 붙은 흑느릅나무. 나무 기르는 재미를 알아가던 그 무렵, 이웃 청년이 캐다 준 느릅나무는 한눈에도 참 신통했다. 현무암 틈에 뿌리를 내린 그 어린 나무가 자라 지금은 어디까지가 돌이고 어디부터가 나무인지 구분하기가 어려울 정도로 성장했다.

린 껍질은 나무껍질이라기보다 돌에 가깝다.

돌 틈으로 날아온 느릅나무 씨앗이 자라 이제는 돌을 껴안고 있는 것이다.

제주도가 만들어낸 혹느릅나무

20대 후반에 육지에서 건너와 이곳에 뿌리를 내리지 않았다면 나는 느릅나무를 초근목피로 연명해야 했던 춘궁기에 껍질로 허기를 달래준 나무라거나, 유근피니 유백피니 한약재로 유명한 나무로만 생각했을지 모른다. 그만큼 참느릅나무는 중부 이남에서 퍼져 자라는 나무이다.

그런 느릅나무가 요즈음 속껍질에 항암 성분이 들어 있다고 알려지면서 산에 있는 느릅나무들이 수난을 당한다고 들었다. 소나무가 겉껍질이 두꺼운 데 비해 느릅나무는 속껍질이 두껍고 끈적끈적하다. 그 성분이 그와 같은 약리 작용을 하는 것이라 추측해본다.

그러나 그것 또한 느릅나무가 필요해서 가지고 있는 무엇일 터이다. 나무에게서 얻는 모든 것이 알고 보면 나무가 생존을 위해 쓰려고 준비해둔 것들이다. 그것을 적절한 곳에 쓰는 것이야 탓할 일이 아니지만 무턱대고 남획하는 일은 바람직하지 않다. 고로쇠 수액이 좋다고 하면 온 산의 고로쇠나무에 구멍을 뚫고, 겨울 숲의 식량으로 쓰일 도토리를 이

잡듯 주위 도토리의 씨를 말리는 식은 곤란하다.

생각해보면 돌과 붙은 혹느릅나무도 이곳 제주도가 만들어낸 또 하나의 특별한 느릅나무이다. 같은 수종의 나무라도 뿌리 내린 곳에 따라 살아가는 모습이 다른 까닭이다. 결국 느릅나무의 종류라는 것도 애초에는 같은 성질을 지녔을 느릅나무들이 각기 다른 토양과 기후에 적응해가는 과정을 통해 스스로 변이, 변종한 결과일 것이다.

제주도가 만들어낸 특별한 느릅나무, 혹느릅나무도 그렇다. 제주도의 동부, 북서쪽 중산간 일부에서 자생하는 혹느릅나무는 표피가 코르크질로 톡톡 튀어나온 황피성과 잎이 아주 작은 특징을 지니고 있다. 내가 식물학자가 아닌 이상 이러한 특징이 제주도의 토양과 기후 때문이라고 확언할 수는 없지만 제주도에서만 자생하는 혹느릅나무의 이러한 독특함으로 볼 때 혹느릅나무라는 이름이 적합하지 않을까 생각해본다. 이 혹느릅나무는 세계적으로 제주도에서만 자생하는 독특한 수종으로 알고 있다. 세계 각국의 분재가들이 무척이나 선호하고 또 키우고 싶어 하는 수종이다.

혹느릅나무는 씨앗 파종이나 꺾꽂이로 번식시키기도 하고 뿌리 번식을 시키기도 한다. 그런데 파종이나 꺾꽂이, 뿌리 번식으로 얻은 혹느릅나무는 처음에는 황피, 즉 표피의 혹이 생기지 않고 오랜 세월이 흘러

제주도 혹느릅나무

야 피가 돋아난다.

혹느릅나무를 키울 때는 봄순이 나와 굳어진 다음에 가지 정리를 해주고, 7월 초나 중순쯤에 한 번 더 가지 정리를 해주어야 한다. 즉 가지가 전체적으로 골고루 자라도록 신경을 써주어야 한다. 가느다란 가지, 세지細枝도 잘 사는 편이기 때문에 가지 정리를 잘해주면 아름답다. 그러나 가지가 고루 자라지 않아 강한 가지와 약한 가지가 있게 마련이다. 그때 강한 가지의 끝순을 잘라줘 약한 가지에 힘이 실려 고루 자라게 유도해야 한다. 그렇지 않을 경우 힘이 약한 가지가 말라 죽게 된다. 그리고 순이 어느 정도 자라서 굳어지면 눈을 한두 개 놔두고 잘라준다.

가끔 해충이 생겨 나무속으로 들어가 속살을 파먹는 수가 있다. 그러면 톱밥 같은 것이 밖으로 밀려 나온다. 이때 그 자리에 농약을 주삿바늘로 투약해주면 구제할 수 있다. 너무 늦게 발견하면 나무 전체가 죽을 수도 있기 때문에 주의해서 관찰하고, 1년에 2~3회 살충제를 살포해주는 것이 좋다. 살충제를 살포할 때는 나무 전체에 흠뻑 주는 것이 좋다.

일반 느릅나무처럼 혹느릅나무의 껍질 속에도 끈끈한 수액이 있고, 이식을 해도 잘 사는 편이다. 무엇보다 화분 생활도 잘하고 잎이 작아 분재목으로 적합하다. 제주도에서 자생하는 독특한 수종인 혹느릅나무는 그 독특한 황피성과 잔가지가 무척 아름답다. 혹느릅나무의 코르크질 수피와 섬세하게 퍼진 잔가지를 보고 싶다면 겨울이 좋다. 잎 떨어진 가지에 눈이 쌓인 때라면 더 좋다.

물 주기 3년,
정들기 3년

비 오는 날 물 주기

어느 해 여름인가 소사나무 분재 하나가 죽었다. 한창 더울 때였는데 물을 제때 주지 않은 결과였다. 화분에 심은 나무는 한여름에 물 주는 시간을 놓치면 불과 몇 시간 차이로 가지가 마를 만큼 치명적인 손상을 입는다. 햇볕이 뜨겁고 바람이 강한 이곳 제주도에서는 더욱 그렇다.

　나무를 기르다 제일 먼저 부딪히는 어려움이 바로 물 주는 일이다. 일정한 간격으로 물을 준다고 되는 일이 아니다. 사시사철 하루 세끼 밥을 먹는 사람과는 다르기 때문이다. 보통 봄가을엔 하루에 한두 번, 여름엔 두세 번, 겨울엔 사나흘에 한 번 주라고 하지만 꼭 그런 것도 아니다.

그것은 나무의 활동 정도에 따라 물 주는 횟수를 조절하라는 기준이 될 뿐이다.

같은 계절이라도 비가 많이 올 때가 있고 가물 때가 있다. 여름에 장마가 계속되더라도 습도만 높을 뿐 비는 오지 않거나 온다고 해도 흩뿌리듯 내리고 말 때도 있다. 그럴 때 비가 왔다고 물을 주지 않으면 분토 속까지 물이 스며들지 않기 때문에 위험하다. 분토가 젖어 있는지 꼼꼼히 살피는 게 기본이다.

가령 정원수에 물 주는 일은 자연에 맡길 일이다. 나무가 땅속 깊이 뿌리를 내리고 있기 때문이다. 그보다는 가지치기나 소독에 신경을 쓰는 게 좋다. 그러나 나무가 왕성하게 활동하는 시기에 비가 오지 않는 날이 계속된다거나, 뿌리가 얕게 뻗은 어린나무가 있다거나, 이식한 지 얼마 되지 않은 정원수들이 있다면 물 주기에 신경을 써야 한다. 특히 한여름 가물 때는 물을 가끔 줘야 한다. 온종일 땡볕에 서 있는 나무도 사람처럼 갈증을 느끼기 때문이다.

분재와 정원수를 기를 때는 이런 점을 바탕으로 주의 깊게 애정을 가지고 관찰하는 습관이 필요하다.

화분에는 주로 마사토라는, 잘게 부순 돌을 체로 쳐서 분류해낸 흙으로 보수력이 뛰어나고 배수가 잘되는 분토를 쓴다. 보수력이 뛰어나다고는 하지만 좁은 화분이기 때문에 여름 땡볕에 자주 마르게 마련이다. 그렇다고 냉방 장치가 된 실내에 화분을 들여놓아서는 안 된다. 화분에

기르는 나무도 실외에서 자라야 건강하다. 사람도 집 안에만 틀어박혀 있으면 없던 병도 생기듯이 나무도 마찬가지이다. 화분에 나무를 심어 사시사철 실내에만 들여놓고 있는 것은 병들기만 기다리는 일과 다르지 않다. 분재는 대부분 양성식물이기 때문에 실내에서는 최소한의 햇볕과 바람이 있는 곳에 놓고 키워야 한다. 아파트에서 기르려면 동남향이라야 가능하다.

나무는 수종마다 물을 먹는 정도가 조금씩 다르고, 기후 조건에 따라 또 달라지기 때문에 몇 번 주어야 한다고 못 박아 말할 수는 없다. 가령 등나무는 물속에 담가두라는 말이 있을 정도로 물을 좋아한다. 네 번도 좋고 다섯 번도 좋다. 문제는 나무가 목이 마른가 안 마른가에 있지 횟수에 있지 않다.

햇볕이 뜨거운 날 물을 줄 때는 활엽수의 잎에 물이 닿지 않도록 주의해야 한다. 침엽수는 그렇지 않지만 활엽수는 잎이 탈 염려가 있다. 잎이 타는 활엽수 중에서도 윤노리나무는 분토가 항상 젖어 있도록 해야 하는데 어쩌다 한번 마르게 되면 잎이나 열매가 정상으로 회복되지 않는다. 그러나 날이 흐릴 때는 한 번씩 나무 전체를 샤워시키는 기분으로 물을 주어도 된다. 하지만 병충해의 원인이 될 수도 있기 때문에 자주 주는 것은 좋지 않다.

물을 잘 먹지 않는다고 하는 침엽수도 여름에는 물 주기에 신경 써야 한다. 육송은 하루나 이틀에 한 번, 해송이나 향나무는 화분 크기에 따라 하루에 한두 번 혹은 이틀에 한 번은 물을 주어야 한다. 여름에는 침엽수도 갈증이 나게 마련이다. 활엽수처럼 잎이 타지 않기 때문에 낮에 전체적으로 물을 뿌려주어도 괜찮다. 하지만 자주 주면 표피가 누렇게 변할 수도 있으니 역시 주의해야 한다.

이처럼 더울 때는 열심히 물을 주다가도 장마가 지면 물 주기를 소홀히 하는 경우가 있다. 여름에는 나뭇잎이 무성하기 때문에 비의 양이 적을 때는 분토 속까지 비가 스며들지 않는다. 그래서 우산을 쓰고 물을 줄 수도 있는 것이다.

나무를 알아가는 과정

우리 정원의 여름은 그야말로 '물 주기'의 계절이다. 수백 점의 크고 작은 분재가 물 주기를 기다리고 있는 것이다. 조금만 게으름을 피워도 나무를 죽일 수 있기 때문에 직원들과 나는 눈을 반짝이며 화분을 살피고 다닌다. 언제든지 호스를 들고 달려갈 준비가 되어 있는 것이다.

여유를 가지고 물 주는 횟수를 조절하던 봄가을과는 다르다. 봄에는 꽃을 보호하기 위해 꽃잎에 물이 닿지 않게 하면 되고, 가을에도 여유가 있다. 겨울에는 좀 다른 의미로 물 주기에 신경을 써야 하는데, 바깥에서 겨울을 나는 나무인 경우에는 뿌리가 얼지 않도록 주의해야 한다. 뿌리는 기온이 영하 2~3°C이하로 내려가면 어는데 분토가 팽창하면서 화분이 깨지는 수도 있다. 온실로 옮길 수도 있지만 우리 정원에서는 온도 변화에 따라 많이 추운 겨울날에는 분토 위에 담요를 덮어 보온을 해주기도 한다.

추위를 잘 타지 않고 분갈이도 하지 않았다면 제주도의 기후 조건에서는 겨울에 굳이 온실에 넣어둘 필요가 없다. 오히려 밖에서 겨울을 나는 나무가 더 건강할 수도 있다. 그러나 기온이 내려가는 저녁 무렵에는 물을 주지 않는 것이 좋다. 그리고 내륙에서는 겨울철에 온실에 넣어놓지 않으면 분토가 얼어 화분이 깨지고 나무가 죽게 된다. 겨울철에는 반드시 온실에서 관리를 잘해주어야 한다.

일반 가정에서 분재를 기를 때 물 주는 방법에는 여러 가지가 있다.

첫째, 물뿌리개로 분토 위에 뿌려주는 방법이다. 반드시 사방에서 골고루 흠뻑 뿌려주어 분토가 어느 한쪽만 과습해지지 않도록 해야 한다. 계속해서 한쪽만 물을 주게 되면 부분적으로 수분이 부족해져 나무 한쪽이 말라 죽을 수도 있다.

호스를 이용해 물을 줄 경우 여름에는 호스 속의 물이 데워져 있지 않나 살피는 것도 잊지 말아야 한다. 여름 땡볕에 달구어진 호스로 나무에 물을 주면 뜨거운 물을 주는 꼴이 된다. 뜨거운 물은 나무에 치명적 손상을 입힌다. 또 수압의 세기를 적절히 조절해야 한다. 수압이 세면 분토가 패거나 밖으로 넘칠 수도 있고 거름이 튕겨 나가기도 한다.

물이 잘 빠지지 않는 화분은 한 번 준 물이 흡수되기를 기다렸다 조금 후에 다시 주고 또 주고 해 물이 분토 속까지 충분히 스며들게 해야 하며, 화분 밑바닥으로 배수가 될 때까지 주어야 한다. 분갈이를 할 때가 된 화분은 분토가 잘 마르지 않기 때문에 횟수에 구애받지 말고 분토가 말라 있을 때만 흠뻑 주는 것이 좋다. 마르지 않은 화분에 자주 물을 주게 되면 뿌리가 썩을 염려가 있기 때문이다.

둘째, 물통에 물을 받아놓고 그 속에 화분을 담갔다 빼내는 방법이다. 얼마 동안 담갔다 건져내야 하는가는 화분의 배수와 관계가 있다. 배수가 잘되는 화분은 잠깐 담갔다 빼는 기분으로 물을 주어도 되지만 배수가 잘 안 되는 화분은 수면으로 올라오는 기포가 완전히 멎을 때까지 기다렸다가 건져내는 것이 요령이다. 화분째 물에 담가 물을 주는 방법은 가장 안전한 물 주기 방법이라고 할 수 있다. 분재를 시작하는 사람에게 적당하다.

셋째, 물뿌리개로 잎사귀, 가지, 줄기 등 나무 전체에 물을 주는 방법이다. 건강한 분재의 경우 해 질 무렵 잎에 물을 주는 엽수는 한낮의 뜨거운 광선으로 인한 피로를 해소해주고 나뭇잎에 쌓인 먼지나 공해 물질을 씻어주는 효과가 있다. 엽수의 단점은 앞에서도 지적했듯이 병충해의 원인이 될 수도 있다는 것이다. 그렇기 때문에 자주 해주지 말 것을 당부한다.

물 주기 3년이라는 말이 괜히 생긴 게 아니다. 물 주는 일은 나무 기르기의 시작이자 끝이라고 할 만큼 중요하다. 그러나 입장을 바꿔놓고 생각해본다면 어렵다고 할 일만도 아니다. 다 정들어가는 과정이다. 서로가 서로를 알아가는 일이니 최소한 3년은 필요하다.

어떤 사람들은 내게 묻는다.

"어떤 나무가 제일 좋은가요?"

나는 이렇게 대답한다. 어느 부모든 자식 중에 대놓고 누가 더 좋다는 말을 할 수는 없지 않느냐고. 우리 정원의 분재 중에 내가 어느 나무가 더 좋다고 말하면 자연히 그 나무에만 시선이 집중되고 자꾸 만지게 되어 결국엔 죽게 된다. 그래서 더 아끼는 자식이 있더라도 결코 겉으로 표현해서는 안 된다고 말한다.

그래도 꼬치꼬치 캐묻는 사람이 있으면 그냥 웃고 넘어가기도 한다.

3년 동안 제 손으로 물을 주고 애태우며 나무를 길러본 사람은 안다. 제 손으로 물 주고 키운 나무는 다 좋다는 것을. 그 재미를 알 리 없는 사람들이야 그렇게 힘들다면서 왜 화분에 나무를 키우느냐고 하겠지만.

꽃 피는
봄이
오면

짧은 봄꽃, 오래 묵은 마음

어느 날부터인가 우리 정원 어디를 가도 봄이구나 하고 고개를 끄덕이게 된다. 겨우내 시리게 얼굴을 때리던 바람도 이제는 싱그럽기만 하다. 동문 근처로 가다 보면 꽃 진 자리에 이파리가 돌돌 말려 핀 목련나무가 그렇고, 온실로 가다 보면 회춘이라도 하는 듯 썩은 등걸로 꽃눈을 줄줄이 달고 있는 모과나무가 그렇다. 어두워지면 왕벚나무의 일고여덟씩 무더기 진 꽃눈도 별처럼 환해진다. 꽃피는 4월이 시작된 것이다. 화분의 명자나무가 흐드러지게 피운 붉은 꽃을 엊그제 본 듯한데 어느새 반 넘게 져가고 그 옆에서 잠자코 있던 애기사과나무의 꽃망울이 터

애기사과꽃(왼쪽), 배꽃(오른쪽). 나무들이 꽃봉오리를 벌리는 순간은 짧다. 그러나 그 순간을 기다려온 나무들과 내 마음은 오래 묵은 것이다. 봄에 잎을 떨구고 난 자리에 달고 있는 꽃눈을 보면 나무가 부지런히 꽃 피울 생각을 하고 있다는 것을 알 수 있다.

졌다. 애기사과나무는 분홍색 꽃망울을 터트려 흰색 꽃잎을 벌리는 재주가 있다. 작고 귀여운 열매가 그렇듯 꽃을 피우는 모습에서도 귀염성이 느껴진다.

애기사과나무의 흰 꽃 속 노란 꽃술에 붙어 꿀을 빨던 벌들이 잉잉거린다. 멀리 가는가 싶으면 도로 애기사과나무 꽃잎에 내려앉는다. 사람이 앞에 서 있건 말건 신경 쓰지 않는다. 배꽃도 늘어지게 피었다. 흰 바탕에 꽃술이 까만 씨처럼 보이는 배꽃은 가지에 긴 꽃대를 내고 대여섯 개씩 한 묶음으로 피었다.

꽃이 핀 으름덩굴은 언제 보아도 좋다. 이를테면 오른손잡이(감고 오르는 방향이 꼭 오른쪽으로 정해져 있다)라 할 수 있는 으름과 등나무는 흰

색과 보라색 꽃을 피우는 덩굴성 나무들이다. 같은 오른쪽으로만 감는 으름꽃과 등꽃이지만 꽃 피는 모양이 다르다. 등꽃이 가지에 주렁주렁 꽃을 피우는 데 비해 으름은 가지에 배꽃처럼 긴 꽃대를 내고 한 묶음씩 꽃을 피운다. 작은 연보라색 꽃잎에 검은빛이 도는 자주색 꽃술이 화려하지는 않지만 귀여운 꽃이다. 으름꽃 핀 파고라 밑에서는 누구도 그 향기에 취할 수밖에 없을 것이다. 으름꽃이 내뿜는 짙은 향기가 코를 즐겁게 한다. 그리고 정문 쪽에 있는 파고라에서 피는 백등과 보라색 등꽃의 향기는 정문을 들고 나는 방문객들의 코를 즐겁게 해준다.

으름꽃(왼쪽), 으름 열매(오른쪽)

나무들이 봄에 꽃봉오리를 벌리는 순간은 짧다. 그러나 그 순간을 기다려온 나무들과 나의 마음은 오래 묵은 것이다. 대부분의 꽃눈은 전년 6~7월 초에 형성된다. 봄에 꽃 피는 나무가 잎을 떨구고 난 자리에 달고 있는 눈들을 보면 부지런히 꽃 피울 생각을 하고 있다는 것을 알 수 있다.

유심히 보면 나무의 꽃만큼이나 봄에 돋는 어린잎의 모습도 다르다. 사람의 얼굴이 나이에 따라 달라지듯이 나무도 차츰 변해간다. 배나무의 어린잎은 풀죽은 연두색이다. 축축 늘어지기부터 하는 게 소사나무의 어린잎과 비교해보면 더욱 차이가 난다. 소사나무의 어린잎은 짙기도 하지만 조각칼로 파놓은 것처럼 뚜렷한 무늬가 있다. 때죽나무 잎은 끝을 누가 잡아당겨놓은 것처럼 뾰족하고, 윤노리나무 잎은 쪼글쪼글한데 가장자리만 까만 테를 두른 것처럼 보인다. 빗살나무의 어린잎은 새로 난 연두색 가지에 나란히 붙어서 나고, 동백나무의 어린잎은 햇가지의 붉은색을 그대로 옮겨 받은 듯 붉은빛이 돈다.

귀엽고 앙증맞기로는 연두색 산단풍나무 잎이 제일이다. 다섯 갈래로 갈라진 작은 단풍잎이 어린아이 손바닥처럼 예쁘다. 이제 죽은 듯 잠잠하던 가지가 서서히 초록색으로 덮여가는 것이다.

백등나무

뛰어다녀도 늦는 이유

바람도 다르고 햇볕도 다르고, 봄은 이를테면 정원이 겨울잠에서 깨어나 기지개를 켜는 때이다. 구석구석에서 새로운 싹이 성큼성큼 올라온다. 겨우내 누렇게 시들어 있던 잔디밭에도 생기가 돌고 변화가 시작된다. 날이 좀 따뜻해졌다 싶으면 어느 결에 파릇파릇한 풀들이 머리를 디밀고 올라와 길게 자라 있다. 잔디가 새로 나는 게 아니라 잡초가 먼저 올라온다. 잡초는 뜯기만 해서는 안 되고 뿌리째 파내어야 다시 나오지 않는다. 올봄에도 직원들과 나는 일하는 틈틈이 잡초를 뽑았다. 하지만 어디에서 잡초 씨앗이 날아오는지 뽑고 돌아서면 이곳저곳에서 수도 없이 새로 나온다. 그야말로 잡초와의 싸움은 끝이 없는 전쟁이다. 그러니 방문하는 손님들에게 아름다움과 감동을 선사하는 것은 참으로 어려운 일이 아닐 수 없다.

봄에 잔디가 잘 자라게 하려면 초가을에 굼벵이 약을 살포해주는 것이 좋다. 여름에 극성을 부리던 매미가 사라지면 매미알이 유충이 되어 일제히 땅으로 내려간다. 그럴 때 비 오는 날을 선택해 토양 살충제를 뿌려주어야 한다.

우리 정원의 경우 중앙 잔디밭을 제외하면 대부분 오름 형태로 이어진 동산에 잔디를 심은 까닭에 잔디 깎기가 쉽지 않다. 한여름이 되기 전에 며칠 동안 제초기를 등에 지고 동산의 굴곡을 따라 오르락내리락

하며 잔디를 깎아야 하기 때문이다. 1년에 3~4회 정도 깎아준다.

정원 가꾸기는 조화를 꾀하는 일에서 시작된다. 우리 정원의 잔디가 사철 파란 양잔디가 아니라 겨울에 누렇게 시드는 토종 잔디인 것도 그 때문이다. 나무가 봄이면 잎이 돋고 가을이면 낙엽이 지듯이 잔디도 봄에 새싹이 나고 겨울에 시들어야 조화롭고 아름답다.

정원의 잔디가 빠르게 초록으로 변해가듯이, 나무도 하루가 다르게 변화한다. 꽃이 피고 잎이 나와도 직원들은 꽃 피는 봄을 한가로이 감상할 여유도 없이 뛰어다니기 바쁘다. 우수, 경칩 전후로 시작된 일이지만 나무마다 하루가 다르게 물이 오르고 새순이 나고 꽃망울이 터지기 때문에 그때그때 처리해야 하는 많은 일들을 당해낼 재간이 없는 것이다.

일단 서리가 내리지 않는 춘분 일주일 전쯤 온실에 있던 화분들을 서서히 바깥으로 내놓기 시작한다. 분갈이를 하고 온실에서 겨울을 보낸 나무들, 작년 겨울 처음으로 화분에 옮겨 심은 나무들, 또 추위에 약하기 때문에 항상 온실에서 겨울을 나는 감나무·석류나무·피라칸사·장수매 같은 화분을 바깥으로 옮긴다.

땅에서 처음 화분에 옮겨 심은 나무는 특히 활착에 신경을 쓰게 마련이다. 사람으로 말하자면 대수술을 하고 온실이라는 중환자실에서 회복기를 거친 후 처음으로 바깥 구경을 하는 환자들과 같기 때문이다. 그래서 처음으로 화분에 옮겨 심은 나무를 넣어두는 온실은 분갈이한 화분을 넣어두는 보통의 온실보다 온도를 더 높게 유지해주어야 한다. 그래야만 나중에 새순이 잘 나온다. 온실에서 새순이 나와 성장하는 과정을 보아가며 바깥 온도가 높아질 때 밖으로 내놓는데 흐린 날이나 가랑비가 오는 날이 좋다.

간단해 보이는 그 일도 막상 해보면 만만치가 않다. 우리 정원의 온실 두 동에 있는 화분의 수도 수지만 그 무게가 천차만별이기 때문이다. 혼자 들어도 거뜬한 것이 있는가 하면 네댓 명이 매달려도 옮기기 어려울 만큼 무거운 것도 있다. 여럿이 힘을 모아 화분을 옮기다가 누구 하나라도 호흡이 맞지 않아 그것을 놓쳤다고 생각하면 아찔해진다. 분재를 야외에 전시하는 우리 정원의 경우 특히 대형 화분이 많기 때문에 때로는 대여섯 명이 들어서 옮겨야 하는 경우도 있다. 그렇게 몇 명의 직원이 일주일 내내 화분 옮기는 작업을 하게 된다.

화분을 바깥으로 내놓고 나면 더 많은 일이 기다리고 있다. 혹시 서리가 내리지 않나 싶어 며칠간은 항상 조심하게 되고, 새순이 잘 나오고 있는지 관심을 가지고 돌아보게 된다. 그리고 나무의 상태를 세심하게 관찰해 물을 준다. 횟수는 정해져 있지 않다. 날씨나 나무의 상태에 따라 물을 주어야 한다. 순이 자라면서 솎아주는 작업도 하게 되고, 4월 중순경부터는 거름을 분토 위에 올려준다. 그러면 물을 줄 때나 비가 올 때 영양분이 분토로 조금씩 스며든다. 기름을 짜는 유채박을 발효시켜 기타 원료와 배합해 만든 유박은 시중에 여러 종류가 나와 있다. 그러나 품질에 차이가 많으므로 품질이 좋은 것을 골라 사용해야 효과를 볼 수 있다.

분재에 거름을 주는 시기는 대체로 4월 중순에서 늦여름까지이다. 1년에 2회를 주는데 나무가 왕성히 활동하는 시기에 영양분을 충분히 보충해주어야 한다. 화분의 크기에 따라 덩어리 거름을 주는데, 보통 화분에 20~30알씩 준다. 화분의 크기에 따라 더 줄 수도 있다. 2~3개월 후 거름기가 다 빠져나가면 찌꺼기를 제거하고 다시 주어야 한다.

반드시 유박 거름만 주는 것은 아니다. 최근에는 다양한 거름도 많이 나와 있다. 거름을 오랫동안 주지 않아 영양이 부족하면 생장이 멈추며 나뭇잎이 누런색으로 변하고 가지가 하나 둘씩 말라 죽다가 전체가 죽을 수도 있다.

열매를 맺는 나무는 다른 나무와 같이 처음부터 거름을 주지 말고 꽃이 진 다음 열매가 어느 정도 자라 착과가 되었을 때 거름을 준다. 그리고 건강한 열매는 두고 작은 열매부터 몇 차례 솎아주어 적당한 숫자의 열매만 남긴다. 아깝다고 욕심을 부려 너무 많은 열매를 놔두면 나무가 약해지거나 죽을 염려가 있다.

나무의 상태를 살펴 수형도 새로 잡아주어야 하는데, 봄에 하는 녹지걸이도 그중 하나이다. 햇가지에 철사를 감아 가지의 방향을 유도해주면 된다. 목질화가 진행되지 않은 햇가지이기 때문에 부드럽고 유연해서 철사를 감아주어도 나무에 무리가 가지 않는다.

이렇게 나무마다 필요한 것이 다르니 이 나무에서 저 나무로 옮겨 다니다 보면 하루해가 어떻게 지나가는지 모르게 지나가버린다. 그리고

한편에서는 돌담 쌓는 공사가 연중 틈나는 대로 계속되고 이것저것 손대야 할 일이 무수히 많다. 또 한편으로는 영업에도 신경 써야 하고 VIP 방문 일정이 겹치게 되면 그야말로 하루해가 순식간에 저물어간다. 그러는 사이 나무에 꽃이 피고 잎이 나고, 정원은 어느새 초록색 물이 든다.

———

명자나무. 이 나무에서 저 나무로 쉼 없이 변화하는 나무들을 돌보느라 뛰어다니다 보면 긴 여름 해도 짧다. 새순이 돋고 꽃이 피고 진 자리에 열매를 맺는 나무들의 조화 속에 정원도 모습을 바꾸어간다.

나의 우주,
나의 녹색 정원

동산 속에 만든 분재 대피소

"여긴 뭐 하는 데예요?"

방문객이 신기하다는 듯 물었다.

직원들과 나는 동산 아래에 좌대를 세우고 있는 중이었다.

"대피소예요. 분재 대피소! 태풍이 불면 화분 옮겨다 놓는 곳이에요."

일을 끝내고 뒷정리를 하던 조 주임이 목소리를 높였다. 1년에 한두
번은 지나가게 마련인 태풍이 올 때마다 화분을 온실로 옮기는 일에 늘
애를 먹고 있었다. 화분의 무게와 수도 만만치 않았고 온실도 비좁았
다. 무엇보다도 비에 흠뻑 젖은 채 화분을 옮기느라 쩔쩔매는 직원들 보

좌대와 화분, 동산, 정원수, 돌, 우물, 항아리……이 모든 것이 선으로 이어지고 끊어지면서 땅과 만나고 하늘과 만난다. 시시각각 변하지 않으면 묘미가 없다. 그러므로 정원을 가꾸는 이는 끊임없이 정원의 풍경을 바꾸고, 무엇인가를 빼내고 더해야 한다.

기가 안쓰러웠다. 그렇게 화분을 옮기느라 한바탕 소동을 치르고 나면 몸살이 날 정도다. 태풍이 올라오기도 전에 쓰러지는 건 우리 직원들이었다. 어디 가까운 데에 튼튼한 창고를 만들기는 해야겠는데……. 머릿속에서 늘 뱅뱅 돌던 생각이었다.

어느 날 동산을 만들던 중에 이번에는 그 안을 창고로 만들어야겠다는 생각이 떠올랐다. 어차피 동산을 몇 개 더 만들 생각이었다. 돌과 흙을 쌓아 만드는 동산이니 그렇게 하면 공간을 효율적으로 이용할 수도 있고, 일거양득이다 싶었다. 그러나 작업 과정이 그리 쉬운 일만은 아니었다. 그렇게 할 경우 과정이 이만저만 어려운 게 아니고 시간도 많이 소요될 뿐만 아니라 방문객들에게도 미안하기 그지없는 일이다.

먼저 굴착기로 땅을 팠다. 땅속에 커다란 돌이 있는 곳은 거기까지, 작은 돌보다 흙이 많이 나오는 곳은 되도록이면 깊이 팠다. 그때 나온 흙은 동산을 만드는 데 사용할 것이었다. 사택 마당에 모아놓은 크고 작은 잡석을 넣는 일까지는 별 무리 없이 진행되었다. 그러나 그다음이 문제였다. 비 오는 날이 잦아졌기 때문이다. 외부에서 부른 목수들은 조금만 날씨가 궂어도 쉬기 때문에 목수들의 일정에 우리가 따라가는 수밖에 없었다. 하루가 천금 같았지만 기다릴 수밖에 없었다.

봄까지 공사판을 벌이기는 싫었다. 겨울이야 봄을 준비해서 이것저것 공사를 하고 바꾸고 하는 것이 이해되지만 봄까지 공사를 매일 할 수는 없었다. 그렇게 어수선한 모습으로 방문객을 맞는 것은 도리가 아니기 때문이다. 봄에는 분재 좌대도 고치고 새로 세워야 한다. 또 봄에서 여름까지는 다른 일에 신경 쓸 여력이 없을 만큼 물 주기와 가지 정리, 소나무 단엽 등으로 바쁘고, 늦가을에서 겨울까지는 가지 정리는 물론 분갈이도 해야 한다. 그렇게 맞물려 돌아가는 것이 정원의 일이니 동산을 만드는 정원 공사는 방문객이 적고 나무 이식의 적기인 2월이 적당한 때이다.

여하튼 처음에는 돌로 굴뚝을 만들 계획은 없었다. PVC로 간단하게 환기구를 낼 생각을 했는데 공사를 하면서 미관상 보기가 흉해 생각이 바뀐 것이다. 지금 와서 보니 잘했다 싶을 만큼 동산의 굴뚝은 보기가 좋다. 그러나 일이 거기서 끝나는 것은 아니다. 정원 일이란 무엇이든 한 가지를 하고 나면 그것을 기본으로 또 해야 하는 다른 일이 생기게 마련이다. 정원석을 놓고 그 동산에 잔디까지 심었으니 이제 돌을 옮기고 좌대를 세우는 일이 남아 있다. 그래서 요 며칠 우리는 좌대를 옮기고 세우는 일에 매달려 있다.

제 자 리 찾 아 주 기

점심을 먹고 다시 좌대를 세우는 일이 시작됐다. 3코스 동산이었다.

"이쯤이 어떨까요?"

강 과장이 애기사과나무 좌대와 혹느릅나무 좌대 위쪽을 가리켰다. 겨울 동안 누렇게 죽어 있던 잔디가 이제는 물이 올라 짙은 녹색으로 바뀌어가고 있다.

"너무 높지 않을까. 네 생각은 어떠냐?"

강 과장이 가리킨 동산의 중간께를 쳐다보며 강 주임에게 물었다.

강 주임은 선뜻 대답을 하지 않고 한 걸음 뒤로 물러섰다.

"좌대 높이가 있으니까 보는 사람이 좀 부담스럽지 않을까요?"

"그래, 그렇겠지. 돌 때문에 깊게 심을 수도 없고."

"그렇지만 아래에 세우면 보기가 안 좋아요. 지금은 잔디도 파랗고 나뭇잎도 파란데……."

강 과장은 여전히 좀 더 높이 좌대를 세울 것을 원했다.

"하긴 또 그래."

나는 동산을 따라 좌대를 쭉 훑어보았다.

좌대는 야트막한 능선을 따라 지그재그로 서 있다. 한쪽의 돌과 우물을 지나 팽나무, 혹느릅나무, 애기사과나무, 해송이 있다. 그중 혹느릅나무와 해송 화분은 동산 위에, 팽나무와 애기사과나무는 동산 아래 좌대에 놓여 있다. 간격이 너무 가까우면 제대로 분을 감상할 수 없기에 적당한 여백과 변화가 필요한 것이다.

그러나 아무리 보아도 강 과장이 가리킨 곳에 좌대를 세울 수는 없을 것 같다. 그곳에 좌대를 세우고 나면 그 높이도 문제지만 간격도 빠듯해

보인다. 반대로 지금은 조금 넓은 듯도 하지만.

"안 되겠어. 차라리 저 위쪽 해송 옆이 낫겠어."

내가 가리킨 곳은 작은 동산의 능선이 아래로 급격하게 떨어지는 곳이었다.

"괜찮겠네요."

땅과 만나고 하늘과 만나는 선

둥근 기둥과 넓적한 사각형의 판으로 분리된 좌대는 돌로 만든 것이기 때문에 아주 무겁다. 그러나 좌대를 세우기 위해서는 좌대만 필요한 것이 아니다. 땅을 파고 넣을 조그만 잡석과 좌대를 고정시킬 시멘트, 기둥에 사각형 돌판을 얹고 표면을 곱게 갈 전동 드릴, 최종적으로 수평이 이루어졌는지 알아보기 위한 수평자가 필요하다. 화분을 올려놓을 돌판이니 눈대중으로 수평을 확인할 수는 없기 때문이다.

일단 동산의 땅을 파야 했다. 다행히 굵은 돌이 없어 파기가 수월했다. 그렇게 땅을 파서 나온 검은 흙은 모아둔다. 흙이 귀한 곳이니 다 소용될 곳이 있는 것이다. 파낸 자리에 기둥을 세우고 수평자로 수평이 이루어졌는지 확인하기까지 한두 시간 남짓 걸렸다. 일을 끝내고 장비를 챙겨 뒷마무리를 하고 다시 좌대를 가져와 다른 곳으로 이동하자면 또 한두 시간이다. 그뿐인가. 그곳에 올려놓을 화분을 정해 또 옮겨와야 한다. 그러니 하루에 4~5개의 좌대를 세우면 다행인 것이다.

"생각보다 더 낫네요."

좌대 돌판의 수평을 확인한 후 한 걸음 떨어져서 그 좌대를 쳐다보던 박 대리가 말했다.

박 대리 말대로 짙은 회색빛 좌대는 동산의 아래로 굽이진 능선, 파란 잔디와 어울려 조화를 이루고 있었다. 그곳에 화분을 올려놓으면 뒤로 잔디가 보이지 않으니 요즘처럼 잎이 파란 나무 또한 돋보일 것이다.

"2코스에 있는 모과나무가 어떨까요?"

박 대리는 벌써 좌대에 올릴 화분을 생각하고 있었다.

"적당할 것 같네. 실은 나도 그 모과나무를 생각했거든."

높이가 있으니 너무 큰 화분은 부담이 될 것 같았다.

"그럼 2코스엔 뭘 가져다놓죠?"

"글쎄. 어떤 화분이 좋을까?"

한번 세우고 나면 옮기기 어려운 것이 좌대이기도 하다. 그 좌대 하나만 옮긴다고 해서 될 일도 아니다. 좌대는 또 다른 좌대로 이어지고, 각각의 좌대에 놓인 분의 종류, 동산의 형태와 색깔, 정원수와의 간격, 주변에 있는 돌의 크기와 위치까지, 이 모든 것이 하나의 공간에 선으로 이어지고 끊어지면서 땅과 만나고 하늘과 만나게 된다. 그뿐 아니라 정원의 항아리, 안내 팻말, 조형물 등등 연결되지 않는 것은 아무것도 없다.

또 그것은 고정되지 않은 선이기도 하다. 한번 자리를 잡았다고 해서, 그때 보기 좋다고 해서 그대로 있는 것은 아니다. 계절마다 나무의 모습이 다르고, 나무는 점점 크게 자란다. 변하는 것이다. 정원에 심은 나무는 천성대로 변해가고, 화분의 나무는 좀 더 천천히 변해간다. 그렇게 변하는 속도도 제각각이다. 시시각각으로 변화하지 않으면 정원의 모습은 정체될 수밖에 없다. 그러므로 정원을 가꾸는 이는 변화하는 것들의 주변 위치를 바꾸고, 무엇인가를 빼내고 무엇인가를 더해야 한다.

살아 있는 나무가, 자연이 시시각각 변하기 때문이다.

작은
분재 하나의
힘

농사꾼의 잠 못 드는 밤

요즈음 들어 9시 뉴스가 끝나기도 전에 곯아떨어지기 일쑤다. 의자에 앉아 뉴스를 보다 꾸벅꾸벅 조는 것으로 부족해 그대로 잠들어버린다. 눈 뜨면 정원으로 나가 하루해를 보내는 게 조금씩 힘들어지는 탓이겠지 하고 위로를 해보지만 자리에 누웠다가도 아침까지 자지 못하고 1~2시가 되면 일어나 앉는 건 정말이지 고역이다. 그때부터 두어 시간은 정신이 말똥말똥해지기까지 한다.

몇 년 전 허리 수술을 받은 이후로 자주 그러더니 이제는 하루도 빼놓지 않고 되풀이된다. 그 덕에 나는 하루 일을 떠올리며 메모를 하고 정리하는 귀한 시간을 얻게 되었다.

어쩌다 도시에 나가보면 밤새도록 뒤척이는 나무들을 보게 된다. 다

그만한 이유와 사정이 있겠지만 밤새 켜두는 보안등 밑에는 나무를 심지 말 일이다. 사람이나 나무나 밤에 자고 낮에 일하는 것은 같다. 하루 일과를 마치고 휴식을 취하고 있는 나무도 자게 두어야 한다. 보안등 불빛은 나무의 휴식을 방해한다. 그것이 나의 한밤중 독서를 두고 고육지책이라 표현한 이유라면 이유이고, 변명이라면 변명이다.

여하튼 오밤중에 일어나 돋보기 걸친 눈으로 신문을 읽거나 분재 잡지를 보고 책을 읽는다. 밑줄을 긋고 메모도 하고 그도 지루해지면 떠오르는 대로 몇 자 적는다. 부지런히 그렇게 한다. 달리 그 밤에 할 일이 없으니까.

한번은 나무 도감을 펼쳐놓고 읽었는데 열매 모양을 그림으로 그려 놓은 부분이었다. 견과, 구과, 박과, 핵과, 이과⋯⋯. 나는 그 그림을 보면서 '견과는 도토리, 구과는 솔방울, 박과는 으름, 핵과는 복숭아네. 이과야 물론 배지', 하는 식으로 맞장구를 쳐가며 읽었다. 그런데 동시에 한겨울 부뚜막에서 어머니가 쑤시던 도토리묵과 강아지 고추 같은 열매에 깨알처럼 까만 씨가 있는 달디단 으름, 한 입만 물어도 단물이 줄줄 흐르던 복숭아 등이 떠오르며 침이 고이고 말았다.

동지가 지난 지 얼마 안 됐다고 하지만 부엌에 도토리묵이며 으름, 복숭아 따위가 있을 리 없었다. 하는 수 없이 나는 그 밤에 부엌을 뒤져 배를 깎았다. 수입 개량종 신고였다.

우리가 과일을 얻고자 기른 나무들은 야생 나무에 접을 붙인 것이 대

부분이다. 복숭아, 사과, 밀감, 배도 그렇다. 돌배나무에 접을 붙여 배나무를 만들고 그렇게 기른 배나무에서 우리나라의 토종 배, 금화배니 봉산배니 하는 품종이 생겼다. 그러나 지금은 수입 개량종에 밀려 찾아볼 수가 없다. 기르기 쉽고 맛 좋고 수확량까지 많은 개량종을 심는 과수 농가를 탓할 바는 아니지만, 우리 시장에서 토종 배가 자취를 감췄다는 건 아쉬운 일임이 분명하다.

배나무보다 열매가 달지는 않지만 돌배나무는 목재로서의 쓰임이 주요하다. 팔만대장경도 무겁고 단단한 돌배나무 목판에 새겼다고 들었다. 떫떠름한 돌배도 항아리 속에 넣고 한동안 뚜껑을 덮어두면 향기도 깊고 맛도 좋아진다. 그러나 돌배나무는 대부분 관상용으로 심지 먹기

배나무. 분재를 잘 모르는 사람에게도 굵고 실한 열매를 주렁주렁 매단 배나무가 참 신통해 보이나 보다. 작은 나무에서 크고 싱싱한 열매를 보려면 갓 열매가 달렸을 때부터 열매를 솎아주고, 거름도 넉넉히 주는 등 각별한 노력과 정성이 필요하다.

위해 재배하지는 않는다.

우리 정원의 화분 나무 중에도 돌배나무와 배나무가 있다. 돌배나무는 이를테면 토종 배나무의 아버지이다. 여러 개량종 배나무의 뿌리 부분 나무, 곧 대목으로 돌배나무가 사용되는데 분재에서는 배나무를 그다지 중요한 나무로 보지 않는다. 그러나 화분 안에서 작은 배나무에 열매가 달려 있는 모습은 누구나 신기해한다.

크고 싱싱한 배를 얻으려면 봄에 열매가 커다란 콩알보다 더 자랐을 때 건강한 열매만 남겨두고 솎아주어야 한다. 물론 열매가 제대로 자리를 잡아가면 거름도 넉넉히 주어야 하고, 열매가 자라는 것을 보아 두세 차례 열매를 더 솎아주어야 한다. 최종적으로 가장 보기 좋고 건강한 열매를 서너 개 정도 남겨두면 된다.

북한 김용순 로동당비서의 방문

북한 측 인사가 처음 우리 정원을 방문한 것은 2000년 9월 12일이다. 김용순 로동당비서가 우리 정원을 방문한 그날은 마침 추석날이었다. 그런데 태풍경보가 내려진 상태였기 때문에 나는 크게 당황했다.

그 전에 나를 포함해 전국에서 선발된 관광인 100명이 북한을 방문하기로 날짜가 잡혀 있었지만 갑작스럽게 북한의 김용순 로동당비서가

내나라, 내조국을 위해
재능과 로력을 깡그리 바치자!
분재예술원을 고도의 인내를
가지고 가꾸신 성범영 애외분
들에게 경의를 드린다
주체89(2000)년 9월 12일.
김 용순.

2000년 9월 12일. 우리 생각하는 정원을 방문한 북한 김용순 로동당비서와 함께.

우리 정원을 방문하기로 결정되었다는 연락을 받고 북한 방문을 포기한 터였다. 때마침 간접적으로 영향을 주는 중급 태풍이 올라오고 있었다. 고민 끝에 직원들이 좌대 아래로 내려놓은 분재를 김용순 로동당비서 일행이 다가오면 앞에서는 올리고 뒤에서는 다시 내리는 식으로 안내를 했다.

김용순 로동당비서는 "대단히 아름답다", "황무지 돌밭에 이렇게 만들기까지 얼마나 고생이 많았겠나" 하면서 "이 정원을 볼 수 있게 해줘서 정말 고맙다" 등등 거센 바람에도 불구하고 내가 분재를 안내하는 동안 격려와 감탄을 아끼지 않았다. 관람 후 나는 그에게 글을 남겨줄 것을 부탁했고, 그는 잠시 머뭇거리더니 이렇게 말했다.

"나는 다른 과목은 다 만점이었는데 서예만은 빵점이었습니다. 하지만 아름다운 곳에 왔으니 쓰겠습니다, 허허."

지금도 그가 남긴 '내 나라 내 조국을 위해 재능과 로력(노력)을 깡그리 바치자! 분재예술원을 고도의 인내를 가지고 가꾸신 성범영 내외분들에게 경의를 드린다'라는 휘호를 볼 때마다 서예만 빵점이었다며 웃던 그의 얼굴이 떠오르곤 한다.

나는 관람을 마치고 떠나는 김용순 로동당비서를 정문에서 배웅하며 "우리 정원에는 남한 전국에서 자생하는 나무들이 다 있습니다. 앞으로 북한에서 자라고 있는 나무도 이곳에서 전시할 수 있었으면 좋겠습니다"라고 말했다.

그러자 그는 웃음 가득한 얼굴로 대답했다.

"허가를 득하고 전시해야 합니다."

나도 웃으며 대답했다.

"예, 그렇게 해주십시오."

나는 그에게 수년간 아껴 키워오던 홍자단 중품분재를 선물로 주며 "잘 키워주십시오"라고 말했다. 그리고 마음속으로 하루속히 남북이 사상의 장벽을 허물고 통일이 되기를 기원하면서 작별 인사를 나누었다.

북한 김일철 인민무력부장의 방문

얼마 전 북한의 김용순 로동당 비서 일행이 우리 정원을 방문하고 돌아간 후 또다시 남북한의 귀한 손님들이 찾아왔다. 조성태 전 국방장관과 김일철 인민무력부장 일행이 남북 국방장관 회담을 가진 후 우리 생각하는 정원을 방문한 것이다. 남북한 양측에서 많은 수행원과 기자단이 함께 찾아왔다.

나는 남북한의 군총수들을 맞기 위해 날짜가 잡히자마자 미리 많은 준비를 서둘러하며, 작은 실수도 해서는 안 된다는 긴장 속에 조심조심 귀빈들을 맞았다. 그들은 정원을 돌아보는 내내 감탄하며 하나하나 살폈고, 어떻게 나무들을 이토록 아름답게 키울 수 있었느냐고 신기해하며 많은 질문을 해왔다.

나는 "나무도 사람과 같이 생긴 모양과 성격이 각각 다르며, 그에 따라 원하는 환경과 성격을 맞추어주어야 합니다"라고 설명했다. 그들은 내 말을 경청하면서 하나하나 자세히 살펴보았다.

북한 측 인사들은 "놀랍습니다"라고 칭찬과 격려를 아끼지 않았다. 특히 1코스에 써놓은 '나무를 사랑하는 모든 분에게'라는 글을 읽어보고는 내 손을 꼭 잡고 "대단한 애국자입니다"라고 말하며 무척이나 기뻐했다.

나무를 사랑하는 모든 분에게

생각하는 정원은 1992년 7월 30일 문을 연 이래 세계 각국 언론과 저명인사들이 '세계에서 가장 아름다운 정원'으로 인정하는 곳입니다. 제가 1968년부터 가시덤불로 뒤덮인 황무지를 개간해 이 정원을 연 것은 모든 사람이 자연의 섭리에 따라 서로 사랑하며 평화로운 세상을 만들기 바라는 뜻에서였습니다.

때로는 나무를 가꾸고 돌을 져나르다 너무 힘들어 하늘을 자주 우러러보았습니다. 그러나 그때마다 나무들이 '자연의 섭리에 따라 살라'고 속삭였고,

하늘과

땅과

햇살과

바람과

구름과

비와

이웃과

제주도와

내 사랑하는 조국 대한민국이 도와 오늘에 이르렀기에 진정 감사하는 마음으로 나무를 사랑하는 전 세계인들에게 이 정원을 바칩니다.

조성태 전 국방장관과 김일철 인민무력부장 그리고 나는 역사관 앞에 있는 감이 주렁주렁 달린 분재 앞에서 손을 꽉 잡고 사진 촬영을 마쳤다. 그런 다음 그들은 지금까지 우리 정원을 방문한 귀빈들의 사진과 30년 개척사를 돌아보고, 돌밭과 가시덤불을 일구어 만든 사진들을 보면서 "어떻게 이러한 황무지에다 이토록 아름다운 정원을 만들어낼 수 있었는지……"라며 감탄에 감탄을 연발했다. 그리고 잉어가 노니는 연못에서 잉어에게 밥을 주며 즐거워하기도 하고 징검다리를 뚜벅뚜벅 걸으며 흐뭇해하는 모습은 지금도 내 뇌리에 남아 있다.

나도 돌다리를 함께 걸으며 마음속으로 하루빨리 통일이 이루어져 저 잉어들처럼 평화롭게 남북이 서로 오가며 살아갈 수 있게 되기를 기원했다.

다리를 건넌 일행은 작은 배나무 분재에 커다란 배들이 주렁주렁 달려 있는 것을 보고는 "아, 작은 화분에 배가 저렇게 크게 달렸네"라고 신기해하면서 놀라는 표정을 지었다. 나는 "이제 배가 잘 익었습니다. 이렇게 잘 익은 배는 귀한 손님이 방문하셨을 때 따서 접대하는 것이 저희들의 예의입니다"라고 말했다. 그러자 그들은 놀라면서 "아니, 따지 마십시오. 그거 아까워서 따면 안 됩니다"라며 극구 말렸다. 나는 "이제 잘 익었으니 놔두어도 얼마 안 가서 저절로 떨어집니다"라며 직원에게 가위를 가져오라고 해 직접 따보라고 했다. 그렇게 배 두 개를 따서 시식을 했고, 일행은 배 맛을 보더니 "아, 배가 정말 다네요"라며 함박웃음을 지었다. 그때 같이 수행한 북한 인민무력부의 김현준 소장은 감동적인 휘호를 써주기도 했다.

그 후 저녁 식사 전에 잠시 시간적 여유가 있어 다과와 과일을 먹으며 정원을 돌아본 소감을 서로 나누는 시간을 가졌다.

이렇듯 문화와 예술은 사상과 이념도 없으며 서로의 인격을 높여줄 뿐만 아니라, 정서 함양을 통해 인간의 마음을 아름다운 평화로 이끌어주는 데 윤활유 역할을 하기도 한다. 또 각기 다른 나무 문화를 통해 진리와 철학을 공유할 수 있으며, 그것을 통해 서로가 교류하면서 높은 수준의 문화생활은 물론이고 아름다운 사회를 함께 구현해가는 계기가 되기도 한다.

남북한 통일부 장관의 방문

2005년 12월 4일, 제17차 남북 통일부 장관급 회담이 제주도에서 남북한이 세 번째 회담이 열리게 되었다. 그 일정 중에 남북의 통일부 장관급 인사들이 우리 생각하는 정원을 또다시 방문하겠다는 연락이 왔다. 우리 정원 식구들은 몇 차례 북한의 주요 인사들을 맞이할 때마다 감사하는 마음 그대로 언젠가 이루어질 한반도 통일을 염원하며 정성껏 손님들을 맞을 준비를 했다.

나는 남북한 통일부 장관 방문을 환영하기 위해 정문에서 그들을 맞

농부의 슬기와 재능은
세상이 알아야 한다
민족의 아름다운 문화에
보탬하는 농부의 한생에
경의를 표한다. 9.25. 김현준

2000년 북한 김일철 인민무력부장과 조성태 전 국방장관의 방문. 수행한 인민무력부 김현준 소
장이 써주었다.

았다. 북한측 권호웅 단장의 첫말이 "저는 두 번째 원장님을 뵈러 왔습니다." 하여 나는 깜짝 놀라 "아니 두 번째 오시다니요? 언제 다녀가셨습니까?" 하니 "김용순 서기장님 방문시에 함께 왔었습니다." 하여 나는 "저는 전혀 기억할 수가 없군요. 오직 김용순 서기장님만 기억에 남

2006년 2월 14일 정동영 통일부장관과 북한 권호웅 단장 방문

습니다." 하면서 서로 기쁜 마음으로 손을 잡으며 한바탕 웃었다.

나는 관람 중에 조심스럽게 내가 생각하는 나무 문화에 대해 이야기를 했다.

"오랜 세월 동안 분재를 가꾸면서 그 속에서 많은 진리와 철학을 깨달을 수 있었습니다. 분재는 3년 내지 5년이 되면 뿌리가 화분에 꽉 차게 자라 그냥 놔두면 나무가 죽게 됩니다. 그래서 겨울 휴면기에 화분에서 뽑아 뿌리의 일부 잘라내고 분토를 일부 털어내어 다시 심는 분갈이 작업을 해주는데, 이렇게 관리를 잘 해주면 땅에서 키우는 나무보다 더 건강하게 오래 살 수 있습니다. 이처럼 우리 자신도, 나아가 사회도 제 때 개혁하지 못하면 발전할 수 없을 것입니다."

우리나라 정동영 전 통일부장관과 북측 권호웅 대표단장은 나무를 목재로만 생각할 것이 아니라 환경림으로 여겨 가꾸어야 한다는 새로운 자각에는 감동을 표현하기도 했다. 이렇게 북한의 고위인사가 세 차례에 걸쳐 4~50명 정도 다녀가지 않았나 싶다. 통일부 관계자의 말처럼 우리 생각하는 정원은 이념을 넘어 전 세계인들과 교류하고 평화를 상징하는 평화의 정원이 되어가고 있었다.

분재에
대한
편견과 오해

자 연 과 호 흡 하 는 나 무 가 아 름 답 다

비바람이 몰아치던 날, 방문객이 뜸한 우리 정원이 그 어느 때보다 시끄러웠다. 잠시 가라앉는 듯싶더니 어느새 다시 사나워졌다. 이 정도의 비바람이면 나뭇잎이 제법 떨어질 것 같았다. 내륙 지방에는 호우주의보가 내려졌다는 기상예보가 들렸다.

   나중에 들으니 이런 날씨에 분재를 어떻게 밖에 내놓을 수가 있느냐고, 분재는 원래 안에서 기르는 것이 아니냐는 손님의 항의가 있었다고 한다. 내게 말을 전하는 직원은 그 손님이 너무 흥분한 상태였기 때문에 아무 말도 하지 않고 입장료를 환불해주었다고 했다. 그 손님은 분재는 실내에 두는 것이라고 오해하고 있었던 모양이다. 특히 비바람이 몰아치는 날에도 밖에다 두는 것을 이해할 수 없었나 보다.

그러나 대부분의 분재는 기본적으로 양성식물이기 때문에 실외에서 길러야 한다. 사람이 그렇듯 나무도 자연과 호흡할 때 건강하게 자란다. 그것이 우리가 보기에 맑은 날의 햇빛을 받고 서 있는 보기 좋은 모습이든 비바람 치는 날 나뭇잎이 떨어지는 안타까운 모습이든 마찬가지이다.

그 첫 번째 이유는 햇빛과 통풍 때문인데 나무의 생리를 살펴보면 그 이유를 쉽게 알 수 있다. 나뭇잎은 뿌리에서 올라온 수분을 밖으로 배출하고, 햇빛을 에너지원으로 탄소동화작용을 해서 영양분을 얻는다. 이를 다시 줄기와 가지를 통해 운반하고 꽃과 열매를 피우며 생장 활동을 한다. 또 잎이나 줄기, 뿌리에는 숨구멍이 있어 이를 통해 공기 호흡을 하며 살아간다. 햇빛과 바람은 나무가 이와 같은 생장 활동을 하는 데 결정적 역할을 한다.

분재를 실내에서만 기르게 되면 나무는 쇠약해진다. 밖에서 햇빛을 제대로 받고 자란 나무와 실내에서 자란 나무를 비교해보면 그 차이가 분명하게 드러난다. 햇빛이 부족한 가지는 눈에 띄게 가늘고 길다. 꽃과 열매를 맺을 영양분을 제대로 만들 수 없기 때문에 꽃이나 열매도 제대로 맺지 못할 뿐 아니라 차차 가지가 마르면서 나무가 전체적으로 쇠약해진다.

사정이 여의치 않아 실외에서 기를 수 없을 경우에는 햇빛과 통풍이
좋은 장소를 선택해야 한다. 베란다에서 기를 경우 동남향의 아침 햇빛
은 꼭 쬐어주어야 한다. 햇빛은 사람으로 치면 어머니의 초유와 같다.
나무의 탄소동화작용은 해가 뜨는 시간에 맞춰 진행되기 때문에 아침

한국향나무(왼쪽), 육송(오른쪽). 분재 앞에서 감탄하는 이유는 그 아름다움 때문이다. 건강하
지 않은 나무가 아름답게 보일 까닭이 없다. 그런데 교정 중인 나무를 보면 나무를 괴롭힌다고 여
기는 분들이 있다. 교정이 끝난 나무에게도 그와 같은 과정이 없지 않았는데 말이다. 그러한 과
정 없이 분재는 아름다워지지 않는다. 사람도 교육을 받지 않고서는 훌륭한 지성인이 될 수 없지
않은가.

나절의 햇빛을 받지 못하면 그만큼 성장에 지장을 받게 된다. 또 나무가 전체적으로 고르게 햇빛을 받을 수 있도록 가끔 화분을 돌려놓아주어야 한다. 한쪽 방향에만 햇빛이 집중될 경우 햇빛이 집중된 가지만 자라고 반대쪽은 쇠약해진다.

그렇다면 오늘처럼 비바람이 부는 날에는 어떻게 해야 할까?

화분의 크기와 나무의 상태, 비바람의 세기를 먼저 고려해야 한다. 가지를 꺾고 상처를 낼 만큼 비바람이 강하면 실내로 옮겨야 한다. 그러나 우리 정원에서는 태풍이 불기 전에는 대부분의 화분을 그대로 밖에 두고 있다. 우선 대형 분재가 많아 태풍이 아니라면 나무에 해를 미칠 만큼 상처를 입히지 않고, 또 바람에 의해 자연히 나뭇잎이나 약한 가지가 제거되기 때문이다. 물론 바람 부는 벌판에 분재를 내놔야 한다는 얘기는 아니다. 기본적 환경을 조성한 후에 그렇게 해주어야 한다는 말이다. 우리 정원은 바람을 막는 돌담과 방풍림을 조성해놓았다.

무엇보다도 사계절 비바람을 맞고 밖에서 자란 나무는 실내에서만 자란 나무보다 건강하고 아름답다. 사람도 겨울에 너무 따뜻한 실내에서만 생활하면 감기에 걸리기 쉬운 것과 같은 이치이다. 겨울에 적당히 밖에서 움직이고 활동해야 면역력이 생겨 감기에 걸리지 않듯이 나무도 적당히 추운 곳에서 겨울을 나면 저항력이 생겨 건강해진다. 이는 분재가 단순히 화분에서 나무를 키우는 데에만 목적이 있는 것이 아니라 나아가 나무의 아름다움을 추구하기 때문이다. 나무가 건강해야 아름

다움도 찾을 수 있지 않겠는가.

　물론 우리 정원에서도 분재를 온실에 들여놓는 때가 있다. 겨울철에 분갈이를 하고 난 직후나 밭에서 화분에 처음 옮겨 심었을 때는 온실에 들여놓는다. 그래서 나무의 휴면기인 초겨울에 분갈이한 나무나 분올림한 나무들은 온실에서 겨울을 나게 된다. 분갈이나 분올림한 나무가 온실에 있을 때도 화분이 마르지 않도록 물을 주어야 한다.

　겨울에 온실에 들여놓는 또 다른 화분은 추위에 약한 나무들이다. 그러나 이곳 제주도에는 겨울에도 큰 추위가 없기 때문에 특별히 추위에

노란 심산해당

약한 나무가 아니라면 대부분의 나무는 밖에서 겨울을 난다. 마지막으로 온실에 들여놓는 경우는 태풍이나 강추위와 같은 날씨의 변화이다. 중부 내륙 지방의 경우 온도가 내려가면 뿌리가 얼고 화분이 동파할 수 있으므로 겨울에는 반드시 화분을 온실에 들여놓아야 한다.

당 신 참 잔 인 한 사 람 이 군 요

나뭇잎은 아침이면 해가 뜨는 쪽으로 제 몸을 기울인다. 마치 자애로운 어머니 품을 그리워하는 아이들처럼. 가물어 시들시들하던 나뭇잎도 비가 와서 흠뻑 젖고 나면 다시 생기발랄해진다. 해가 지고 어두워지면 나뭇잎도 조용히 어둠에 묻힌다.

이렇게 하루를 나무와 보내다 보면 분재를 기르는 일이 자식을 기르는 일과 같다는 것을 느낀다. 식물의 생리를 무시한 채 수액이 도는 가지를 자르고, 분갈이를 하거나 무리하게 교정해서는 안 된다. 수액은 사람으로 치면 피와 같은 것이기 때문에 나무가 왕성하게 활동할 때 굵은 가지를 자르면 수액이 멈추지 않는다. 또 분갈이를 한 나무는 활착에 힘을 써야 하므로 무리한 철사감기와 같은 교정은 수세를 약하게 할 뿐이다. 적기를 택해 자르고 교정하는 지혜가 필요하다.

분재는 뿌리 뻗은 부분이 두껍고 위로 올라갈수록 가늘어져야 안정

감이 있는데, 가지도 줄기와 붙은 부분이 굵은 것이 기본이다. 줄기와 붙은 부분이 약하고 가지가 가늘 때는 원하는 두께가 될 때까지 가지를 키워야 한다. 가지의 끝 부분에까지 영양분이 가야 가지가 두꺼워지므로 가지 끝 부분, 즉 필요 없는 부분을 키워서 잘라주는데 이러한 가지를 도장지 혹은 희생지라고 한다. 이처럼 분재를 통해 자신이 원하는 것을 얻으려면 일단 나무의 생리를 알고 적당한 시기가 올 때까지 기다려야 한다.

언젠가 수형을 교정 중인 소나무 앞에서 이런 말을 들었다.

"당신 참 잔인한 사람이군요. 그냥 놓아두면 자연적으로 잘 클 수 있는 나무를 구부리고 비틀어서 이런 잔혹한 모양으로 만들어버렸으니!"

관람 중이던 30여 명의 학자들 중 한 분이 언성을 높인 것이다.

나무의 생리와 천성을 고려하지 않는다면 그분의 말대로 나무는 죽을 수밖에 없다. 그러나 진정한 의미의 수형 교정이란 기형화와는 다르다. 나무의 생리와 천성을 기본으로 사람의 개성을 첨가하는 작업이다. 그 작업에는 사람의 정성과 기술, 시간과 노력이 필요하다.

나는 그분에게 물었다.

"교수님은 무슨 과목을 전공하셨습니까?"

"그걸 왜 묻습니까?"

"교수님의 전공과목에 대해 문외한인 제가 함부로 말한다면 어떻게 대답을 하시겠습니까? 식물과 분재에 대해 얼마나 알고 계신지 모르겠

지만 지금 그 말씀은 분재예술에 대해 잘 모르고 하시는 말씀입니다. 아름다움을 싫어하는 사람은 없습니다. 분재에 감아놓은 그 철사, 알루미늄선은 아름다워지기 위한 방법일 뿐입니다. 식물의 성장을 통해 수형을 교정하는 데 잠시 사용할 뿐이지 식물을 못 자라게 하는 것이 결코 아닙니다. 그것은 교육을 통한 인재 양성과 같은 것입니다. 사람의 경우를 생각해보십시오. 교육을 통해 훌륭한 지성인으로 길러내려면 얼마나 많은 고충과 노력의 시간이 필요합니까?"

───

붉은 심산해당. 건강한 사람이 아름답듯 건강한 나무가 아름답다. 분재는 나무를 땅에서보다 더 건강하고 아름답게 가꿈으로써 나무가 지닌 아름다움을 더욱 돋보이게 하는 작업이다.

당장 눈앞에 보이는 것만 보아서는 분재를 알 수 없다. 분재란 화분에 올리고 난 후부터 얼마 동안, 그러니까 초기에는 엉성해 보이게 마련이다. 활착에 무리를 주지 않기 위해 가지를 대부분 자른 후 화분에 올리기 때문이고, 그 엉성함을 바탕으로 긴 세월 동안 정성을 들여 바꿔가는 것이 분재예술이다.

수형 교정 또한 가지치기나 순따기, 철사걸이와 같은 정지, 정형을 통해 새로운 분재예술로 만들어가는 과정 중의 하나이다. 그중에 하나라도 소홀히 한다거나 욕심에 눈이 어두워지면 나무는 쇠약해진다. 또 그것은 식물의 생리와 천성에 바탕을 두고 하는 일이다. 그러한 과정에 있는 나무를 두고 이렇다 저렇다 흉을 보거나 평가하는 것은 옳지 않다. 그것이 과정이라는 것을 알고 보아야 하고, 더불어 세월이 지나면 그 나무가 어떻게 달라질지까지 볼 줄 알아야 한다. 그렇게 오랜 세월 사람의 정성과 기술로 만들어지는 것이 분재예술이다. 어린아이가 시련과 아픔의 시간을 견디고 훌륭한 어른으로 성장하는 것과 같다.

간혹 그 과정이 나무를 괴롭힌다고 생각하는 사람들을 만날 때면 가슴이 답답해진다. 아직도 이렇게 분재문화에 대해 오해하고 있는 사람들이 많다는 것에……

사람은 누구나 태어나서 죽는 날까지 아름다움을 추구한다. 수차례의 교정을 마치고 아름다운 모습으로 화분에 서 있는 나무 앞에서 모두들 감탄하는 이유는 바로 그 아름다움 때문이다. 건강하지 않은 나무가 아름답게 보일 까닭이 없다. 나무는 건강할 때만 잎도 싱싱하고 가지도 튼튼하다. 그런데도 사람들은 흔히 교정 중인 나무를 보면 나무를 괴롭힌다고 생각한다. 교정이 끝난 나무에게도 그와 같은 과정이 없지 않았는데 말이다. 그러한 과정 없이 분재는 아름다워지지 않는다.

나무는 수많은 종류가 있으며 그 쓰임새와 목적이 각각 다르다. 목재로 쓰이는 나무도 있고 화목으로 쓰이고 열매로 보답하는 나무, 약품의 원료로 쓰이는 나무, 관상용으로 쓰이는 나무, 정자목 등등 수없이 많은 용도로 쓰이고 있는 것이다.

그 교수의 말대로 나무를 괴롭히기만 하는 것이라면 그 나무는 죽었을 것이다. 하지만 죽지 않았을 뿐 아니라 더 아름답고 건강하게 자라고 있다. 건강한 사람이 아름답듯 건강한 나무가 아름답다. 분재는 나무를 땅에서보다 더 건강하게 가꿈으로써 나무가 지닌 아름다움을 더욱 돋보이게 하는 작업이다. 이와 같이 분재예술은 우리 인간에게 정서 함양과 삶의 질을 높여줄 뿐만 아니라, 그 속에 내재되어 있는 철학과 진리를 통해 고도한 문화·예술의 진수를 깨닫고 누릴 수 있게 해주는 고급 문화·예술이다.

그 모든 학문과 예술이 과정 없이 결과만 추구할 수는 없지 않을까?

사람은 마취시켜 수술을 하지만 나무는 휴면기에 자르고 약을 발라주어야 아름답게 봉합될 수 있다.

그와
마주 보면
마음이
편해지네

걸음을 멈추고 마음으로 바라볼 때

주머니에서 전지가위를 꺼내 들고 관람로를 따라 걷기 시작했다. 며칠
동안 햇볕이 쨍쨍하더니 오늘은 새벽부터 비가 오락가락하는 게 종일
그럴 모양이다. 모자를 쓰고 방수 작업용 점퍼를 챙겨 입었으니 비가 쏟
아져도 그만이다. 대부분의 봄꽃이 지고 5월의 막바지에 이른 우리 정
원은 초록이 지천이다. 이파리만 초록인 것은 아니다. 꽃 진 자리에 봉
긋하게 올라와 자리 잡은 열매들도 아직은 초록이다.

산딸나무는 좀 더 특별하다. 맞물리는 무늬가 독특해서 아름다운 잎
은 물론이고 산딸기처럼 오돌토돌한 작은 열매, 그 열매를 중심으로 뻗

은 십자가 모양의 꽃잎까지 초록이다. 6월이 되면 초록색 꽃잎이 흰색으로 바뀐다. 그래서 산딸나무의 꽃을 십자가꽃이라고 부르기도 한다. 가을이 되기 전에 이름처럼 산딸기 같은 열매가 빨갛게 익는다. 따서 먹을 수도 있지만 쉬이 기회가 오지는 않는다. 사람의 손이 가기 전에 새들이 먼저 알고 따 먹기 때문이다.

오늘 같은 날은 색이 짙어지고 음영이 뚜렷하게 드러나는 나무의 수피가 볼만하다. 비에 젖고 마르면서 연출되는 모습이 맑은 날과는 전혀 다르다. 두껍게 갈라진 껍질이 사방연속무늬처럼 이어진 소나무도 그렇고 조각한 부분과 살아 있는 부분이 붉고 희게 꼬인 향나무도 그렇다. 소나무 수피의 표면은 희끗희끗 물이 말라가는데 깊게 갈라진 틈은 여전히 검푸르게 젖어 있다. 향나무 수피도 붉은 부분은 물을 먹어 검붉어지고 조각한 부분은 창백하리만큼 희어서 두 가닥으로 꼬인 수피가 멀리서도 한눈에 들어온다. 그것을 보는 순간 나도 모르게 심호흡을 하게 된다.

정원에서는 그렇게 아무 생각 없이 바라보기만 해도 놀라운 일이 참 많다. 저 모습도 그중에 하나이리라. 오늘 생각하는 정원을 찾아온 사람들에겐 선물이 따로 필요치 않을 것이다.

나는 수령이 약 150년 된 육송 화분 앞에 잠깐 멈춰 섰다.

모양목 수형의 육송은 깊이 갈라진 수피와 유연하게 굽이진 줄기가 웅장하고 수려하다. 곡선의 휘어짐도 아랫부분의 곡선은 활달하고 윗

걸음을 멈추고 나무를 그저 들여다보는 것만으로도 마음의 평화가 찾아든다. 전지가위 하나 들고 우리 정원 곳곳에서 내 손길을 기다리고 있는 나무들을 만나는 일은 언제나 더없는 평화요, 행복이다.

부분으로 갈수록 섬세하다. 가지 하나에 조각을 해서 고태미를 더했다. 가지마다 장단과 고저가 있어 변화와 생동감이 느껴진다. 허리를 낮춰 싱싱한 잎이 소복이 돋아 있는 가지 속을 들여다보면 가지마다 부드럽게 퍼져나간 잔가지의 흐름도 보인다. 그렇게 잠시만 서 있어도 마음이 편안해진다.

소나무 같은 송백류 화분이 아니라 배나무나 모과나무 같은 잡목류 화분 앞에서라면 허리를 낮추고 고개를 들어 이파리에 덮여버린 나무의 가지 속을 들여다보는 것도 좋다. 잎이 크고 넓어 가지를 덮고 있기 때문이다. 겉에서 보면 보이지 않지만 안을 들여다보면 가지의 배열이 나무마다 다르다는 것을 알 수 있다.

오늘 같은 날에는 나뭇잎에 가려진 가지들과 이제 막 자리 잡은 열매 그리고 그네들의 비에 젖은 특별한 하루를 엿볼 수 있다. 그래서 잎이 무성한 여름에 분재를 감상할 때는 허리를 낮추고 아래에서 위로, 전체에서 부분으로 뿌리와 줄기, 수피와 잎, 그 수종 고유의 아름다움에서 기른 사람이 연출한 그 나무만의 개성까지 찾아보는 것이다. 수령이나 수종에 집착하기보다는 나무 전체의 균형과 조화, 개성을 찾다 보면 나무마다 각자의 얼굴을 지니고 있다는 것을 알게 된다. 어떤 나무는 웅장하고, 어떤 나무는 부드럽고, 어떤 나무는 얌전하고, 그렇게 각각의 개성을 지니고 있다.

산속 석 자 높이의 푸른 소나무를

마음 놓고 화분에 옮겼더니 또 한 번 기특해

바람과 파도 소리는 베갯머리에 가늘게 와 닿고

달도 우거진 가지에 걸쳐 창가에 뜨기 더디는구나

힘들여 가꾸었더니 새 가지에 힘이 돋고

정성 들여 이슬비 적셔주니 잎마저 무성해지네

훗날 대들보 재목 될 나무인지 비록 알 수 없지만

서재에서 그와 마주 보면 마음이 편안해지네

　생각하는 정원을 계획하고 준비하던 시절, 고서적을 뒤적이다 본 분재를 노래한 시다. 고려 때의 선비 전녹생이 8세 때 지은 시라고 전해진다. 8세에 이런 느낌을 받았다니 그의 영특함과 어른스러움이 놀랍다. 이 시는 우리나라에서 분재를 노래한 가장 오래된 시로 알려져 있기도 하다.

　그러나 내가 두고두고 이 시를 마음에 품고 있는 것은 그의 영특함이나 어른스러움 때문이 아니다. 나무를 보는 마음이 화분에 나무를 심어 가까이 두려는 내 마음과 같아서이다. "그와 마주 보면 마음이 편해지네"라는 구절이 마음에 들어와 자리를 잡고 움직이지 않는 것이다. 그렇게 편안한 마음으로 바라볼 때 진실이 보인다.

마음을 열고 귀를 열어

어느 틈에 비가 내리기 시작했다.

연못에 툼벙툼벙 떨어지는 빗방울을 쳐다보는데 징검다리 옆의 심산해당 화분이 눈에 들어온다. 저것부터 가지를 정리해야겠다고 며칠 전부터 생각하고 있었는데……. 방문객 사이를 헤치고 그쪽으로 발길을 돌렸다. 우비를 입은 사람도 있고, 우산을 쓴 사람도 있다.

연못 징검다리 옆에서 심산해당의 가지를 정리하고 있는데 누군가 연신 셔터를 눌러댄다. 말도 없이 사진을 찍는다. 외국인들은 대부분 미리 양해를 구하고 찍는데 우리나라 사람들은 대부분 찍기부터 한다.

한곳에 앉아 오랫동안 손님들을 맞다 보니 각국 사람들의 관람 태도나 관광 문화가 어떻게 다른지 보인다. 더불어 나 자신과 우리 국민, 세계 사람들을 비교하게 된다. 자연히 눈에 보이고 귀에 들려오니 말이다.

특히 선진국 사람들은 무엇이든 그냥 지나치지 않고 꼼꼼히 관찰하고 탐구하는 모습을 보여준다. 분재예술에 대한 이해도도 상당히 높은 편이며, 능동적으로 자신의 의사를 표현하지만 지위가 높다고 고자세를 취하는 사람도 보기 어렵다.

외국인들은 대부분 천천히 나무를 감상하고 이것저것 메모하며, 안내판에 적힌 글도 꼼꼼히 읽는다. 그래도 미심쩍은 것이 있으면 의문이 풀릴 때까지 묻기도 한다.

우리나라 사람들 중에는 아직 그렇게 진지한 태도로 나무를 감상하는 이들이 적어서 안타깝다. 그러나 다행스럽게도 우리나라 사람들의 관람 태도가 요즈음 들어서 많이 달라지고 있다. 가장 눈에 띄게 달라진 것은 IMF 외환 위기를 전후해서이다.

1992년 처음 문을 열고 영업을 시작했을 때, 우리나라 방문객들의 관람 태도는 매우 심각할 정도였다. 나무를 철사로 동여매서 못살게 군다는 둥 산에 가서 마구 캐다가 심었다는 둥 일본 문화라는 둥의 말을 하면서 나무를 마구 만지고 가지를 손상시켰다. 안타까운 순간이 한두 번이 아니었다. 물론 전부 그런 것은 아니었지만 많은 방문객이 그랬기 때문에 몹시 실망스러웠다.

사진을 찍는다고 정원수에 올라가는 사람, 나무를 안내하는 직원에게 대뜸 이게 얼마짜리냐고 묻기부터 하는 사람, 열매를 따가는 사람, 긁어놓는 사람, 입장료가 비싸다고 매표소 직원에게 항의하는 사람도 있었다. 이 모든 것이 걱정스러워 밤잠을 이룰 수가 없었다. 밤이면 평소에 곰곰이 생각한 것들을 하나씩 정리해서 관람로에 분재에 대한 설명글을 5개 국어로 정원 곳곳에 적어놓았다. 그러나 꼼꼼히 읽는 사람이 드물었다. 또 안내원이 설명을 해주어도 잘 들으려고 하지 않았다. 마음과 귀를 열고 다른 사람의 말을 들을 준비가 안 돼 있는 것 같았다.

하지만 IMF 외환 위기를 지나면서 사람들이 눈에 띄게 조용해졌다. 나라 전체가 경제적 어려움을 겪는 만큼 우리 국민들도 기가 많이 꺾인

듯 했다. 2000년부터는 차츰 분재에 관심을 가지고 조용히 감상하거나 써놓은 글을 읽는 사람들이 늘어나기 시작했다. 나는 그렇게 변화하는 모습을 보면서 희망을 갖기 시작했다. 어떻게 하면 내가 나무를 기르면서 나무에게 배운 철학을 사람들과 함께 공유할 수 있을까 고민했다. 직접 나무 앞에서 설명을 하는 것이 좋겠다고 생각한 나는 직원들을 교육시켜 안내를 맡겼다. 그때부터 방문객이 모이면 10~20분 간격으로 직원이 정원을 돌며 나무에 대한 설명을 하고 있다.

"먼저 부탁을 드리고자 합니다. 여러분께서 두 귀와 마음을 열어주신다면 오늘 여러분의 마음에 나무 한 그루씩 심으실 수 있을 것입니다"라는 부탁의 말로 나무 설명은 시작된다.

나무 설명은 또 계절에 따라, 손님의 구성에 따라 달라진다. 꽃 피는 봄과 잎이 무성한 여름, 열매와 낙엽을 볼 수 있는 가을, 나목을 볼 수 있는 겨울이 같을 수 없고, 가족 단위의 방문객인지, 연세가 지긋한 분인지, 젊은이인지에 따라 또 달라지게 마련이다.

예를 들면 수령이 500년 된 한국향나무 앞에서는 한국향나무의 특징을 설명한 후 다음과 같은 설명이 이어진다.

"이쪽 부분의 잎을 보면 날카롭고, 또 다른 부분의 잎을 보면 부드럽습니다. 같은 한 그루의 나무인데 왜 이렇게 다를까요? 접을 붙였다는 분도 있고 햇빛 때문이라는 분도 있습니다. 그런데 우리가 다니던 초등학교, 중·고등학교, 대학교 운동장에 향나무가 없던 운동장이 있었나

요? 가장 가까이에 있던 나무를 모른다는 것은 우리가 가장 가까이 있는 것들을 무심히 지나쳐왔구나 하는 생각을 하게 합니다. 보십시오. 보통 이파리는 새순일 때 부드럽고 나중에 딱딱해집니다. 그런데 향나무는 절단한 부분에서 나오는 새순일 때가 고슴도치같이 따갑습니다. 또 수종에 따라 따가운 침이 변하지 않는 한국향나무도 있습니다. 그리고 따가운 향나무의 새순은 4~5년이 지나면 부드러워집니다. 그래서 이렇게 생각해봅니다. 사람도 젊었을 때는 성질이 우락부락하지만 나이가 들면 고집만 센 것이 아니라 부드러워져야 한다고. 그런데 나이가 어려도 어른인 경우가 있습니다. 책임을 아는 사람이 바로 그런 사람이 아닌가 생각합니다. 어르신들은 고집을 조금만 줄여주시고, 젊은 사람들은 조금만 더 책임감을 가지면 세상이 많이 부드러워질 것 같습니다."

주목 앞에서는 '인생의 비밀'이라는 주제로 나무 설명이 이어진다. 왜 분재가 오래 사는지, 실제로 분갈이를 어떻게 하는지 설명한 후 다음과 같이 말을 잇는다.

"분갈이를 하면 나무는 네가 이제 나를 죽이는구나 하며 살기 위해 가는 뿌리를 막 내립니다. 사람도 많이 먹는 사람보다 적게 먹는 사람이 오래 산다는 말이 있는데, 이것은 생명력을 자극하기 때문이 아닐까 싶습니다. 예를 들어 목포에서 서울까지 활어를 싣고 갈 때 수조 안에다 낙지나 문어를 넣어둔다고 합니다. 낙지나 문어가 다리로 활어를 건드

리면 활어는 자신을 죽이는 줄 알고 마구 도망을 다니면서 오랜 시간을
살 수 있다고 합니다. 나무도 이와 같은 원리로 생명력을 얻습니다. 그
런데 사람은 무엇을 잘라주어야 오래 살까요? 이 질문에 대부분의 사람
들은 신체 일부분을 없애야 한다거나 욕심을 없애야 한다고 말합니다.
그런데 다른 한편으로 생각해보면 욕심이 없는 사람은 발전을 못 할 수
도 있을 것 같습니다. 사람도 자기 자신의 굳어 있는 생각, 즉 고정관념

을 잘라주면 오래 살 수 있지 않을까요? 그러나 이것만으로는 이해하기 어렵습니다. 거꾸로 말씀드리겠습니다. 분재는 반드시 물을 주어야 합니다. 그런데 분갈이를 할 때쯤, 즉 뿌리가 화분에 꽉 차 있는 상태인지도 모르고 계속 물을 주면 어떻게 될까요? 화분 속으로 물이 들어가지 않으면 결국 말라서 죽거나, 또는 물이 들어가도 배수가 잘되지 않으면 뿌리가 썩게 됩니다. 그래서 나 자신도, 가정도, 기업도, 국가도 분갈이를 안 하면 죽게 됩니다."

여기서 설명이 끝나는 것은 아니다. 가령 분갈이의 경우 아래와 같은 설명이 덧붙여지기도 한다.

"인생을 살다가 마음을 다 비웠다, 다 털어버렸다, 라고 이야기를 할 때가 있지만 그 비운 마음도 몇 년이 지나면 분갈이한 화분 속에 뿌리가 다시 꽉 차듯이 욕심도 다시 사람의 마음속에 차버립니다. 왜냐하면 살아 있기 때문이고, 인생에서 완성을 이룬 사람은 없기 때문입니다."

이렇게 우리 정원의 나무 앞에서 직원들의 육성을 통해 전달되는 나무 설명은 차츰차츰 방문객들에게 새로운 반응을 얻게 됐다.

2003년에 들어서는 나무 설명을 듣기 위해 일부러 찾아오는 사람들이 생겨났고, 설명을 듣고 정원을 돌아본 많은 사람이 그동안 가지고 있던 고정관념이 바뀌었다며 고맙다고 인사를 전했다. 나무 설명을 시작할 때 조금이나마 방문객들이 나무를 배우고, 새롭게 인생을 돌아보는 계기가 되었으면 하고 바랐는데 보람이 느껴지는 순간이 아닐 수 없었다.

겨울 온실 안의 분재들. 추위에 약한 나무와 분갈이한 나무는 온실에서 겨울을 난다.

생각하는 정원에서 하루 종일 비지땀을 흘리며 일하는 우리 직원들과 내게는 그러한 순간이 더없이 행복한 순간임은 말할 것도 없다.

무엇보다도 나무는 마음을 열지 않으면 보이지 않는다. 마찬가지로 마음을 열지 않으면 관광에서 얻을 수 있는 것은 없다.

분재는 뿌리를 잘라주지 않으면 죽고
사람은 생각을 바꾸지 않으면 빨리 늙는다

식물은 화분에서 가꿀 경우 3~5년이 지나면 대개 화분 속에서 뿌리가 꽉차게 되어 그냥 방치하면 뿌리가 썩거나 물이 들어가지 않아 말라 죽을 수밖에 없다. 그래서 겨울철 휴면기에 화분에서 나무를 꺼내 가위나 낫으로 적당히 밑뿌리를 잘라주고 뿌리에 묻은 분토를 일부 털어낸 후 새로운 분토를 채운 화분에 다시 심어주어야 한다. 그렇게 해주면 수술받은 사람과 같아서 온실에서 보호하다가 온도가 차츰 높아져 서리가 멈추고 밖의 기후가 따뜻해지는 봄철의 흐린 날이나 이슬비가 내리는 날씨를 선택해 밖으로 내놓아 적응시켜야 한다. 그렇게 내놓은 분재는 분토가 마르지 않도록 어린아이처럼 정성 들여 관찰해야 한다. 그렇게 반복해서 잘 관리해주면 땅에서 자라는 나무보다 수명 연장이 무한하다고 보아도 될 것이다.

삼각단풍. 밭에 씨앗을 파종해 수년 동안 키우고 뽑아서 다듬고 다시 심어 키워서 분재목으로 농사지은 나무. 그 나무를 화분에 올리기 위해 밭에서 뽑아 다듬고 있는 장면.

땅에서는 주변 환경과 토양의 영양 결핍이 한계에 봉착할 경우 죽을 수밖에 없지만, 화분에서는 키우는 사람의 노력과 애정에 따라 나무의 생명을 연장시켜나갈 수 있다. 자신의 기술과 노력으로 아름다운 세계를 펼쳐 수많은 사람과 함께 공유한다는 것은 행복한 일이 아닐 수 없다.

느티나무. 화분에 있는 나무에 뿌리가 차면 휴면기에 뽑아서 뿌리를 잘라주고 분토를 털어낸 뒤 새로운 분토로 바꾼 화분에 다시 심어준다.

분 재 의   정 의

   분재는 자연을 모방하거나 축소해놓은 것이 아니다. 자연을 소재로
삼아 자연의 섭리에 따르면서 기르는 사람의 미적 감각과 개성을 발휘
해 본래의 자연보다 더 아름다운 자연을 만드는 일이다. 그러므로 분재
는 자연의 가르침을 받아 인간의 마음과 삶을 자연으로 이끌어가기 위
한 구도적 행위라고 할 수 있다. 분재는 자연 상태에서 인간의 기술과
정성을 더해 자연보다 더 아름답게 만드는 작업이다.

- 분재는 살아 있는 나무를 소재로 삼아 자연의 섭리와 인간의 사랑으로
  완성하는 '생명예술生命藝術'이다.
- 분재는 오랜 세월에 걸쳐 완성하고, 계절마다 모습을 달리하는 '시간예
  술時間藝術'이다.
- 분재는 기르는 사람이나 감상하는 사람의 마음을 모두 아름답게 완성
  하는 '인격예술人格藝術'이다.
- 분재는 우주와 자연과 인간과 과학과 미학의 힘으로 완성하는 '종합예
  술綜合藝術'이다.

평화의
정원에서

나무가 사는 모습을 옆에서 지켜보며 나무를 돌보고
가꾼다면 누구에게 듣지 않아도, 배우지 않아도
사람 된 자의 도리를 깨닫게 될 터이다.

나무와 돌의
얼굴을
찾아주는 일

천성에 맞게 길러야

우리나라 자생종 소나무의 대표 격인 육송은 뿌리를 깊이 내리는 심근성과 줄기가 구부러지는 곡의 특징을 지니고 있다. 그러한 특징도 자라는 환경에 따라 크고 작은 차이가 생긴다. 기름진 평지에서 자라는 육송과 고산지대 바위틈에서 자라는 육송을 비교해보면 그 분명한 차이를 알 수 있다.

　곡이 지고 적응력이 뛰어난 천성은 같지만 평지에서 자란 육송은 줄기도 굵고 키도 크다. 그러나 고산지대 바위틈에서 자란 육송은 왜소하고 줄기도 심하게 구부러져 있다. 고산지대의 경우 토양이 각박하고 돌이 많고 바람이 세기 때문에 줄기가 아래로 기어가듯 구부러지기도 한다. 이렇게 극단적인 경우가 아니라도 자연환경에 따라 줄기의 굵기나 굽은 정도, 가지의 상태 등이 나무마다 조금씩 다르다.

자연에서 같은 수종의 나무라도 환경에 따라 그 수형이 달라지는 것처럼 화분에서 분재로 기를 때도 각기 다른 수형으로 기를 수 있다. 물론 수종의 기본적 특징, 천성은 바꿀 수 없다. 굽어 자라는 육송의 줄기를 곧게 자라는 해송처럼 펼 수는 없는 것이다.

분재에서 수형은 나무를 화분에 올리기 전, 그 나무가 기본적으로 지니고 있던 수형에서 출발한다. 그러나 분재 기술이 뛰어난 전문 분재가의 경우는 좀 다르다. 그런 사람은 나무의 수형을 바꾸는 데 놀라울 정도로 뛰어난 능력을 발휘한다. 나무의 모습을 완전히 다르게 바꾸어놓기도 한다. 그러나 무리한 변화를 꾀하는 것은 좋지 않다. 나무에 부담을 주며 무리하게 변형시키면 나무의 건강 상태를 해치고, 그 모습도 자연스럽지 못하다.

육송의 경우는 모양목이나 문인목, 현애 등 다양한 수형으로 기를 수 있다.

모양목은 자연의 나무에서 가장 흔하게 볼 수 있는 수형으로, 자연스럽게 줄기에 곡이 들어간 모습이다. 줄기가 구부러져 있고 깊고 두껍게 갈라지는 수피가 매력적인 육송과도 잘 어울리는 수형이다. 문인목은 간단히 문인화에서 따온 수형이라고 생각하면 된다. 줄기가 가는 듯하

해송 분재

고 유연하게 곡이 들어간 소나무를 떠올리면 된다. 현애는 줄기가 밑으로 늘어지는 수형이다. 위로 향한 줄기가 아래로 구부러질 수도 있고, 위로 올라가지 않고 바로 아래로 떨어질 수도 있다. 이를테면 절벽에서 자라는 나무의 형상이다.

우리 정원에 현애 수형의 육송 분재가 하나 있다. 이를 본 한 시인이 '구사일생'이라는 별칭을 붙여주었다. 그만큼 그 형상이 아슬아슬한 절벽 위의 나무를 연상시킨다.

그 육송은 13년 전 자연적으로 현애 수형을 지니고 있던 육송을 구입해서 화분에 심은 것이다. 구입한 후 아래로 구부러진 줄기의 바깥 부분에 자연적으로 생긴 사리(죽은 부분)에 조각을 했다. 조각한 부분이 마치 뒤로 넘어져 미끄러지는 동물이나 사람처럼 보이기도 한다.

이와 같은 현애 수형으로 기를 때 전체적인 가지의 방향은 아래로 뻗어 있더라도 가지의 끝은 위를 향하도록 철사걸이를 통해 유도해주어야 한다. 나무의 탄소동화작용에 무리가 없게 하기 위해서이다.

나무 전체를 현애 수형으로 기르지 않고 부분적으로 현애 수형의 특징을 첨가할 수도 있다. 몇 년 전 미국 뉴욕에서 발행되는 〈인터내셔널 본사이International Bonsai〉라는 분재 전문 잡지의 표지에 실린 육송의 경우가 그렇다. 30여 년 전 구입해서 기르기 시작한 나무인데 수령은 약 60~70년 됐고, 줄기는 문인목 형태였다. 그러나 지금은 다르다. 줄기는 문인목 형태이지만 현애 수형처럼 줄기 끝이 밑으로 구부러져 있고

잔가지가 고르게 퍼져 있다. 구부러진 줄기 끝부터가 사람이 할 수 있는 일이라고 보면 된다. 알맞은 시기를 골라 철사걸이를 해 가지의 방향을 유도하고, 전정을 해 가지와 잎을 보기 좋게 다듬을 수 있기 때문이다. 이때 그 시기와 방법에는 식물의 생리를 기본으로 숙련된 기술과 창조적 안목이 요구된다.

나는 그 육송 분재를 가리켜 곡이 많은 부분까지는 하늘이 한 일이고 그다음부터는 사람이 한 일이라고 방문객들에게 설명하곤 한다. 자연이 한 일이란 나무의 기본적 수형인 문인목 수형의 곡이 들어간 줄기를 말한 것이고, 사람이 한 일이란 자연이 만든 줄기에서 반현애로 구부러진, 오랜 시간 다듬고 가꾼 가지의 모습을 말한 것이다.

화분에서 만들 수 있는 나무의 수형은 여러 가지가 있다. 자연적 수형을 바탕으로 변화를 꾀할 수 있기 때문이다. 뿌리를 길게 만들어 뿌리를 감상하는 근상根上, 뿌리와 돌을 붙여 키우는 석부石附, 여러 그루의 형태로 기르는 군식群植 또는 합식合植, 줄기를 수직으로 곧게 키우는 직간直幹 등 다양하다.

그중에서 육송으로는 꾀할 수 없는 대표적 수형이 해송 직간이다. 직

육송. 한 시인이 '구사일생'이라는 별칭을 붙여준 현애 수형의 육송. 그만큼 그 형상이 아슬아슬한 절벽 위의 나무를 연상시킨다. 아래로 구부러진 줄기의 바깥 부분에 조각을 했는데, 그 부분이 마치 뒤로 넘어져 미끄러지는 동물이나 사람처럼 보이기도 한다.

간은 수직으로 뻗은 줄기와 양옆으로 교차하는 가지가 특징이다. 일면 단순해 보이는 수형이지만 분재에서 만들기 제일 어려운 수형이다.

우리나라 자연환경에서는 줄기가 곧고 양옆으로 나란히 교차되는 가지를 지닌 나무를 보기 힘들다. 해송은 이와 같은 특징을 지니고 있는 드문 나무 중 하나이다. 해송을 직간으로 키울 수 있는 것도 바로 이런 해송의 천성이 없이는 불가능하다. 우리 정원에는 직간 수형의 해송 분재 두 그루와 근상 해송 분재가 있다.

이처럼 다양한 수형으로 기를 수 있는 것이 분재이지만 어떤 나무는 수형을 유도하기보다는 그대로 유지시키는 것이 바람직하다. 소나무의 한 종류인 금송이 대표적 경우인데, 금송錦松은 알루미늄선으로 감아 곡을 유도하거나 하지 않고 대부분 자라는 대로 두기도 한다. 코르크질의 수피가 화살나무처럼 툭툭 삐져나오는 금송의 표피가 지닌 특이성 때문이다. 그러므로 무리하게 수형을 잡으면 그 매력을 살리기 어렵다.

앞에서 말했듯 나무는 오랜 세월 군더더기를 버리고 사람의 정성으로 다듬으면 자연에서보다 더 아름다운 모습으로 태어날 수 있다. 그러나 나무에게 쉽고 빠른 방법이란 없다. 또 사람이 만들지만 인공의 흔적이 느껴지지 않을수록 가치가 있다.

성급함은 최대의 적이다. 사람이 나무에 대해 어느 정도 알았다고 생각하는 순간, 나무는 저만치 달아나버린다. 나무는 살아 있는 생명체이기 때문이다. 빨리 무언가를 만들겠다는 욕심을 버리고 꾸준히 기술을 연마하며 애정과 정성을 다하는 것, 거기에 나무 기르는 재미가 있고 또 거기에서 의미도 생겨난다.

자연과 예술이 인종과 국가를 하나로 만든다

뉴욕 로체스터에 본사를 두고 있는 〈인터내셔널 본사이International Bonsai〉는 세계 각국의 분재계 동향과 분재에 관한 전문 지식을 게재하는 잡지이다. 세계 각국을 돌며 취재 활동을 벌이고 있는 발행인이자 편집장인 빌이 우리 생각하는 정원을 처음 방문한 것은 1996년이었다.

그를 안내하고 온 K에게 전해 들은 바에 의하면 빌은 김포에서 비행기를 타고 제주도공항에 도착할 때까지 아무 말도 하지 않았다고 한다. 괜히 시간을 낭비해가며 제주도까지 가는 것은 아닌가, 후회하고 있는 사람처럼 보이기도 했다고 한다.

그러나 빌은 도착 직후부터 눈이

〈인터내셔널 본사이〉 잡지 표지에 실린 육송

휘둥그레졌고, 차츰 당황하는 눈치였다. 오후 2시가 지나도 점심 먹을 생각을 하지 않았다. 이리저리 뛰어다니며 분재 사진을 찍느라 여념이 없었다. 한참 동안 정원 구석구석을 누비고 다니다시피 했다.

늦은 점심을 먹으면서 빌은 내게 말했다.

"정말 잘 왔다. 그다지 기대를 하지 않았는데 정말 놀랍다."

1996년 생각하는 정원을 방문한 미국, 캐나다, 영국, 독일의 분재인들과 〈인터내셔널 본사이〉의 발행인 빌과 함께 demonstration을 관전하는 모습.

그는 한국의 분재에 대해 별로 아는 것이 없었고, 막연히 수준도 낮을 것이라고 생각했다고 한다. 당시만 해도 세계 분재계에 한국 분재가 널리 알려지지 못했을 뿐더러 전반적으로 일본에 비해 기술 발달이 미비한 것은 사실이었다.

빌은 이곳을 방문하고 난 후 그가 발행하는 잡지에 우리 정원에 관한 특집 기사를 실었다. 9페이지 분량의 기사였는데 방문 당시 촬영해간 분재 사진들 중에 수령 60~70년의 반현애 문인목 육송을 표지에 싣고, 세계적 분재공원이 한국 제주도에 있다고 소개하는 내용이었다.

빌은 우리 정원에 대한 기사를 잡지에 실은 얼마 후 다시 우리 정원을 찾아왔다. 이번에는 미국과 캐나다, 영국, 독일 등지에서 분재 방문단 30여 명을 모집해 데리고 왔다. 부부 동반으로 구성된 방문단은 오전 10시 반에 도착해서 오후 4시 반에 떠났다. 직접 분재를 기르는 사람들 중에서도 전문가를 엄선해서 구성한 방문단이었기 때문에 작품뿐만 아니라 여러 가지 분재 기술에 대해서도 관심이 매우 높았다.

그들도 처음에는 한국의 분재에 관심도 없었고 기대도 하지 않았기 때문에 우리 정원 방문을 망설였다고 했다. 그러나 관람하는 동안 흥분을 감추지 못했고, "와서 보니 너무 놀랍고 아름다워서 오기를 잘했다", "이렇게 잘 정돈되고 아름다운 분재정원이 한국의 제주도에 있으리라고는 상상도 할 수 없었다"며 즐겁고 놀라운 표정이었다. 나는 하루 일정으로 제주도를 방문한 그들이 우리 정원에만 머무르는 것이 마음에 걸려 오후에는 제주도 관광을 하라고 권유하기도 했다.

"아닙니다. 오후에도 이곳에 있겠습니다."

그들의 대답은 분명했다. 하루 일정으로 제주도를 방문한 그들은 극구 제주도 관광을 사양했다. 그래서 오후에는 분재 기술에 관한 워크숍을 했다. 직원들이 육송의 철사걸이를 시연하는 시간도 가졌다. 자연과 예술이 인종과 국가를 초월해 모두를 하나로 만드는 순간이었다. 특히 그들이 육송을 비롯한 우리나라 자생 수종에 대해 찬사와 감탄을 보낼 때는 분재를 하는 한국인으로서 자긍심과 보람도 느꼈다.

그들과 함께 차를 마시며 이런저런 얘기를 나누기도 했는데, 그때 그들이 내게 한 말이 인상적이었다. 건의 사항이 있다면서 "입장료를 50~70달러 정도로 올릴 수 없습니까? 지금 입장료 가지고는 작품이 너무 아까운데. 국가의 지원도 없이 그 입장료로는 운영하기도 어려울 텐데요"라고 말한 것이다.

나는 웃고 말았다. 그리고 대답했다.

"아직 우리 현실에서는 무리입니다."

그들이 돌아가고 나서 며칠 뒤에 그들과 같은 비행기에 탑승했다는 승객으로부터 한 통의 전화를 받았다.

"비행기 안에서 외국인들이 소란을 피웠습니다. 그래서 승무원이 무슨 일인지 물었더니 생각하는 정원엘 갔다 오는 길이다, 세계에서 가장 아름다운 정원을 봐서 너무 기분이 좋았다고 그러더군요. 그 얘기를 옆에서 듣고 있는데 한국 사람으로서 어깨가 으쓱할 정도로 자랑스러웠습니다. 그래서 원장님께 이렇게 전화를 하게 됐습니다."라고 말하는 것이었다.

나무의 짝꿍

나는 분재를 시작하고 나서부터 나무와 돌의 얼굴을 찾아주고 싶다고 말해왔다. 그러나 만들 수 있는 것과 없는 것이 있다. 만들 수 있는 것이 나무의 얼굴이라면 돌은 만들 수 없는 얼굴이다. 대신 돌은 제자리를 찾아 놓아주면 그것이 돌의 얼굴이 된다.

우리 정원에 조경석으로 놓은 돌 가운데에는 냇물에 오랜 시간 수마된 돌도 있고, 제주도의 용암수형도 있으며, 산이나 들에서 볼 수 있는 돌도 있다. 그 돌들을 구입해 이곳까지 옮겨오는 일도 문제지만 정원의 어느 곳에 그 돌을 놓느냐가 더 큰 고민이고 숙제였다. 처음 정원을 열기 위해 공사할 때는 몇 분의 전문가에게 자문을 구했다. 그러나 그 이후로는 내가 그 자리를 선택해왔다.

정원석을 옮겨오기 전에 나는 정원을 몇 바퀴씩 돌곤 한다. 방문객들이 움직이는 동선을 따라 걸으며 머릿속에 있는 그 돌을 꺼내 정원 여기저기에 놓아보는 것이다. 돌도 나름대로 전후좌우가 있다. 사람이 걸어

사람도 어느 가정에서 태어나 어떠한 교육을 받고, 어느 환경에서 성장하고, 어떠한 스승을 만나느냐에 따라 자신이 지니고 있는 잠재적 소질을 발견하게 될 것이다. 그것을 발견하고 행할 때 자신도 행복하고, 그 분야에서 빛을 발하는 사람이 될 수 있다고 생각한다.

가는 방향에서 볼 때 가장 보기 좋은 쪽을 앞으로 해서 놓는다.

어떤 때는 단번에 어울리는 자리를 찾기도 하고, 처음 놓은 자리가 마땅찮아 몇 번이나 자리를 옮겨놓기도 했다. 그렇게 돌을 옮기고 자리를 잡아주면서 나무와 돌은 자연이 정한 짝꿍이라는 생각을 하게 됐다. 주변 환경과의 조화가 무엇보다 중요했다. 그러니 제자리, 제 짝꿍을 찾아야 돌도 나무도 빛이 났다.

기암괴석의 풍모를 지닌 바위들은 나무와 조금 떨어진 곳에 자리를 내주어 그 모습을 돋보이게도 해보고, 넓적하고 물이 고일 만한 웅덩이가 있는 돌은 정원수 가까이 심어 조화를 꾀하기도 했다. 용암수형처럼 가운데에 구멍이 뚫린 돌은 그 구멍 사이로 분재가 보이게 놓아 재미를 더하기도 했다. 크기가 작은 돌은 옹기종기 모아놓기도 했다. 그러나 거기에는 어떤 특별한 방법이나 공식이 따로 있는 것은 아니다. 다만 주변과 전체적인 조화를 중시할 뿐이다.

그러고 보면 정원에서 나무와 돌의 얼굴을 찾는 일은 사람이 할 수 있는 일과 없는 일을 구분하고, 자연의 이치에 따라 조화롭게 짝꿍을 찾아주는 일이다.

자연과
사람
그리고 분재

시작은 자연에 대한 향수와 동경에서

꽃이 피는 풀과 나무를 비롯해 관상용으로 재배할 수 있는 모든 식물은 화분에서 기르고 관상할 수 있다. 분재는 분식, 즉 식물의 재배 관리에서 한 걸음 더 나아가 수목을 가꾸고 수형을 만들어간다. 분재에서 모델로 삼는 수형은 자연 속 수목의 모습이고, 이와 같은 자연 속 수목에서 느낄 수 있는 조화와 균형, 고태에서 그 아름다움을 찾는다.

대개 분재의 소재가 되는 나무는 바람이 많이 불고 토양이 거친 섬이나 바위가 많고 조건이 불리한 높은 지대의 환경에서 자라는 나무들을 형상화해가는 것이다.

그와 같은 시련 속에도 어린나무는 균형을 잡고, 시간의 흐름에 따라 점차 성숙한 나무의 모습으로 변해간다. 모든 나무는 주어진 환경 속에서 최선을 다해 자라려고 하기 때문이다. 그러므로 기름진 토양에서 넉넉하게 자라는 나무들과는 수형도 다르고, 그 느낌도 다르다. 가지의 배열이 불균등한데도 조화가 느껴지고, 구부러진 줄기도 쓰러질 듯 보이지만 균형을 잡고 있다.

어려움 속에서도 살아남은 나무의 이러한 조화와 균형, 고태는 사람들에게 감동을 준다. 어린나무가 싹을 틔운 곳이 섬이 아니라도 마찬가지이다. 자연의 섭리대로 남는 것은 남고 버려지는 것은 버려진다. 그곳에서 살아남아 해마다 성장하고 있다는 것은 온몸으로 싸워온 나무의 전투 흔적이다.

우리가 그와 같은 나무를 보고 감탄하는 것도 나무의 기이한 모습 때문이 아니라 시련을 견딘 나무가 아름답기 때문이다. 자연에 대한 이러한 향수와 동경이 분재의 시작이라고 할 수 있다.

분재에서 고태를 중요시하는 것도 자연 속 노거수목의 연륜을 아름다움의 기준으로 삼고 있기 때문이다. 그러나 자연 속 수목의 형태는 수종, 기후, 토양 등 여러 가지 복합적 요인에 의해 필연적으로 만들어진 결과이다. 그러므로 이와 같은 자연 속 수목의 형태로 고태를 살려 화분에서 나무를 기르려면 많은 시간과 정성, 기술이 필요하다. 분재가 나무를 작게 만든다고 하는데 좁은 화분에서 자연 속 수목의 형태로 나무를 길러야 하기 때문에 축소라기보다는 공간에 맞게 크기를 조절했다고 보면 좋겠다.

나 무 를   얻 는   방 법

전문적으로 분재목을 양성하는 방법에는 야생 나무를 채취하는 산채, 씨앗을 뿌려 묘목을 생산하는 종자번식(실생), 가지나 줄기를 꺾꽂이해 같은 수종의 묘목을 얻는 가지꽂기(삽수), 가지를 휘어 땅에다 묻어 뿌리를 내리게 하는 휘묻이, 서로 다른 나무와 나무를 접붙이는 접목(접붙이기), 가지나 줄기를 떼어내는 가지떼기(취목)와 같은 방법이 있다.

　종자번식은 대량 재배와 수형을 만들기가 용이하다. 어린나무일수록 줄기가 부드럽고 유연하기 때문에 철사걸이로도 쉽게 줄기의 방향을 바꿀 수 있다. 그러나 속성으로 재배하기 때문에 노거수목의 정취를 살리기는 어렵다.

　종자번식에 비해 가지꽂기나 접붙이기, 가지떼기 등은 빠른 시간에 동일한 수종의 형질이나 수형을 얻을 수 있는 장점이 있다. 나무는 일부를 잘라 활착을 시키면 거기에서 뿌리가 나 또 다른 개체가 되고, 서로 다른 나무의 절단 부위를 이어주면 접합이 되어 하나의 개체가 되는 속성이다.

비교적 광범위한 수종에 적용할 수 있는 가지꽂기는 주로 장마 기간에 시행한다. 가지에 활력이 있고 공중습도가 높아 뿌리가 잘 나오기 때문이다. 꺾꽂이한 나무의 수종에 따라 뿌리가 잘 나오도록 알맞은 조건을 만들어주는 것이 좋다. 그러나 수종에 따라서는 활착이 되지 않는 경우도 있다. 나의 경우 주목이나 장수매, 황피느릅나무 등의 다양한 수종을 가지꽂기로 번식시키고 있다.

가지꽂기할 가지를 만들 때는 봄에 자란 새순이 굳어지는 6~7월경에 가지를 절단해 약한 가지 끝은 잘라버린다. 그런 다음 잎을 두세 장정도 남겨놓고 미리 마련한 삽목판에 꽂아 음지에 둔다. 물론 삽목을 전문적으로 하는 사람들은 더 효과적인 시설을 갖추고 있다. 그러나 일손이 넉넉지 않은 우리 정원에서는 그때그때 상황에 따라 삽목을 하기 때문에 특별한 시설은 없다.

접목의 경우 동일 수종이거나 같은 과 같은 속처럼 두 나무의 형질이 비슷할 때 가능하다. 접목 시 아랫부분 뿌리가 있는 나무를 대목, 윗부분 접붙이는 나뭇가지를 접수라고 하는데 '대목臺木은 접수의 유전형질을 따라간다. 가령 해송을 대목으로 쓰고 오엽송을 '접수接穗'로 쓰면 그 나무는 오엽송이 된다.

이와 같은 접목의 친화성에 의해 새로운 가지나 줄기, 뿌리 등을 접붙여 얻을 수 있다. 그러나 접목 시 접합 부위마다 접붙이는 방법이 다르고, 접합 부위의 형성층을 맞추어 수종에 따라 적정한 습도를 유지시키

밭에서 분재목을 농사짓는 모습. 밭에서 키운 분재목을 화분에 올리기 위해 캐내고 있다.

는 등 경험과 기술이 부족하면 성공하기가 어렵다. 그리고 접목 부위가 자연스럽게 연결되는 데에는 상당한 시간과 사후 관리가 필요하다.

그 외에도 묘목이나 어느 정도 자란 소재 나무를 구입해 밭에서 일정 기간 수형을 다듬은 다음 화분에 올릴 수도 있다.

나는 지금 밭에서 모과나무, 석류나무, 윤노리나무, 단풍나무, 소사나무, 해송 등을 키우고 있는데 밭에서 키울 때도 7~10년 동안 가지를 다듬고, 또 뿌리와 가지를 잘라 옮겨심기를 해가며 길러야 분재목으로 가치가 있다. 속성으로 키만 크게 키워서는 작은 화분에 알맞은 분재목으로 만들 수 없기 때문이다.

그리고 나무를 땅에서 화분으로 옮겨 심을 때는 수종에 따라 시기를 잘 선택해서 뿌리와 가지를 정확하게 잘라주어 활착률을 높일 수 있어야 한다. 그러니까 분재는 나무에 대한 애정과 식물의 생리, 과학이 함께 어우러져 이루어지는 일이다.

나무 만지는 행복감

나무를 화분에 올리기 전에는 준비가 필요하다. 화분이라는 한정된 공간을 염두에 두고 나무의 크기를 조절해야 하고, 화분에 올린 후의 수형까지도 계획해야 한다. 그래서 뿌리와 가지를 자르고 정면을 정해 화분에 올리는 것이다.

나무를 화분에 올릴 때 보통 뿌리 뻗음이나 줄기의 상태, 큰 가지의 배치 등을 고려해 화분에서 성장한 후에도 줄기가 잘 보일 만 한 쪽으로 정면을 정한다. 큰 가지는 화분에 올리고 난 후에도 별다르게 바꿀 수 없고, 정면을 어디에 두느냐에 따라 정형이 달라지므로 신중해야 한다. 사람으로 따지자면 옆이나 뒤통수가 아니라 얼굴이 될 쪽으로 정면을 잡아주는 것이다.

화분에서 나무가 활착을 하는 동안에는 무리한 수형 잡기를 피하고 햇빛과 통풍이 좋은 장소에 둔 채 소독과 물 주기, 거름 주기 같은 일상적 관리를 잘하는 것이 좋다. 그러면서 그 나무의 성질을 파악하고 익혀 가는 것이다. 일상적인 것에서부터 개화나 착과는 잘되는지, 잔가지는 마르지 않는지, 어떤 해충에 약한지 등의 성격을 알아야 나무를 잘 기를 수 있다.

수형을 만들어가는 정형도 나무의 성격과 성장 주기에 맞춰 적기에 했을 때 효과를 볼 수 있다.

나무는 계절의 순환에 따라 성장하므로 크게 봄부터 여름까지를 나무의 성장기, 늦가을부터 겨울까지를 휴면기라고 보면 된다. 나무의 활동이 활발한 성장기에는 순지르기(순치기), 순집기, 잎 따기, 가지 정리 등을 통해 나무가 전체적으로 고르게 자라도록 균형을 잡아주어야 한다. 철사걸이로 가지나 줄기의 방향을 유도할 때는 나무의 건강 상태를

호주 TV 채널 9 〈Garden Guru〉 프로그램 촬영 모습.

살펴 무리가 없게 해주는 것이 중요하고, 반복해서 잔가지 다듬기를 통해 수형을 다듬어가면 수령이 오래되지 않은 나무라도 고태미가 난다. 나무의 생장 활동이 정지되는 휴면기에는 분갈이나 굵은 가지를 자르는 전정, 개작을 하기도 한다.

그러나 수종마다 정형의 방법이나 시기가 다르므로 분재를 처음 시작했을 경우 기르기 쉬운 수종을 골라 차차 식물의 생리와 재배 기술 등을 터득해가는 것이 좋다. 처음부터 까다로운 수종과 값비싼 나무를 선택해 기르게 되면 관리가 어렵고 쉽게 포기해버릴 수도 있다. 처음에는 전문가처럼 직접 배양하기보다는 주변의 믿을 만한 사람이나 분재원을 통해 가격이 저렴한 것을 구입해 분재를 시작하고, 경험이 쌓여 조금씩 자신이 생길 때 차츰 좋은 나무를 선택하는 것이 좋다.

그렇게 천천히 나무를 배우고 만지면서 나무의 성장 주기와 생리에 맞춰 정형을 하면 나무는 잎과 가지에 생기가 돌고 건강해진다. 정형을 할 때 기르는 사람의 개성에 따라 나무의 모습도 다듬어지기 때문에 점차 그 나무만의 고유한 모습이 드러난다. 또 나무를 기르는 사람도 자신이 어떻게 다듬어가느냐에 따라 해마다 달라지는 나무의 모습에서 행복감과 성취감을 느끼게 된다. 오랜 세월 애정을 갖고 분재를 가꾸다 보면 나중에는 나무가 울고 웃는 모습도 볼 수 있게 된다.

월드컵 기간 동안 우리 생각하는 정원에 취재차 온 CNN 기자와 나무 만지는 행복감에 관해 얘기를 나눈 적이 있다.

"유럽이나 미국의 상류층은 어디에 행복지수의 초점을 맞춥니까?"

취재를 마친 그에게 내가 이러한 질문을 던지자 그는 웃으면서 이렇게 말했다.

"호화 유람선을 가진 사람이나 자가용 비행기를 가진 사람도 결국엔 기후 좋고 양지바른 곳에 아름다운 집을 짓고 정원을 꾸미며 예쁜 정원수나 분재를 가꾸는 데에 행복의 초점을 두지 않겠습니까."

그러면서 그는 자신도 '퇴임하면 기후 좋고 양지바른 곳에 집을 짓고 아름다운 정원을 가꾸는 것이 꿈'이라고 말했다.

그의 말대로 유럽이나 미국, 중국, 일본 등 세계 각국에서 우리 정원을 찾아오는 방문객들을 보면 분재에 대한 관심이 높고, 분재문화가 그들의 취미 생활로 자리잡았다는 것을 알 수 있다. 산업화와 경제적인 부의 축적으로 최첨단의 물질 문명이 발달할수록 사람은 오히려 자연에서 정신적 평화를 찾고 위안을 얻는 모양이다. 그러니 21세기를 살아가는 도시인들에게는 나무 만지는 행복감이 더욱더 소중해질 수밖에 없을 것이다.

돌에
미친
돌챙이

손으로 쌓아 올리는 돌담

2003년이 가기 전에 나는 정문 동쪽의 돌담 높이를 95cm 더 높이기로 했다. 돌담을 거듭 높이 올리는 것은 무엇보다 바람을 막기 위해서이다. 우리 정원 안에 전시한 분재와 나무들을 차가운 겨울바람과 무서운 태풍으로부터 보호해야 하기 때문이다. 먼저 쌓은 돌담 위에 다시 돌을 쌓는 이 공사는 현재까지 30m가량 진행됐고, 6월 중순부터 시작했으니까 작업을 시작한 지 한 달 정도 됐다. 여름이 가기 전에 공사를 끝낼 계획이므로 당분간은 돌을 쌓는 일에 집중할 생각이다.

완공했다고 생각한 공사도 세월이 지나면 어딘지 부족하게 느껴진

나무를 가꾸는 틈틈이 돌담을 쌓는다. 내 손으로 직접 고르고 모양을 다듬은 제주도 돌은 변덕스럽고 사나운 제주도 바람으로부터 나무들을 지켜주는 든든한 돌담으로 다시 태어난다. 무던히도 고된 일이지만 내게는 나무 가꾸는 일만큼이나 애착이 가는 일이다. 하지만 수백만 개의 돌을 다듬어 쌓아나가는 것은 정처 없는 고행의 길이 아닐 수 없다.

다. 개원 당시 시간에 쫓겨 계획한 높이만큼 쌓지 못했기 때문에 늘 아쉬움이 남아 있었다. 그래서 2001년에 120cm 더 높인 정문도 고쳐 쌓았다. 부분적인 증축 공사라도 6개월이나 걸렸다. 2002년에 실시한 북문 공사처럼 대규모 공사가 아닌 경우에는 내부 인력만으로 작업을 하기 때문이다.

이번 공사도 서너 명의 내부 인력으로 진행하기 때문에 내가 생각한 기간 안에 공사가 끝날지 확신할 수는 없다. 변덕스러운 여름 날씨도 문제이고, 돌 쌓는 일 외에도 할 일이 많기 때문이다.

돌을 쌓는 작업은 수작업이기 때문에 목수가 나무를 깎아 집을 짓는 것과 비슷하다.

먼저 돌을 모으고 용도에 맞게 분류해야 한다. 한 줄로 쌓는 홑담이 아니라 겹담으로 쌓을 때는 돌의 형태에 따라 들어갈 자리가 정해져 있다. 크게 돌담 안쪽 부분에 넣을 돌과 외부로 노출되는 겉면에 쌓을 돌로 나눈다. 기준은 크기와 상관없이 면이 있느냐 없느냐로 결정한다. 면이 없으면 잡석, 면이 있으면 각돌로 구분한다.

잡석과 각돌로 돌을 분류한 후 각돌을 다듬는 작업을 하게 된다. 각진 면이 두 개가 필요한 돌이 있고 네 개가 필요한 돌이 있는데, 기본적으로 면이 있는 돌을 골라 망치로 하나씩 다듬어야 한다. 네 개의 면이 있는 각돌은 삼면이 모두 밖으로 노출되는 가장자리 부분에 쌓고, 나머지는 이면이 노출되는 부분에 쌓는 것이다.

이 각돌을 하나 다듬기 위해서는 쇠망치로 보통 수십 차례 내지 200~300여 차례 때려서 다듬어야 한다. 모든 것이 수작업으로 이루어지기 때문에 시간이 많이 걸릴 뿐 아니라 어려움도 이만저만이 아니다.

이렇게 다듬은 돌은 제자리를 찾아 모래와 석분을 3:1의 비율로 섞은 시멘트로 고정시킨다. 이 작업은 기존 돌담의 높이에 맞게 제작한 사다리 받침대 위에서 진행된다.

먼저 기존 돌담의 윗부분을 망치로 깨서 높이는 부분과 경계가 생기지 않도록 한 다음 양쪽으로 겉쪽을 먼저 쌓고 나중에 그 안에 잡석을 붓는다. 내 옆에서 직원 하나가 시멘트를 개거나 다듬어진 각돌을 건네주는 보조 역할을 하고, 한 명은 돌담 아래서 돌을 올려주는 역할을 한다.

나는 옆의 직원이 1차로 건네준 돌이 이미 쌓아놓은 돌과 무리 없이 연결되고, 바깥쪽에서 보기에 조화가 이루어지는지 등등을 살펴가며 하나씩 놓고 두드려 고정시킨다. 한번 쌓으면 허물고 다시 쌓지 않는 이상 보수할 수 없기 때문에 돌을 놓는 일이나 돌을 선택하는 일은 언제나 내가 한다. 이번 경우에는 새로 올리는 돌담의 높이가 그다지 높지 않기 때문에 무너질 염려는 없다. 그러나 돌담을 처음 쌓을 때는 하루에 일정 높이 이상은 쌓을 수가 없었다. 그러지 않으면 무너지는 경우가 생긴다.

그렇게 정해진 높이까지 쌓은 후 수평자로 정확하게 수평이 이루어졌는지를 확인하고 붓으로 시멘트가 굳기 전에 쇠손 자국을 지워 깨끗하게 마무리한다. 작업용 사다리의 폭만큼 돌담 쌓는 작업이 끝나면 사다리를 옆으로 옮기고 다시 똑같은 방법으로 작업을 하게 된다. 늘 이렇게 발판 위에서 무거운 돌과 씨름하기 때문에 다리와 허리에 무리가 가 쩔쩔매곤 한다.

3m쯤 되는 작업용 사다리의 폭만큼 돌담을 쌓는 데 들어가는 돌은 봉고차로 세 대가량 소모된다. 공사가 끝나려면 그것의 몇십 배 분량의 돌이 필요한데 요즈음은 돌을 구하기가 점점 힘들다. 그래서 나는 돌을 미리미리 수집해두고 있는데, 대부분 과수원 담이나 개간하는 밭에서 나오는 돌을 기증받거나 사온다. 그러면 돌 다듬기를 전담하고 있는 정 과장이 1차로 각돌을 골라 다듬는 일을 한다.

돌 담 의   내 력

1992년 3년간의 난공사 기간을 거쳐 미완성 상태에서 개원을 했으니 그야말로 할 일이 이만저만이 아니었다. 그래서 개원을 하고 난 후에도 나는 정원의 이곳저곳을 보수하거나 신축하는 공사를 벌였다. 그중에서도 돌담을 쌓고 돌문을 만드는 공사는 거의 매년 거듭되었다.

개원 당시 미비하다고 생각한 돌담의 높이를 조금씩 올려왔고, 작년 겨울에는 솔 가든Soul Garden에 있는 여섯 번째 돌문인 북문을 완공했다. 여러 가지 이유로 미루어진 북문 공사를 끝내자 10년 묵은 체증이 내려

가는 것처럼 속이 시원했다. 개원 당시부터 미완성 상태로 남아 있던 그곳을 볼 때마다 방문객에게 미안함을 느꼈다.

그곳은 외곽 도로에 비해 지대가 낮아 정원 안쪽에서 보면 다른 곳 돌담의 높이에 비해 배 가까이 높았다. 서둘러 완성해야겠다고 생각했지만 재정적 문제와 부족한 인력, 계획 변경 등의 복합적인 이유로 공사가 지연되었다.

처음에는 그곳에 분재문화관을 지을 생각이었다. 정문을 중심으로 서쪽 외곽에 속하는 그곳은 다른 곳에 비해 지대가 낮고 외지므로 그렇게 생각한 것인데 언제부턴가 새로운 분재전시장과 소규모 행사장으로 만들어야겠다고 생각이 바뀌었다.

　그러나 공사의 규모가 크고 지형상 난공사가 예상되었기에 처음에는 선뜻 감이 잡히지 않았다. 물론 내 힘에 겨운 것도 사실이었다.

　일단 돌담의 높이를 올리고, 안쪽에 돌계단형의 작품 전시대를 만들어 기초를 다지기로 했다. 그리고 머릿속에 구상만 한 채 남겨두었던 북문도 함께 만들기로 했다. 그곳에 심어놓은 나무를 다른 곳으로 이식한 뒤 철근을 깔고 레미콘을 치는 기초공사부터 하기 시작했다.

　전시장이 들어설 땅을 평평하게 다지고 옆으로 동산을 만들고 돌을 쌓아 북문을 만들기까지, 분재전시장이 들어설 기초를 다지는 공사였을 뿐인데도 총 9개월이 걸렸다. 450여 명의 외부 인력이 동원됐고, 수십 트럭 분량의 돌이 소모되었다. 솔 가든의 돌담과 북문, 혼불탑 등 모든 공사를 완성시키는 데에 3년 반이 소요되었다.

나는 아침 일찍부터 저녁 늦게까지 대부분의 시간을 그곳에서 보내며 작업을 진행시키고 돌을 쌓았다. 내가 직접 앞장서서 하지 않으면서 인부들을 독려할 수는 없었다. 직원들도 각자 맡은 일을 하는 틈틈이 일을 거들었다.

그러나 돌문과 돌담, 계단형의 전시대, 주변의 동산은 어느 정도 완성됐다고는 하지만 전시장을 제대로 만들려면 아직도 2단계, 3단계의 후속 공사를 해야 한다. 할 일은 많고 갈 길은 멀다.

내가 돌담을 쌓기 시작한 것은 제주도로 내려온 직후이다.

나는 줄곧 내륙 지방에서 살았기 때문에 제주도의 화산석이 신기했고 보석처럼 보였다. 거칠거칠한 표면과 거무스름한 색, 기포처럼 보이는 크고 작은 구멍을 가지고 있는 돌들이 이곳 제주도의 밭이나 마당에 널려 있었다. 나는 밭에 있는 돌들을 처음에는 기증받고 땅에서 캐어낸 뒤 마을 주민들의 손을 빌려 농장의 홑담을 쌓았다.

겨울에도 일을 쉬지 않은 나는 솜바지를 입고 추위와 바람을 피했다. 농장의 나무들도 보호가 필요했다. 홑담 사이로 바람이 들락거리는 걸 알고 몇 년 후 홑담을 헐고 겹담으로 다시 쌓았다. 여기저기 마을 주민들의 밭에서 크고 작은 돌을 모았고, 돌로 만든 생활 도구도 수집했다.

현재 우리 정원에 조형물로 꾸며놓은 연자방아는 마을 주민들의 주선으로 옮겨놓았고, 맷돌은 시내 골동품점에서 수집했다. 그런 일이 거

제주도에 내려와 처음 본 화산석이 내게는 무슨 보석 같았다. 그 돌로 돌담을 쌓기 시작했다. 하나하나 보면 작고 헐한 돌이지만 그것이 모여 높고 긴 돌담이 되자 특별한 멋을 자아냈다. 그러나 아직은 미완성이다. 나는 건강이 허락하는 한 계속 돌담을 쌓을 것이다.

듭되면서 나는 돌에 미친 '돌챙이(돌담 쌓는 사람을 일컫는 제주도 사투리)'로 알려졌다. 필요 없는 돌을 밭에서 가져가라고 하는 사람도 있었다. 그러나 지금은 밭을 거의 개간해 제주도에서도 돌이 점점 귀해지고 있다.

그 시절 돌로 집도 지었다. 제주도와 서울을 오가며 농장을 꾸려가고 있던 나는 제주도에서 지낼 때마다 저 흔한 돌들을 이용해 집을 지어보면 어떨까 생각했다. 우선 살 집을 돌로 지어보기로 하고 돌을 모으기 시작했다. 그리고 서울을 왔다 갔다 하면서 조금씩 돌을 쌓았다. 납작한 돌의 모서리가 밖으로 비죽비죽 튀어나오게 모양을 내어 벽을 쌓았다. 농장 일을 하는 틈틈이 했기 때문에 2년이 지나서야 겨우 18평 규모의 돌집을 완성할 수 있었다.

그렇게 돌로 집을 지어놓고 보니 나름대로 독특한 멋이 났다. 겨울에는 따뜻하고 여름에는 시원해서 살기도 좋았다. 돌집이 없던 시절이라 그랬는지, 그 돌집을 두고 호화 별장이라는 투서가 들어왔다고 군에서 조사를 나오기도 했다. 그 당시는 제주도에 현대식 돌집이 없었다. 호화 별장이라는 의혹을 벗고 난 후 도내의 많은 사람이 구경하려고 찾아왔고, 여기저기 현대식 돌집이 지어졌다. 그 후로 내가 지은 돌집이 '제주도 돌집의 원조'가 되었다.

무엇이든 돌로 만들어보는 습관은 지금도 여전하다. 우리 정원 공사의 대부분은 돌이 주요한 재료가 된다. 직원들이 쉴 방, 벤치가 있는 파고라 기둥, 두 개의 청동 그네를 달아놓은 쌍그네 기둥, 돌을 쌓아 만든 좌대 등등 돌을 쌓아 만들 수 있는 것은 생각보다 많다.

돌담에서 내려오지 못하는 까닭

2002년 북문 공사를 할 때는 새벽 4시부터 저녁 늦게까지 오랜 시간 작업용 사다리 발판에 서서 돌을 쌓았기 때문에 밤에 자다가 다리에 쥐가 나서 깜짝깜짝 놀라 수없이 깨기도 했다. 아직 허리와 어깨 수술의 후유증이 남아 그 부위에 통증이 느껴지기도 한다. 그러나 시간이 없다. 앞으로 내가 일할 수 있는 시간은 그리 많지 않다. 또 나를 격려해주는 수많은 사람의 기대를 저버릴 수도 없다.

돌담 위에서 돌을 쌓고 있으면 오가는 사람들이 나를 보고 웃는다. 손을 흔들기도 하고 박수를 보내주기도 한다. 트럭을 몰고 가던 운전기사들이 경적을 울리고 손인사를 하면 나도 손을 흔들며 웃음으로 답례를 하게 된다.

한번은 영국에서 온 한 부인이 관람을 마치고 나서 나를 보더니 달려와 포옹을 하고는 정원이 너무 아름답다며 양손을 꼭 잡고 눈물을 뚝뚝 흘리면서 감격해 흐느껴 우는 것이었다. 그것을 보고 나도 눈시울이 붉어지고 말았다. 또 한번은 관람을 마친 중국의 고위 간부들이 10여 명씩

우리 정원을 관람하고 감격해하는 분들의 모습을 볼 때면 피곤을 잊게 되고 새로운 힘이 생겨난다. 내가 해온 일들의 의미를 확인시켜주기 때문이다. 더불어 무거운 사명감도 느껴진다.

몰려와 땀 흘리면서 돌담을 쌓는 내 모습을 보고는 엄지손가락을 치켜세웠다. 기쁜 모습으로 사진 촬영을 청할 때는 저절로 힘이 나고 여간 감사한 마음이 드는 게 아니었다.

요즈음은 외국인 손님들이 나와의 만남을 청하는 횟수도 점점 잦아지고 있다. 작업 진도가 늦어짐에도 나는 흔쾌히 돌담을 쌓다가 내려와 손님들을 만나러 간다. 새로운 사람을 만나고, 그들과의 만남을 통해 재충전의 시간을 갖는 일은 내게도 큰 기쁨이 아닐 수 없다.

노르웨이 오슬로에서 노벨 평화상 심사위원단이 방문했을 때의 일이다. 돌담을 쌓고 있는 내게 직원이 찾아와 그들이 나와 같이 차를 한잔 마시고 싶어 한다고 전했다. 나는 이마의 땀을 닦으며 찌든 작업복 차림 그대로 식당으로 향했다.

그들은 나를 보고 반갑다며 손을 꼭 잡았다. 한 시간 예정으로 방문한 그들은 30분 더 시간을 연장해가며 정원을 관람했고, 너무 아름답다며 감격해했다. 노벨 박물관장의 부인은 통역을 통해 나와 포옹을 하고 싶다는 의사를 전해왔다. 부인은 땀과 흙먼지에 찌든 나를 껴안으며 기뻐했다.

"너무도 아름다운 정원입니다. 이 아름다운 정원을 혼자 힘으로 만들었다니 감동적입니다."

나는 감격해하는 그들의 모습에 피곤도 잊고, 새로운 힘이 생겨나는 것 같았다. 이런 일은 내게 큰 격려와 위로가 된다. 내가 해온 일들의 의미를 확인시켜주는 계기가 되며, 한편으로는 더욱 무거운 사명감도 갖게 된다.

내가 1년 내내 하루도 쉬지 않고 돌담을 쌓은 것은 무엇보다 실용적인 필요에 의해서였다. 농장 시절부터 밤이든 낮이든 비바람이 몰아쳤을 때 뛰어나가 화분을 내려놓으려다 화분을 껴안고 넘어져서 다친 일이 한두 번이 아니었다. 그때부터 바람 막는 일을 생명으로 알고 살아왔다. 바람 막는 일이 나무 기르기의 시작이고 끝이기 때문이다. 그래서 지금도 나는 돌담을 쌓고 있는 것이다. 바람을 막아 나무를 보호하자는 생각에서 시작했고, 더 튼튼하게 만들기 위해 거듭 증축을 했다.

내가 돌챙이라고 불리는 데서 알겠지만 나는 제주도의 돌이 좋다. 하나하나 보면 작고 헐한 것이지만 그것이 모여서 높고 긴 돌담이 되자 특별해졌다. 바람을 막아 나무를 돌보는 파수꾼이 되어주었고, 국빈이 방문했을 때는 든든한 경호벽이 되어주었다. 제주도의 특징을 나타내는 돌의 얼굴이 됐고, 시각적인 아름다움이 느껴지는 크고 웅장한 건축물로 변한 것이다. 그러나 아직은 미완성이다. 그러므로 건강이 허락하는 한 나는 계속해서 돌담을 쌓을 것이다.

일본
분재문화
기행

일 본 인 들 의 분 재 사 랑

나는 2001년까지 대여섯 번 일본을 방문했다. 일하는 시간을 쪼개가며 일본 방문길에 오른 것은 일본의 분재문화를 살피기 위해서였다. 특히 세계적으로 명성을 얻고 있는 국풍전國風展에 맞춰 일정을 잡곤 했다.

국풍전은 1926년부터 지금까지 매년 2월 초순 일본 도쿄에서 일주일 간 열리는 분재 전시회이다. 도쿄 우에노 공원 내 도쿄 미술관에서 개최되는 이 분재 전시회는 오랜 역사와 전통을 자랑한다. 천황을 비롯해 황태자, 전직 총리대신급 인사인 일본분재협회 총재와 각계 각처의 주요 인사들이 개막식과 견학에 참석하기도 한다. 그리고 일본뿐 아니라 세

2000년 10월 2일, 생각하는 정원을 방문한 전두환 전 대통령과 나카소네 야스히로 전 일본 총리.

계 전역에서 나무를 좋아하는 사람들이 몰려들어 북새통을 이룬다.

일본인들의 분재예술에 관한 관심과 사랑은 개인의 취미와 기호의 수준을 넘어선다. 일본 황궁의 정원에는 오래전부터 전해 내려오는 국보급 귀중 분재가 있는데, 제1·2차 세계대전 당시 이 귀중 분재들을 잘 돌보기 위해 황궁의 분재사들은 병역이 면제되었다고도 한다. 또 전쟁에 나간 함장이 뱃머리에 분재를 싣고 "이 분재가 죽으면 나도 죽는다"라는 말과 함께 바람이 잠잠하면 뱃머리에 두었다가 바람이 거세지면 안으로 들여놓아가며 전투를 치렀다는 일화도 전해지고 있다. 그들의 분재에 대한 열정이 역사적 전통임을 알 수 있는 대목이다.

국풍전은 사전 심사가 까다롭기로 유명하다. 20~30년 동안 분재를 한 사람도 출품하기 어렵다는 말이 있다. 사전 심사를 할 때도 나무만 보는 것이 아니라 화분을 비롯해 작품 전체를 보기 때문에 완성도 높은 작품만 출품된다고 한다.

또 국풍전의 심사는 공정하다. 전문 심사위원들이 심사를 해서 수종에 따라 작품의 가치가 높을 경우 문화재청에 귀중 분재로 등록시킨다. 이때 인맥이나 지연에 의한 심사는 생각할 수 없고, 작품의 완성도만 그 기준이 된다. 이와 같은 엄격하고 체계화된 심사를 통해 귀중 분재로 문화재청에 등록하고 문화재로 대우하는 관행은 내게 큰 충격을 주었다. 그들은 분재를 국가의 문화 산업으로 육성하고 있었다.

그에 비해 우리나라의 경우 분재 전시회에서의 공정한 심사나 일반 관람객들의 열의를 기대하기 어렵고, 또 공정한 심사가 이루어진다고 해도 그 가치를 나라에서 인정해주고 보호해주는 일은 아직 못 미치는 것 같다.

이처럼 엄격한 사전 심사를 통해 출품된 작품들이기에 그 수준 또한 세계적이다. 이른바 명목名木으로 불리는 작품이 수두룩하다.

책이나 잡지를 통해서만 보던 명목들을 실제로 보니 그 감동이 더했다. 그러나 그 감동의 이면에는 안타까움이 있었다. 그 명목들 중에는 우리나라에서 건너간 나무도 있었기 때문이다. 우리나라 나무가 일본인들에 의해 길러지고 명목으로 태어나 전시회에 출품된 것이다.

분재 전시회에는 일본인들이 '조센소로'라고 부르는, 우리나라에서 자생하는 소사나무, 육송, 모과나무 등의 나무들이 있었다. 이웃 일본에 가서 우리나라의 고유 자생 수종인 나무들을 대할 때는 더욱 반갑고 자랑스럽게 느껴지곤 한다. 외국에서 우리나라 나무들이 더 큰 사랑을 받고 있다는 것은 우리나라 나무가 얼마나 우수한가를 보여주는 좋은 예일 것이다.

오 미 야 분 재 촌 과 서 상 원

일본은 1964년 도쿄 올림픽을 통해 세계 시장에 분재문화를 선보였다.

당시 관광 코스로 자리 잡은 사이타마현의 오미야 분재촌은 현재까지도 분재 관광의 대표적 코스가 되고 있다. 국풍전이 열리는 기간 동안 오미야 분재촌으로 관광을 가는 것이 상례이다. 작은 도시에서 분재를 가꾸는 가정 10여 가구가 100~200평 정도의 마당에서 분재를 기르며 살아가고 있는 그 자체가 하나의 관광 상품이 된 것이다.

오미야 분재촌 가정집에서는 분재를 직접 기르는 것은 물론 분재를 포함해 각종 분재 도구를 팔고 있다. 그러나 분재에 관한 일체의 물품을 취급하는 그린구락부가 따로 있기는 하다. 나도 그린구락부에서 각종 분재 가위를 포함한 분재 공구, 분재 자재 등 분재에 관련된 물품을 구입하기도 한다. 일단 물품의 종류가 다양하고, 질적으로 우수하기 때문이다. 화분의 경우 예술성을 인정받아 하나의 독립된 작품으로 취급되는 고가품도 있다. 이처럼 일본은 다양한 분재 관련 도구와 상품으로 막대한 수입을 올리고 있다.

일본을 방문할 때마다 나는 오미야 분재촌을 찾곤 한다. 2000년 2월에는 국풍전을 돌아보고 오미야 분재촌을 방문했으나 그날은 전체가 다른 행사로 인해 휴일이었다. 그런데 다행히 NHK에 근무했고 분재가 좋아 다큐멘터리를 제작해 방송까지 했다는 아라야 류자부로 선생이 직접 나와 친절히 안내와 소개를 해주어 무사히 돌아볼 수 있었다. 분재촌의 특징상 집에서 분재를 기르다 보니, 가업으로 분재를 기르고 있는 집도 있고 그렇지 않은 집도 있다. 대물림으로 분재를 기르는 집은 분재의 상태도 좋고 좋은 나무도 많았다. 그런데 대가 끊긴 집의 경우에는 관리가 소홀해 보였다.

분재는 잠시만 관리가 소홀해도 나무가 노화하고 수형이 어긋나서 작품으로서의 생명력을 잃게 된다. 그러니 분재는 대를 물려 하지 않으면 안 되겠구나 하는 생각이 절로 들었다.

사이타마현의 서상원을 방문했을 때도 그와 비슷한 생각을 했다.

분재정원인 그곳은 좋은 작품, 명목이 많기로 유명한 곳이다. 나도 지면을 통해 익히 알고 있었으므로 그곳을 직접 방문하고 싶었다. 그러나 내가 그곳을 찾았던 1990년대 초반에는 이미 문을 닫고 영업을 하지 않는 상태였다. 설립자는 작고하고 아들이 운영을 맡았지만 분재에 뜻이 없던 아들이 영업을 포기한 것이다.

어렵게 서상원을 물려받은 설립자의 2세 사장에게 전화를 걸어 그곳에 들어가볼 수 있었다. 젊은 사장의 승낙을 받고 우리 일행을 기다리고 있던 직원들의 안내로 원내를 둘러보았다. 규모가 약 10,000m² 정도 돼 보이는 서상원에는 듣던 대로 국풍전에 출품됐던 명목들은 물론, 좋은 분재 작품이 즐비했다. 그곳에서도 역시 우리나라에서 건너온 소사나무와 모과나무를 볼 수 있었다.

젊은 사장의 아버지, 서상원의 설립자가 얼마나 오랫동안 공들여서 그 나무들을 길러왔는지 짐작할 수 있었다. 그런데 그렇게 좋은 명목들은 관리가 잘되지 않아 뚜렷한 노화 현상을 보이고 있었다. 전반적으로 나무들이 생기가 없었다. 영업은 하지 않지만 분재를 관리하는 전문 관리사가 있었는데도 나무의 상태는 그리 좋아 보이지 않았다.

우리 일행이 원내 관람을 마치고 나자 설립자의 2세인 젊은 사장이 서상원에 왔다. 그는 다른 사업체를 운영하고 있다고 했다. 차를 마시며 잠깐 얘기를 나눌 수 있었는데 그때 그가 자신과 자신의 아버지에 대해 얘기를 했다.

"한국 제주도에도 가봤지만 카지노에만 갔지 다른 곳에는 가본 적이 없습니다. 어릴 적부터 분재에는 관심이 없고 방탕한 생활에 빠져 있었습니다. 커서는 밤새도록 파친코를 하다가 새벽에 돌아오면 아버지는 그때까지도 마당에서 나무를 만지고 계셨죠. 저는 아버지 몰래 방에 들어가 일찍 들어온 척 잠을 잤습니다. 아버지는 한 번도 저를 불러 나무라지 않으셨습니다. 그런 아버지가 돌아가셨는데, 아버지가 얼마나 분재를 애지중지했다는 것을 뻔히 알면서도 제 자신이 나무에 관심이 없으니 죄송할 뿐입니다."

나는 그의 얘기를 들으면서 아버지에 대한 회한에 젖은 듯 자기 자신이 나무에 관심이 없어 죄송할 뿐이라는 그를 물끄러미 바라보았다. 그리고 나무는 자신이 좋아해야 키우지 그렇지 않으면 키울 수가 없구나 싶어 안타까움을 금할 수가 없었다. 저렇게 귀한 작품들을 수집하고 가꾸기까지 설립자는 혼신의 힘을 다했을 텐데……. 그러니 아들이 가업으로 이어받아 가꾸고 지켜나가면 얼마나 좋을까. 그런 생각 끝에 나 역

　成範永先生と思索する庭園
に出会うことができ，感謝感激
です。日本人の心を打つ素晴しい
名苑ですね。"THINK"(思索する)
を肝に銘じ，教育にあたりたい
と思います。　2009. 9. 2
　　日本・大阪観光大学観光学部長　中尾清

시 혼자 좋아서 나무를 기르다가 서상원 설립자처럼 되는 것은 아닌지, 잠시 우울한 생각에 젖어들고 말았다.

서상원의 경우처럼 분재정원을 만드는 일도 어렵지만 그 정원을 제대로 관리하고 유지·발전시키는 것은 더 어려운 일이다. 실제로 정원을 관리하면서 나는 시시때때로 그런 어려움을 느낀다. 분재 애호가들이 누구보다도 그 어려움을 잘 알고 안타깝게 생각한다.

일본의 북쪽, 센다이 지방에서 여섯 명의 분재 애호가들이 우리 정원으로 분재 견학을 왔다. 정원을 방문하기 전에 그들은 미리 나를 만날 약속을 하기 위해 팩스도 보내고 전화도 걸었지만 연락이 닿지 않았다고 했다. 마침 우리 정원의 전화번호 국번이 두 자릿수에서 세 자리 국번으로 바뀐 때였다. 그들은 어쩔 수 없이 서울에 도착하자마자 가이드를 통해 전화를 해왔다. 그런데 그들이 방문하고자 원한 날은 내가 선약이 있었다. "내일은 제가 시간이 없습니다"라고 하자 그들은 서울 일정을 취소하고 바로 제주도로 내려왔다. 그들의 열의에 나는 놀랐다. 우리 정원에 도착해 서너 시간에 걸친 관람을 마친 그들과 잠깐 차를 마시

나카오 기요시 일본 오사카 관광대학 관광학부장
'성범영 선생님과 생각하는 정원을 만나게 되어 진정 감격스럽고 감사하는 마음입니다. 일본인의 마음을 울리는 명名정원입니다. 'THINK(생각하다)'를 마음에 새겨 교육에 임하고자 합니다.'

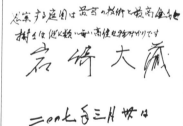

念念する庭園は最高の技術と最高の金めと
樹木は徐々類…高使之をみかりです
岩﨑大蔵

二〇〇七年三月三十日

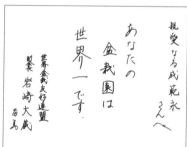

親愛なる成乾永さんへ
あなたの
金栽園は
世界一です。

世界金栽友好連盟
副会長 岩﨑大蔵
右為

세계분재우호연맹 부총재 故 다이초 이와사키는 두 차례나 우리 정원을 방문했다.

2007년 3월 30일. "최고의 정원, 최고의 기술, 최고의 분재. 다른 곳에 없는 고급기술입니다." (왼쪽)

2007년 10월 3일. "친애하는 성범영 원장님. 당신의 분재원은 세계일류입니다."(오른쪽)

며 얘기를 나눌 수 있었다. 그들은 빼곡히 질문이 적힌 A4 용지를 꺼내더니 하나하나 세심히 물었다. 그리고 마지막으로 이렇게 말했다.

"너무나 감동적입니다. 우리 일본에서도 야외 전시장을 만들려고 무척 애를 썼지만 아직 못 만들었습니다. 이곳은 놀라움 그 자체입니다. 우리 천황께서 방문해보셔야 할 것 같습니다. 우리와 분재 교류를 해주실 수 있겠습니까? 그리고 한 가지 건의할 것이 있습니다. 입장료가 너무 쌉니다. 3,000엔 내지 5,000엔은 받아야 하지 않습니까?"

나는 그 질문을 받고 여느 때와 마찬가지로 잠시 머뭇거렸다.

잠시 후 나는 조용히 말했다.

"그렇게 했으면 좋겠지만, 지금도 비싸다고들 해서요. 사람들의 생각이 변하기까지는 많은 세월이 흘러야 할 것 같습니다."

누구보다도 분재정원을 운영하는 어려움을 잘 알기에 그들은 안타깝다는 표정을 지으며 고개를 끄덕였다.

일본에도 관광대학이 세 개밖에 없으며 그중 오사카 관광대학이 가장 크다고 한다. 학부장은 정원을 돌아본 후 "놀랍다. 말문이 막혀 할 말이 없다"고 말했다.

故 다이초 이와사키 상은 당시 93세로 세계분재우호연맹의 부총재이며, 분재와 정원문화를 평가할 수 있는 세계 최고의 권위자이다.

3 0 0 년 된 소 나 무 공 원 에 서

언제부터인가 다카마스 시내에 있는 율림공원을 소개받고 늘 그곳을
동경해왔다. 소나무의 고장으로 알려진 다카마스에는 300여 년 전에
만든 율림공원이 있다. 에도시대 때 조성되었다는 이 공원은 오랜 세월
에 걸쳐 아름답게 가꾸어진 탓에 조경미가 뛰어난 곳이다. 그곳에는 특
히 소나무, 해송 정원수가 많다.

　잘 다듬고 가꾼 아름드리 해송부터 크고 작은 소나무들까지, 소나무

를 좋아하는 내게는 눈으로 보는 것만으로도 즐겁고 행복해지는 곳이었다. 더불어 오엽송이나 히말라야시다가 몇 아름이 되게 자라 있으니, 그 조화와 아름다움이 부럽기 그지없었다. 300여 년이라는 긴 세월 동안 그곳을 관리하고 보존한 일본인들의 노력과 300년 전에 이러한 공원을 만들 생각을 한 그들의 안목에 놀라지 않을 수 없었다.

내게 그 무엇을 준다고 해도 이렇게 아름다운 나무와 이 공원은 바꾸지 않을 것이라는 생각이 들었다. 아름다운 환경과 아름다운 나무는 사람을 감동시키고 나아가 만인을 불러 모은다. 또 그것은 한 나라의 문화 수준을 가늠하는 척도가 되기도 한다. 일본인들은 그것을 잘 알고 있었다. 자신들이 즐기던 분재문화를 국가 차원에서 육성해 문화 상품으로 개발할 수 있었던 것도 그러한 사고가 있었기 때문일 것이다.

일본인은 해마다 국풍國風이라는 분재전을 통해 분재 열기를 조성하고, 엄선된 명목은 귀중 분재로 문화재청에 등록시킨다. 스스로 부가가치를 창출하는 것이다. 그로 인해 많은 사람이 관심을 갖고 작품 활동을 하는 계기를 만들고, 나아가 분재문화를 세계화하는 데 주도권을 가지게 되었다. 그들은 또한 1989년 세계분재우호연맹(WBFF)을 만들어 4년마다 세계 각지에서 분재 대회를 개최하고 있다. 그 결과 세계인에게 분재 종주국이라는 이미지를 심어줄 수 있었다.

지금은 일본이 세계 분재문화를 선도하다시피 하고 있지만 분재는 원래 1,300여 년 전 중국에서 시작되어 인도로 건너가고, 고려 중엽 한국으로 들어와 일본으로 건너간 문화이다.

한국 백제의 고도 부여의 궁남지라는 연못을 서기 600년경에 조성한 정원사 노자공은 일본으로 건너가 도쿄 법륭사의 정원을 조성했으며, 일본 33대 스이코 천황推古天皇의 재임 기간(592~628) 중인 서기 611년 황궁에 연못을 조성했다고 한다. 또 그는 홋카이도 제국대학 정원을 조성했으며, 이 대학에서는 일본 정원사의 시조는 노자공이라 가르치고 있다. 일본 《고사기古事記》에도 일본 정원의 시조는 백제의 노자공이라고 기록되어 있다. 즉 이때부터 일본에서 정원문화가 발달하기 시작한 것이다. 더불어 분재문화도 융성하기 시작했다. 따지고 보면 우리나라의 정원사로부터 그들의 정원문화가 발전한 것이다.

일본의 분재는 이미 문화와 산업 차원으로 발전했다. 분재 종주국이라는 인식을 심어주었기 때문에 일본의 분재와 자재는 해마다 세계 각국으로 수출돼 막대한 외화를 벌어들이고 있다. 나는 이러한 생각을 하면서 율림공원의 소나무 숲을 걸었다.

생각하는 정원과
새마을 운동

승리의 원동력

분재는 일본의 고유문화는 아니다. 중국에서 1,600여 년 전에 시작된 문화이며 고려 중엽에 한국에 들어와 일본으로 건너간 문화이다. 그러나 우리나라에서는 아직도 분재를 우리와는 상관없는 문화인 양 치부하고, 나무를 괴롭히는 것이라고 생각하는 사람이 아직도 많다. 분재문화의 발전이 가져올 문화적·예술적·경제적 이익 창출에는 관심이 부족한 것 같다.

우리에게는 분재문화에 대한 부끄러운 과거도 있고 현재도 그렇다. 1989년 일본에서 세계분재우호연맹을 창립하면서 한국의 가입을 권했고, 이에 한국분재협회에서 대한민국 문화공보부에 한국분재협회 설립 허가를 요청했다. 하지만 그 당시 관계자들로부터 산에서 나무 캐다 심어놓고 파는 사람들이 무슨 예술협회로 등록한다는 것이냐고 몇 차례 거절당한 바 있다. 하는 수 없이 그 당시 한국분재협회 회장인 전상기 씨가 일본으로 건너가 일본분재협회 명예총재인 기시노부스키에게 부탁해 대한민국 문화공보부 장관 앞으로 편지를 보내 협회를 승인받게 되었다.

지금은 수석과 분재문화가 전 세계로 확산되어 세계인들 사이에 분재와 수석이 최고의 고급 문화·예술로 정착되어가고 있다. 그럼에도 국내에서는 아직도 정부와 사회 지식층의 이해가 부족하고, 한국 분재계 일부 임원들의 사리사욕과 몰지각으로 인해 분재와 수석인들의 단합이 결여되어 세계 분재계와 원활한 협조가 이루어지지 않고 있으니 부끄럽고 가슴 아픈 일이 아닐 수 없다.

우리는 기후 좋고 살기 좋은 아름다운 강산에 다양한 수목과 수석들을 보유하고 있고, 뛰어난 기술과 손재주를 갖추고 있는데도 불구하고 이 훌륭한 자원을 제대로 활용하지 못하고 있으니 말이다. 우리나라의 분재예술을 고급 문화·예술로 발전시켜 관광자원화한다면 세계인을 끌어모으는 데 크나큰 원동력이 될 수 있으며, 더불어 한 단계 수준 높은 문화·예술의 보국이 될 수 있을 것이라고 확신한다.

분재 발상지인 중국이나 우리보다 늦은 일본보다는 먼저 분재문화를

정착시킬 수 있었던 우리나라가 왜 일본보다 문화가 더 발달했던 때에
분재를 국가 차원의 문화·예술 및 산업으로 발전시키지 못한 것일까?
당시는 도시 인구보다 농촌 인구가 훨씬 더 많았고, 기름진 농촌 땅에
매연과 폐수가 쏟아지는 공장을 건설하기보다 농민이라면 다 기를 수
있는 나무 기르기를 왜 유도하지 못한 것일까? 안타까운 일이 아닐 수
없다.

　내가 1970년대에 전국적으로 새마을 운동이 전개될 때부터 분재를
사업으로 접목시켜 발전시켜보고자 한 것도 이러한 계기에서 비롯된
것이다. 나는 전기도 수도도 없는 황량한 제주도 돌밭을 개간하면서 이
곳저곳에서 들려오는 두루외(제주도 방언으로 '미친놈') 소리에도 아랑

곳없이 이를 악물고 밤낮으로 뛰었다. 지금 돌이켜보건대 새마을 운동이 아니었으면 과연 내가 생각하는 정원을 탄생시킬 수 있었을까 싶다. 너무 힘들어 몇 차례 포기하려고 할 때 새마을 운동이 일어나 그에 힘을 받고 용기를 내어 죽어도 이곳에서 죽겠다는 각오로 이를 악물고 사력을 다해왔다. 그 새마을 운동의 찬가가 지금도 내 귀에는 마을의 스피커를 통해 쟁쟁하게 들려오는 것 같다. 아직 미완성이지만 생각하는 정원이 세상에 알려지면서 차츰 풍성한 열매가 익어가기를 바라고 있다. 새마을 운동은 생각하는 정원을 패배에서 승리로 이끌어준 원동력이다.

제주도 정자목,
팽나무

크게 자라고 오래 사는 나무

팽나무 가지는 느릅나무 가지처럼 섬세하다. 괴불나무처럼 다 자라도 키가 작은 나무들은 땅 위에서부터 가는 줄기가 많이 나는데, 팽나무처럼 크게 자라는 나무들은 높이 솟아오른 굵은 줄기에서 가지가 넓게 퍼져나간다.

크게 자라는 나무들 중에서도 팽나무는 가는 가지가 많다. 그 가지가 퍼져나가 우산 모양을 이루는 것이 팽나무의 수형이기도 하다.

팽나무는 토양이 척박한 곳에서도 잘 자란다. 그런데 목질부가 약한 편이라 분재로 키우면 겨울에 잔가지가 잘 죽는 단점이 있다. 잎도 다른 나무보다 벌레가 잘 먹는다. 그래서 팽나무를 키울 때는 1년에 서너 번씩 소독을 해주어야 한다.

싹이 잘 트고 성장 속도가 빠른 팽나무는 이곳 제주도에서도 잘 자란다. 특히 한라산의 북쪽 지역에 많다. 한라산의 남쪽인 서귀포시와 북쪽인 제주시는 기온 편차가 심하다. 한라산이 겨울 해풍을 막아주는 남쪽은 겨울에 눈이 와도 금방 녹아버릴 정도로 포근하다. 반대로 북쪽은 차가운 계절풍에 노출돼 있어 추운 편이다.

이러한 기후 조건은 나무의 서식에도 영향을 미친다. 생달나무, 후박나무, 녹나무, 담팔수 등등이 제주도 전역에서 고루 자라는 것에 비해 북쪽에는 해수와 해풍에 강한 해송이나 팽나무가 많다.

예로부터 자갈밭으로 유명한 이곳 저지의 토양도, 가까운 바다에서 날아오는 염풍도 팽나무에게는 그리 큰 문제가 아니다. 정원 근처만 보아도 마을 어귀며 밭둑, 집 마당 앞 가리지 않고 아름드리로 자란 팽나무들이 우뚝우뚝 서 있다. 다른 나무에 비해 키도 크고 둥치도 굵기 때문에 멀리서도 한눈에 알아볼 수 있을 정도이다.

그러나 이곳의 강한 바람이 팽나무의 가늘고 섬세하게 뻗은 가지를 그냥 둘 리 없다. 부러지는 것이 나쁜 것만은 아니다. 이곳의 팽나무들은 누가 딱히 돌보지 않아도 가지의 배열이 정돈된 느낌을 준다. 바람이 가지치기를 하는 셈이다. 거꾸로 팽나무는 바람의 가지치기를 통해 균형을 잡고 잔가지를 유지한다.

가지치기는 정원사가 해야 할 일 중에 기본적인 일에 속한다. 죽은 가지와 보기 싫게 늘어진 가지, 돌출된 가지 등을 잘라주면 보기가 좋아진다. 우리 정원의 경우 정원수도 나무에 따라 가지치기로 정리를 해주고 있다. 너무 늘어진 가지, 옆의 나무에 지장을 주거나 분재에 그늘이 지게 하는 등의 지장을 주는 가지들을 잘라준다.

잎이 없을 때 팽나무 가지는 더욱 돋보인다. 봄이 되면 팽나무 가지에 노르스름해 보이는 잎이 돋기 시작하는데, 이때만큼 물오른 팽나무 잔가지에 이제 막 돋기 시작한 새잎이 보기 좋은 시기도 없다.

더위에 지친 땅이 바싹바싹 마를 때쯤이면 팽나무 가지는 잎에 가려 보이지 않게 된다. 밑에서 올려다봐도 잎 사이에서 익어가는 콩알만 한 열매를 찾기 힘들다. 커다란 우산을 펼쳐놓은 듯 한 덩어리로 제 몸을 흔들고 있다. 여름에 아름드리 팽나무 그늘은 일품이다. 짙고 시원하다.

여름이면 정원의 팽나무 그늘에서 잠시 더위를 식히곤 한다. 그렇게 여름이 가고 가을이 되면 팽나무의 무성하던 잎은 노랗게 단풍이 든다.

팽나무 잎에는 벌레가 많이 꼬인다. 봄에 새잎이 돋기 시작할 때부터 벌레가 나뭇잎을 삽시간에 갉아먹기도 하는데, 이때 소독을 해주면 다

제주도 팽나무

시 새로운 잎이 난다. 팽나무 열매는 달아서 먹을 수 있고, 옛날에는 아이들이 팽총이라는 장난감 총을 만들어서 놀았다.

우리 정원에서 가까운 명월에는 건천을 따라 팽나무 군락지가 있다. 장마 때나 되어야 물이 흐르는 건천은 현무암으로 이루어진 제주도 지층의 특성 때문에 투수성이 높아 대부분 빗물이 지하로 스며든다. 그래서 제주도에는 장마가 져야 물이 흐르는 하천이 많다. 그러한 건천을 따라 팽나무들이 군락을 이루고 있는 것이다. 그곳에 가면 팽나무 군락지의 면모를 엿볼 수 있다.

팽나무는 크게 자라고 오래 산다. 예로부터 그런 나무들이 마을의 정자목 노릇을 하게 마련인데, 육지에서는 느티나무나 은행나무가 정자목 노릇을 한다면 제주도에서는 팽나무가 그 자리를 차지하고 있다.

팽나무는 그만큼 이곳 제주도 사람들의 기억에 오래전부터 자리 잡은 나무이다. 제주도 출신의 화가나 사진작가의 작품을 보면 빠지지 않고 앙상한 가지만 남은 겨울 팽나무들이 등장한다. 아름드리로 자라 겨울 들판에 서 있는 팽나무를 보면 제주도가 저절로 떠오르는 것이다.

알 수 없는 나무,
알 수 없는 날씨

야릇한 냄새가 나는 나무들

돈나무는 제주도에서 흔히 볼 수 있는 관상목이다. 다보록하게 자라는 돈나무의 수형은 특별히 정형을 하지 않아도 보기 좋다. 5~6월, 꽃이 드문 우리 정원에서 산딸나무와 함께 돈나무는 가지마다 소복하게 흰 꽃을 피운다.

　주로 제주도와 남해안에 서식하는 돈나무는 상록 활엽수이며, 잎이 약간 짧고 끝이 둥근 편이다. 목질부는 약해 목재로는 쓸 수 없으나 병충해에 강하다. 이런 특성 때문에 잔디밭 안쪽에 밀식시켜 심기도 하고, 도로의 중앙분리대 중앙에 심어 둥글게 모양을 내 키우기도 한다.

일본 가정에서는 정문 옆에 심는 관상수로 널리 키우는 것도 보았다.

이렇게 보기 좋은 돈나무는 그러나 냄새가 안 좋은 나무이기도 하다. 보통 나무의 냄새는 잎과 꽃, 가지, 거기에 흙냄새까지 섞여 딱 꼬집어서 무슨 냄새라고 말하기 어렵다. 그러나 으름이나 괴불나무는 꽃의 향기가 다른 나무에 비해 짙고 상쾌하다. 또 구상나무는 잎을 잘라줄 때 좋은 향이 난다. 소나무는 솔잎에서, 향나무는 태울 때 독특한 향이 난다.

그에 비해 돈나무는 가지에 스치기라도 하면 역한 냄새가 진동한다. 구실잣밤나무도 꽃이 피면 지린내와 향이 함께 나고 말오줌나무(말오줌때)도 그 이름처럼 이상한 냄새가 난다.

돈나무는 꽃이 피면 벌과 나비가 날아오는 게 아니라 파리가 꼬인다. 여름이면 매미도 줄기에 들러붙어 극성이다. 꽃이나 열매의 끈끈한 점액질 성분이 파리나 매미를 불러 모으는 모양이다.

이렇게 냄새가 안 좋고 파리가 꼬이는 돈나무를 제주도에서는 '똥낭'이라 부른다. '낭'이 제주도 사투리로 나무라는 뜻이니 돈나무의 제주도 이름은 '똥낭'이다.

변덕스러운 제주도 날씨와 정들어 가다

상록활엽수가 많은 이곳, 제주도의 날씨도 알 수가 없다.

제주도는 어느 지방보다 따뜻하고 습도가 적당해서 분재 키우기에 좋은 곳이라고는 하지만 망망한 대해 가운데 떠 있는 조그마한 섬이라서 날씨를 예측할 수 없는 곳이다. 햇볕이 쨍쨍하다가도 비가 쏟아지고 먹구름이 끼었다가도 금세 하늘이 훤하게 트인다. 가까운 거리도 어떤 곳은 비가 오고 어떤 곳은 맑다. 여름이면 으레 찾아오는 태풍도 그렇다. 온 섬이 날아갈 듯 요란스러운 태풍도 그 진행 방향에 따라 어떤 곳은 크게, 어떤 곳은 작게 그 흔적을 남긴다. 한라산의 역할이 그만큼 크다고 해야 하나.

태풍은 나무의 새순을 꺾어놓기도 하고 좌대座臺에 올려놓은 화분을 떨어뜨려 박살내기도 한다. 한밤중에 갑자기 천둥이 치고 비바람이 몰아치는 날이면 자다 말고 뛰어나가 좌대에서 분재를 내려놓아야 한다. 태풍이 올라올 때는 전 직원이 밤을 새워 정원수를 로프로 묶고 화분을 옮겨야 하기 때문에 몸살로 며칠씩 누워 있기도 한다.

태풍은 대개 8~9월에 오는데 때로는 10월에 오기도 한다. 대부분 늦게 오는 태풍이 규모가 크고 피해도 크다. 우리 정원의 경우 태풍이 대한해협으로 빠질 때는 별 피해를 입지 않지만 제주도 서쪽을 향해 오게 되면 피해가 커진다.

1980년대 초 제주도 서쪽으로 초특급 태풍이 올라온 적이 있었다 (1985년 제9호 태풍 리Lee). 공군 레이더 기지가 날아가고, 산방산에서는 포니 자동차가 굴러 깡통 조각처럼 구겨지고, 서쪽에는 전신주 180여

제주도의 날씨는 알 수가 없다. 어느 날은 하루에도 몇 번씩 변덕이 죽 끓듯 한다. 나는 매일매일 바람에 어깨를 움츠리기도 하고 펴기도 한다. 땅을 파다 소나기에 흠뻑 젖기도 하고, 갑자기 쨍쨍한 햇볕에 소매를 접어 올리기도 한다. 그렇게 서서히 이 변덕스러운 날씨와 정들어간다.

개가 박살났다. 내가 제주도에서 다년간 살면서 경험한 가장 큰 태풍이었다.

나는 그때 농장의 비닐하우스가 날아갈 것에 대비해 6인치짜리 벽돌 15개를 한 덩어리로 묶어 로프를 연결해 세 군데에서 비닐하우스를 전체적으로 묶어놨다. 그런데도 태풍이 들이치자 비닐하우스가 통째로 들려 올라가더니 납작하게 꺼져버렸다. 하우스 여러 동이 박살나고, 나무가 뽑히고, 피해가 이만저만이 아니었다.

그렇게 태풍의 위력을 절감한 나로서는 태풍에 민감할 수밖에 없다. 그래서 태풍경보가 발령되면 전 직원이 비상 체제에 돌입한다. 정원수는 로프로 정원석이나 좌대 기둥에 묶어 뿌리가 흔들리지 않도록 하고, 분재는 온실로 옮긴다. 적은 인원이 짧은 시간에 이 일을 다 하자면 녹초가 되게 마련이다.

태풍경보만 믿고 밤이 새도록 작업을 해 전 직원이 기진맥진해 있는데, 태풍의 방향이 바뀌어 우리 정원을 비켜가버린 적도 여러 번 있다. 태풍경보가 발령되고 예상 진로가 우리 정원 쪽으로 예보된 이상 어쩔 수 없는 일이었다.

그러한 이유가 아니더라도 정원에서 하루를 보내는 내게 일기예보는 주요한 정보가 된다. 장기예보부터 주간예보, 그날그날의 날씨까지 빼놓지 않고 챙긴다. 나무의 생육과 정원 관리에 날씨가 미치는 영향이 크기 때문이다.

장마 기간이 길어지면 병해충이 많이 발생하기 때문에 장마 전후로 소독을 해야 하고, 정원 공사 기간도 날씨에 따라 조정한다. 그것은 곧 하루 일과와 연관된다. 중요한 일부터 해야 하기 때문이다. 장마 후라면 소독을 먼저 해야 하고, 태풍경보가 내려졌다면 그 진행 상황에 따라 해야 할 일이 정해진다. 또 강수량에 따라 돌담을 쌓는 일 대신 작업실에서 할 수 있는 일을 하는 식으로 그날그날 작업의 우선순위를 정하게 된다.

　　나는 매일매일 바람에 어깨를 움츠리기도 하고 펴기도 한다. 땅을 파다 소나기에 흠뻑 젖기도 하고, 갑자기 쨍쨍한 햇볕에 아침에 입고 나온 긴팔 옷소매를 끝까지 접어 올리기도 한다. 그렇게 이 변덕스러운 제주도 날씨와 정들어간다.

나무 중의
나무,
소나무

세 계 분 재 가 들 의 사 랑 을 받 는 나 무

소나무과에 속하는 소나무의 종류는 육송, 두송, 홍송, 노간주나무, 금
송, 해송, 나한송 등 매우 다양하지만 우리나라에서 자생하는 소나무는
크게 육송과 해송으로 나눌 수 있다. 그 기준은 자라는 지역인데 해송은
주로 경기도 서해안에서 남해안의 섬에 이르는 해안가, 강원도, 경상남
북도 인근 해안, 제주도에서 볼 수 있다. 해송이 바닷가 인근에서 자란
다면 육송은 내륙 지방, 특히 높은 지대에서 자란다.

　육송은 이파리가 가늘고 부드러운 데 반해 해송은 약간 두껍고 빳빳
하다. 또 육송은 일반적으로 줄기가 구부러지며 자라는데 해송은 곧게

직간형 해송 분재

자란다. 성장 속도도 초기에는 해송이 빠르고 50~60년 뒤에는 육송이 빠르다. 바닷가에서 자라는 해송은 해수와 염풍에 강해 육송보다 물을 많이 먹는다.

육송과 해송은 수피의 색깔과 형태도 다르다. 육송은 불그스름한 홍송과 수피가 두껍고 갈라지는 데 비해 해송은 검고 거칠다. 그래서 육송을 적송, 해송을 곰솔 또는 흑송이라고 부르기도 한다.

우리가 흔히 소나무라고 부르는 나무는 내륙 지방에서 자라는 육송이다. 육송은 우리나라의 거칠고 메마른 토양과 추위에 대한 적응력도 강해 오래된 노목이 많고, 절벽이나 바위틈에서 자랄 만큼 생명력이 강하다. 소나무는 또 대표적인 양수로 양지바른 곳을 좋아하고, 다른 수종과 섞여서 자라기보다는 저희들끼리만 어울려 자라는 경향이 있다.

내륙 지방의 높은 곳에서 자라며 혹서·혹한에 깊게 갈라진 소나무의 수피는 종종 거북의 등이나 용의 비늘에 비유된다. 자라면서 줄기가 부드럽게 곡이 지는데 이러한 줄기의 곡을 빗대어 여송女松이라고 부르기도 한다.

눈, 바람, 서리를 이겨내며 한결같은 모습으로 자라는 소나무는 우리나라 사람들의 생활과 문화에 많은 영향을 미쳤다. 서낭당의 소나무에 소원을 빌었고, 소나무를 베어 집을 지었고, 청솔가지로 아궁이에 불을 지폈고, 흉년이나 보릿고개에는 껍질을 벗겨 속의 송기로 허기를 달랬으며, 솔잎을 깔고 송편을 찌고, 솔방울로 차와 술을 만들어 먹었다. 소나무 뿌리에 기생하는 복령은 약재로도 썼다.

우리나라 사람들은 또 소나무를 나무 중의 으뜸으로 생각해왔다. 소나무 '솔'은 위上에 있는 으뜸元, 즉 '수리'라는 말에서 나온 것이며, 십장생의 하나로 나무 중에서는 소나무를 제일로 꼽았다. 높은 산 바위 꼭대기에 서서 푸른 잎으로 겨울을 나는 소나무의 모습이 예사롭지 않게 보였기 때문일 것이다.

이렇게 우리와 역사를 같이해온 소나무는 우리나라를 대표할 만한 나무라 해도 과언이 아니다. 소나무는 추우나 더우나 변함이 없으니 절개의 나무요, 기상의 나무이다.

나는 최근 말로만 듣던 천년 된 육송을 직접 보았다. 최근 중국 선양시장의 초청으로 선양을 방문해 선양 식물원 박물관을 돌아볼 기회가 있었다. 그곳에 직경이 무려 1.6m에 이르는 육송이 전시된 것을 보고 놀라움은 물론 감동하지 않을 수 없었다. 소나무도 수령이 많으면 이렇게 굵게 자란다는 사실을 다시 한 번 확인한 셈이었다.

소나무를 정원수나 분재로 늘 아름답게 감상하려면 6~7월경 봄에 자란 순을 잘라내고 묵은 솔잎을 2분의 1 정도 솎아주고 나면 솎아낸 자리에서 다시 새순이 나온다. 두 번째 새순이 나오면서 짧게 자라 아름다워진다. 건강 상태에 따라 매년 정성껏 해주면 소나무의 아름다움이 잘 드러나게 된다. 그러나 굵은 가지는 주로 휴면기인 겨울철에 잘라주어야 한다. 아무 때나 가지를 자르면 송진이 나와 죽을 염려가 있다. 송진

육송 분재

이 나오는 것을 멈추게 할 방법이 없기 때문이다.

우리 정원에도 육송과 해송을 비롯한 여러 종류의 소나무들이 있다. 그중 정문 옆에 있는 육송은 1998년에 후진타오 전 중국 국가주석이 방문했을 때 경북 지방에서 옮겨다가 기념식수한 것이다.

육송은 우리나라 정원을 대표할 만한 나무이기도 하다. 나도 육송을 기르기 위해 노력과 투자를 아끼지 않는다. 정원에 있는 모든 육송은 육지에서 배로 옮겨왔다. 가장 최근에 옮겨온 육송은 6~7년 전에 경북에서 옮겨온 것인데 수령이 200년쯤 됐다. 이식하기 3년 전에 미리 허가를 받고 이식 작업을 준비해놓았다가 옮겨온 나무이다. 당시 경북에서 11톤 트럭에 그 소나무를 싣고 고속도로 톨게이트를 통과할 수가 없어 국도로 돌아가야 했다. 게다가 육송을 실은 11톤 트럭이 카페리 문에 닿아 들어갈 수가 없어 어떻게 할까 고민을 하다가 트럭의 타이어 바람을 반쯤 빼고 나중에 제주도항에 도착하고 난 뒤 다시 타이어에 바람을 넣었다. 정원에 심을 때는 대형 크레인이 동원됐다. 그만큼 키도 크고 둥치도 굵은 대목이었다.

이식 후 1~2년간 뿌리를 내리느라 앓던 몸살을 끝낸 소나무 앞에서 나는 기쁨의 미소를 지었다. 몸살을 끝냈으니 가지를 다듬고 수형을 교정할 차례였다. 하지만 그렇게 몇 년간 고생해가며 아끼던 나무는 결국 이식에 실패해 3~4년 후 죽고 말았으니 그저 허무할 뿐이다.

구부러졌다고 애써 펼 것이 아니다

목재로서도 소나무는 '백목지장百木之長'이라 했다. 목재로 사용하는 것은 나무의 안쪽, 목질부이다. 나무마다 다르지만 소나무(춘양목)는 목질부가 단단한 것은 물론 잘 썩지도 않는다. 습기에 강한 송진 때문이다. 또 그 색이 붉어 미적 요소까지 갖춘 셈이다.

보통의 구불구불한 소나무와는 달리 하늘로 곧게 뻗으며 자란다 해서 금강송이라 불렀다는 '춘양목'을 그중 최고로 친다. 그 모습으로 짐작해보면 기름진 토양에서 자란 것인가 싶다. 일정한 공간을 혼자 차지하고 자라는 것이 소나무들이니까. 척박한 땅에서 자랄수록 줄기가 구불거리는 것은 물론이다. 토양이 좋은 곳에서 자란 금강송의 경우는 그럴 필요가 없어 햇빛을 향해 쭉쭉 줄기를 뻗었을 것이다.

춘양목은 주로 궁궐이나 사찰, 서원처럼 나라의 주요한 건축 사업에 쓰였다고 한다. 그만큼 소나무가 다른 나무보다 목재로서 우수했다는 말이다. 이러한 우수성을 발견한 것은 훌륭한 목수였다.

소나무의 밑둥치 부분으로 지붕 처마를 만들었다고 하는데, 이는 소나무 줄기의 밑부분이 휘어져 자라는 특성을 고려한 것이다. 밑둥치니만큼 옹이 같은 흠집도 없어 깨끗한 목재를 얻을 수 있었을 것이다. 구부러졌다고 애써 펼 것이 아니다. 오히려 그것으로만 할 수 있는 역할이 있다.

환경 연구 방면에서도 소나무는 중요한 자료가 된다. 얼마 전 한라대학교 임상병리학과 박신영 교수와 같이 방문한 일본의 국립환경연구소 연구원 게니치 사다케 이학박사는 우리나라 소나무에 많은 관심을 가지고 있었다. 우리나라의 과거 환경을 소나무를 통해 연구하고 있다고 했다. 연륜연대학이라는 다소 생소한 분야였다.

그의 말에 따르면 직경이 5mm쯤 되는 가늘고 긴 '생장추'를 소나무의 속심지까지 넣어 목편을 추출해낸다고 한다. 다시 말해 300년 된 소나무의 200년 전에 생긴 나이테에 생장추를 넣어 추출한 목편을 분석해 그 시절의 공해지수와 같은 환경오염 정도를 알 수 있다고 한다. 또 수피의 일부를 분석하면 정확한 수령을 알 수 있다고 한다. 기록이나 경험에 의한 추측으로 대략 추정해온 수령뿐만 아니라 그 나무와 같이 살아온 지난 세대의 환경적 요인까지 알 수 있게 된 것이다.

그러나 일본에서 사다케 박사와 같이 연구생으로 일했다는 박신영 교수는 우리나라에 돌아와서 이와 같은 분야의 연구소가 없어 근무처를 얻지 못한 상태라고 말했다. 그 말을 들으며 우리도 하루빨리 우리나라에서 자생하는 나무의 연구를 통해 우리의 역사와 환경을 연구하는 노력이 이루어져야 함을 절실히 느꼈다.

향기로운 나무,
한국향나무

부드럽고 기품 있는 나무

정원의 한쪽, 향나무의 굵은 줄기가 실타래처럼 꼬이며 비스듬하게 허
공을 기어오른다. 아치처럼 같은 방향으로 길게 뻗은 가지 밑에서 올려
다보면 촘촘한 가지들이 보인다. 소나무에 비해 한결 짧고 촘촘하게 자
라는 잎이 종 모양으로 그 가지를 부드럽게 덮고 있다.

　향나무의 실타래처럼 꼬인 굵은 줄기는 붉은색 실과 흰색 실로 꼬아
놓은 듯하다. 조각을 했기 때문이다. 붉은 부분은 살아 있는 부분이고
흰 부분은 일부 죽은 줄기를 조각한 것인데 향나무도 주목처럼 목질부
가 강하고 썩지 않기 때문에 조각을 할 수 있다. 줄기가 꼬이면서 자라

나무 고유의 수형과 성격을 반영해서 배치하고 향유하는 것, 이것이 내가 생각하는 조경이고 정원이다. 우리 정원의 향나무에 '한국향나무'란 이름을 붙인 것도 우리나라 고유의 향나무가 지닌 기품과 아름다움을 널리 알리고 싶어서다.

는 특징이 조각과 어울려 향나무만의 독특한 멋을 자아낸다.

향나무의 늘어진 가지를 알맞게 손질하고 밑으로 지주목을 세워주었다. 지주목과 함께 힘을 기른 향나무는 세월이 흐르면 지주목 없이도 그 형태를 유지하게 된다. 나무가 아름다운 이유는 여러 가지가 있지만 향나무처럼 줄기와 잎이 부드럽고 기품이 있는 나무는 찾기 힘들다.

향나무는 그 모습뿐 아니라 향기도 일품이다. 향목香木이라 부를 만큼 그 향기가 좋다. 옛날에는 잘라진 묵은 향나무를 잘게 쪼개서 향불을 피웠지만 요즘은 인조향을 만들어 피우고 있다. 우리 조상들은 그와 같은 좋은 향기를 지닌 향나무를 아껴왔다. 좋은 품질의 향을 얻기 위해 향나무를 묻는, 매향의 풍습도 행해졌고 부패를 방지하기 위해 사찰의 벽화에 향을 쏘이기도 했다. 향나무가 잘 썩지 않는 이유가 향에 있었던 것이다.

이처럼 부패를 막는 향나무의 향은 나무의 생존 전략에서 비롯된 것이라 한다. 나무가 살아가는 숲은 온갖 생명체가 먹이사슬로 연결되어 몸을 내어주고, 그로 인해 자란다. 그 바탕을 떠받치고 있는 나무는 외부의 공격에 수동적일 수밖에 없다. 한자리에 서서 잎과 열매를 고스란히 숲의 식량으로 바친다.

그러므로 나무는 숲에 내어줄 것 외에 자신의 몫을 남기려 애쓴다. 모든 나무는 제 옆의 나무보다 더 크게 자라려고 애를 쓴다. 뿌리로는 땅속을 헤집고 다니고, 빛을 향해 잎을 내고 더 높이 줄기를 뻗으려 한다.

많은 꽃을 피워 더 많은 열매를 맺고, 종족을 번식시키려 한다. 향나무의 독특한 향기도 그와 같이 나무가 아슬아슬한 숲에서 살아남으려는 방법 중 하나인 것이다.

우 리 향 나 무 에 매 료 되 다

생각하는 정원의 향나무에 '한국향나무'라는 이름표를 붙여놓은 걸 보고 의아해하는 분들이 있다.

향나무 하면 흔히 일본산 개량종 가이스카향나무(패총향나무, 나사백)나 미국산 연필향나무를 떠올린다. 특히 조경용 향나무는 대부분 일본에서 들여온 가이스카향나무이다. 줄기를 따라 층층이 둥글게 다듬어놓은 향나무는 가이스카향나무라고 생각하면 된다. 따가운 바늘잎이 7~8년 지나면 부드러운 비늘잎으로 바뀌는 우리 고유의 향나무들과는 달리 처음부터 비늘잎만 내도록 개량된 품종이다. 가이스카향나무가 무슨 죄가 있을까마는 우리나라 사람이 향나무라고 하면 가이스카향나무를 떠올리게 되는 현실은 개탄할 만하다.

주변에서 쉽게 볼 수는 없지만 우리나라 향나무의 종류는 다양하다.

일단 줄기가 꼬이면서 자라는 특징을 지닌 우리나라 향나무의 종류를 살펴보면 땅 위를 기어가듯이 누워서 자라는 누운향나무, 울릉도 같은 섬의 바위틈에서 자라는 섬향나무, 둑 근처에 심어 호안용으로 쓰인 뚝향나무, 수형이 둥글고 땅 위에서부터 줄기가 갈라지면서 자라는 옥향나무 등이 있다.

제 나라의 나무를 도외시한다면 앞으로 어디서 우리의 나무를 보고 또 후대에 전할 것인가. 그러므로 조경의 목적도 단순히 나무를 심는 것에 있지 않다. 나무의 정신과 아름다움을 동시에 향유하는 것이 조경이고 정원이다. 그래서 우리 정원의 향나무에 한국향나무란 이름표를 달아놓은 것이다.

이렇게 한국향나무에 매료된 나는 전국 여러 곳을 답사하며 한국향나무를 구입해왔다. 그때마다 각양각색의 수형을 지닌 향나무들을 보게 되지만 막상 마음에 쏙 드는 우리 향나무를 만나기는 쉽지 않았다. 구하기 어려우니 오히려 더 우리나라 향나무에 애정을 갖게 됐고, 몇 주 구입해 심었다. 그러나 몇백 년씩 자란 나무이기 때문에 이식하기가 쉽지 않았다.

향나무를 캐는 여건 역시 좋은 곳이 거의 없었다. 대부분 뿌리를 자르고 흙째 떠야 하는데 주변 환경이 허락하지 않아 충분히 옮겨오지 못하는 경우가 허다했다. 그래서 옮겨온 다음에 비닐 온실을 만들어 2~3년 동안 철저히 보온을 해주며 보살핀 나무도 있다.

옮겨 심어놓고 온갖 정성을 들여 살리고 나면 몇 년에 걸쳐 알루미늄선과 파이프로 감고 잡아 수형을 교정해준다. 이러한 수형 교정은 오랜

한국향나무

시간 거듭된다. 그러면 흩어졌던 가지가 차츰 정리되고 세월의 흐름과 함께 아름다운 모습으로 변해간다. 이와 더불어 해마다 두 번씩 적당히 순을 정리해주는 순집기를 해주어야 아름답고 고태미 나는 수형을 유지할 수 있다. 많은 시간과 노력과 애정 없이는 아름다워지지 않는 것이다.

선비 같은 나무,
구상나무

반듯한 몸가짐, 은은한 향기

소나무과에 속하는 구상나무와 분비나무, 젓나무(전나무)는 구별하기
가 쉽지 않다. 곧은 줄기나 원추형의 수형, 잎의 생김새까지 매우 비슷
하다. 그렇지만 잎을 유심히 살펴보면 각기 다른 나무라는 것을 알 수
있다.

   우선 소나무나 잣나무처럼 잎이 길지 않다. 짧고 도톰하다. 게다가
구상나무의 잎은 앞뒤 색깔이 다르다. 앞면은 짙은 녹색이고 뒷면은 백
태가 낀 것처럼 허옇다. 젓나무 잎은 그렇게 앞뒤 색깔이 차이가 나지
않는다. 또 젓나무 잎은 빳빳하고 구상나무 잎은 부드럽다.

구별이 어려운 건 분비나무와 구상나무이다. 고산지대에서 자생하는 분비나무와 구상나무는 모든 면에서 비슷한 나무라고 할 수 있다. 식물학자들은 그 둘을 어떻게 구별하는지 모르겠지만 나는 그것을 잎의 냄새로 구별한다.

구상나무 잎을 반으로 잘라서 냄새를 맡아보면 그 향기가 일품이다. 송진 냄새라고 해야 하나. 살균성 방향이라는 송진 냄새와 비슷한데 짙고 깊다. 부드러우면서도 코끝에 잔향이 오래 남아 상쾌하다. 나뭇잎에서 나는 냄새로는 그보다 좋은 향이 없을 듯하다. 그에 반해 분비나무의 잎에선 그와 같은 냄새가 나지 않는다.

얼마 전 한라산의 공기에 구상나무에서 추출한 향을 첨가해서 파는 신종 사업이 있다는 소리를 듣고 봉이 김 선달이 따로 없다는 생각을 했다. 서양 사람들이 물을 사서 마신다는 소리를 처음 들었을 때 물도 사고 팔 만큼 더러워졌구나 싶더니 생수를 사서 마시고 정수기를 집집마다 들여놓는 것이 지금은 당연시된다. 이제는 공기까지 사서 마셔야 하는 시대가 올지도 모른다. 그만큼 환경오염이 심각한 수준에 이르렀다는 말이다.

상품으로 개발될 만큼 뛰어난 향기를 지닌 구상나무는 촉감도 부드럽다. 잎이 도톰하고 부드러운 탓이겠지만 깔끔하게 정돈된 원추형의 수형이 그 부드러움을 한층 더해준다. 반듯한 몸가짐에서 풍기는 은은한 향기, 바로 구상나무의 얼굴이다.

토양과 기후가 맞지 않으면 죽는다

구상나무의 학명 '아비에스 코리아나Abies Koreana'에 우리나라가 언급된 것은 반가운 일이다. 우리나라에서 자생하는 소사나무의 학명에도 우리나라 고유종임이 언급되었다고 들었다. 나 같은 사람이 보기엔 우리나라 고유종이 많을 것 같은데 무슨 이유로 학명에 언급되지 않는지 모를 일이다. 학명은 그 식물을 최초로 발견한 식물학자에 의해 붙여진다고 하는데 말이다.

어쨌든 구상나무는 지구 상에 유일하게 우리나라 땅에만 있다. 한라산 높은 곳에 자리를 잡고 우리네 땅을 지키는 신목神木처럼 살아간다. 더러 지리산이나 덕유산에서도 볼 수 있다고 하는데, 그것은 구상나무와 모습은 비슷하지만 향기가 없는 '분비'란 이름의 나무이다. 한라산처럼 대규모 군락을 이룬 곳은 없다. 한라산이 구상나무의 고향인 것이다. 그곳에 가면 구상나무의 겨울을 볼 수 있다. 백록담 근처에는 봄에도 눈이 쌓여 있다. 봄에도 녹지 않는 눈이니 겨울에는 얼어붙는다고 해야 할 것이다. 산기슭이 얼어붙는 겨울, 구상나무들은 반짝인다. 얇은 얼음으로 뒤덮인 구상나무 군락이 우리를 기다리고 있는 것이다.

언젠가 독일에 갔을 때 가정집에서 우리나라 한라산의 구상나무를 보고 반가워한 적이 있다. 독일은 우리나라와 수교를 맺기 이전에 이미 한라산에서 종자를 채취하다가 대량 번식시켜 대단위로 배양해 가꾸고 있다는 말을 들었다. 이처럼 독일 사람들은 유난히 식물을 사랑하는 민족임을 느꼈다.

구상나무의 모습에 반한 나는 오래전에 서귀포 묘목밭에서 어린구상나무를 구입해 우리 정원에 심기도 했다. 대여섯 그루쯤 될 것이다. 동산 높은 곳에 심었는데 3~4년쯤 잘 자라다 어느 해 여름 그만 죽고 말았다. 잎이 나면서 끝이 돌돌 말리더니 나중에는 빠글빠글 파마라도 한 것처럼 잎이 다 말라버렸다. 소독을 해도 소용이 없었다. 우리 정원에 꼭 두고 싶은 나무였는데.

뿌리를 얕게 내리는 천근성이라 그런가, 추운 곳에서만 자라는 탓인가, 애를 태웠었다. 아무리 이곳 저지가 서귀포 쪽보다 춥다고 해도 그네들이 자생하는 한라산 정상과는 비교할 수 없으니까.

그러던 어느 날 서귀포 어느 가정집에서 커다란 구상나무를 보고는 꼭 그것만도 아니지 않을까, 라는생각이 들었다. 구상나무가 왜 이곳에서 못 자라고 죽고 마는지 알 길이 없었다. 나무를 기르다 보면 인연이 없는 나무가 더러 있다. 더 이상 욕심내지 말아야지 하고 포기했건만 여전히 아쉬움이 남는다.

우리 정원에 구상나무가 한 그루도 없는 것은 아니다. 1991년 우리 정원을 개원하기 위한 공사를 하면서 심은 구상나무 한 그루가 폭포 뒷동산 언덕에 살아 있다. 붉은단풍나무와 남천나무, 계피나무에 둘러싸여 그런대로 잘 자라고 있다.

그러나 그곳은 숲처럼 나무들끼리 어울려 크라고 나무를 심어둔 곳이었다. 정원수처럼 특별히 신경을 써가며 가꾼다거나 하지 않았다. 거기에 구상나무를 심으면서도 제대로 자라줄지 망설였었다.

이상한 일이었다. 정원 한가운데에 심어놓고 보살필 때는 애를 말리더니 그곳에서는 말없이 잘 자란다. 가끔 그 뒷동산에 소독을 한다든가, 1년에 한두 차례 가지 정리를 한다든가 해서 가게 되면 구상나무부터 들여다보곤 한다. 이걸 다시 한 번 심어봐, 하면서.

한 송이
동백꽃이
떨어질 때

토 종 동 백 의 매 력

동백나무는 돌 틈에서도 메마르지만 않으면 잘 자랄 만큼 악조건에서
도 잘 자라는 특징이 있다. 그러나 악조건의 땅에서 자란 동백도 이식시
키기는 역시 어렵다. 잔뿌리 없이 캐서 옮기기 때문이다. 분재목으로
이식할 때는 더운 비닐 온실에서 메마르지 않도록 물 관리를 잘하면서
활착시켜야 성공률이 높다. 특히 동백은 물을 좋아하기 때문에 수분 조
절에 각별히 신경 써야 한다.

　물론 씨앗으로 파종하면 쉽게 묘목을 구할 수 있다. 그러나 크게 키우
려면 시간이 많이 걸리기 때문에 분재목이나 정원수의 경우 대부분 주

동백나무. 겨울 어느 날, 흰 눈에 떨어진 동백꽃을 보면 그 곱고 선명한 색깔에 시선을 빼앗긴
다. 동백꽃은 싱싱한 채로 꽃송이째 떨어져 보는 이의 마음을 사로잡는다. 빨간 꽃잎과 노란 꽃
술이 나무에 매달려 있을 때와 다름없어 낯설고도 묘한 아름다움을 자아낸다.

택가 등지에서 구입해 옮겨오게 된다. 이때 처음 이식한 자리에서 키워
야지 다른 자리로 또 옮기면 죽기 쉽다. 그리고 조금만 가물어도 물을
주어야 한다. 옮겨 심은 나무는 4~5년 이상 정성을 다해 보살펴야 제대
로 활착을 하게 된다.

　짙은 녹색의 동백나무 잎은 몹시 두껍고 질기다. 난대성 수종이기 때
문에 우리나라 남부에서 주로 자생하는데, 남해 도서와 제주도가 주 무
대이다. 특히 이곳 제주도에서는 동백꽃의 백미, 눈 속의 동백을 볼 수
있어서 좋다.

———

동백꽃

초겨울 어느 날, 정원에서 흰 눈 위에 떨어진 동백꽃을 보면 그 곱고 선명한 색깔에 시선을 빼앗긴다. 동백꽃은 시들어서 떨어지지 않고 싱싱한 상태로 꽃송이째 떨어진다. 빨간 꽃잎과 노란 꽃술이 그대로 보인다.

홑꽃이던 토종 동백에서 많은 개량종 동백이 태어났지만 토종 동백의 매력을 따라갈 수는 없다. 개량종 동백나무는 대부분 일본에서 만들어진 것이다. 이와 같은 개량종 동백나무의 꽃은 가지각색으로 아름답지만 시들어 매달려 있기 때문에 지저분한 느낌을 준다. 송이째 떨어지는 토종 동백꽃과는 사뭇 다른 느낌이다.

분재로 키우는 동백은 대부분 토종 동백이다. 물을 좋아하고 일부 상처가 있어도 잘 자라지만 난대성 수종이라 추위에 약해 겨울에는 동해凍害에 조심해야 한다. 정원수는 웬만한 추위에서도 잘 견디지만 화분에서 키우는 동백은 추위에 약하기 때문에 기온이 영하로 떨어지는 날에는 온실에 넣는 것이 좋다. 다른 나무와 달리 잎이 도톰하고 늘 푸르기 때문에 한겨울에도 진녹색의 푸른 잎을 볼 수 있는 것이 매력이다.

그러나 동백도 수종에 따라 꽃 피는 시기가 조금씩 다르다. 잎도 크고 작은 것이 있으며, 표피 역시 다소 검은색과 흰색이 있다. 흰색의 경우 몸에 오래된 때가 있는데, 칫솔에 물을 묻혀 닦아주면 뽀얗게 된다. 아름답기가 일품이다. 그러니 동백을 분재로 기를 때는 흰 피부색과 잎이 작은 것이 좋다.

사람 된 자의 도리

온전한 꽃송이를 통째로 떨구는 동백나무를 두고 전해오는 말이 있다. 중국에서 전해지는 이야기인데 동백 분재 앞에 설명글로 적어놓았다. 옛날 중국에서 신하가 황제에게 동백 분재를 진상했다가 화를 당했다는 이야기이다. 꽃송이가 통째로 떨어지는 동백꽃을 본 왕이 진노해 그 신하의 목을 쳤다는 것이다. 왕은 떨어지는 동백꽃을 보고 적에 의해 목이 베일 것 같은 위협을 느꼈나 보다. 그런 연유로 중국에서는 정치가나 사업가에게 동백 분재를 선물하면 실례가 된다고 한다.

중국의 교육부 고급관리가 우리 정원을 방문했을 때의 일이다. 동백꽃이 피었을 때였다. 동백 분재 앞에서 분재를 감상하던 그는 설명글을 읽어본 후 내게 두고두고 잊히지 않는 말을 남겼다.

"공직에 있는 사람은 아쉬워할 때 물러설 줄 아는 용기 있는 사람이 돼야지요."

그렇게 시작한 말끝에 그는 "중국에는 남자로 태어나서 꼭 해야 할 일 세 가지가 있다"고 했다. 그것이 무엇인지 묻자 그의 대답은 이랬다.

"자식을 공부시키는 것, 집을 짓는 것, 나무를 심는 것입니다."

자식을 공부시키는 것이나 집을 짓는 것이야 단번에 고개를 끄덕일 만한 얘기였으나 나무를 심는 것에 이르러서는 그 이유가 뭘까 하는 생각이 뒤에까지 남았다. 자식을 공부시키라는 것은 어버이 된 자의 도리이고, 집을 지으라는 것은 가장의 도리일 텐데 나무를 심으라는 것은 무엇으로서의 도리인가. 그것은 스스로 사람 된 자의 도리가 아닐까 싶다.

내가 바로 서는 것, 즉 어떻게 살 것인지를 나무를 보고 배우라는 말이 된다. 생각해보면 사람이 캐서 옮기지 않는 한 나무는 한번 뿌리 내린 곳에서 변치 않고 살아간다. 비가 오고 눈이 오고 바람이 불어도 피하지 않는다. 나무는 그것을 이겨내고 자란다. 그 나무가 사는 모습을 옆에서 지켜보며 돌보고 가꾼다면 누구에게 듣지 않아도, 배우지 않아도 몸으로 깨닫게 될 터이다. 성장하라는 것, 순리에 맞지 않게 성급히 이루려 할 것이 아니라 천천히 때를 기다려 성장하라는 나무의 진리 말이다.

겨울에
꽃잔치를 벌이는
괴불나무

까다로운 나무

괴불나무라는 까다로운 나무가 있다. 몸통은 크게 자라지 않고, 표피는
희고, 꽃은 작고, 향기가 일품이다. 줄기는 곧게 뻗어 올라가는데, 제주
도의 돌 덤불 같은 곳에서 바람에 날아든 씨앗이 싹 트면 돌 틈에서 구
불거리며 줄기를 뻗기도 한다. 그 구불거리는 정도가 심해서 때로는 덩
굴성이 아닌가 하는 의심이 들 정도이다. 낮은곶자왈(낮은 돌산을 이르
는 제주도 사투리)에 가면 줄기의 직경이 2~3cm 정도로 더 이상 굵은 것
을 보기가 어렵다. 그리고 건강한 괴불나무의 표피는 자라면서 허물을
벗듯 벗겨지는 특징이 있다. 속에는 매끈한 표피가 있다. 언뜻 보면 표

피가 없는 나무처럼 하얗고 매끈하다.

꽃도 종류가 다양해서 짙은 것도 있고 옅은 것도 있다. 색도 노란색, 하늘색 등등 여러 가지로 핀다. 그러나 모양은 한 가지이다. 이곳 제주 도에서는 그 열매 모양이 개의 불알을 닮았다고 해서 개불낭('낭'은 제주 도 사투리로 나무라는 의미)이라고 부른다.

괴불나무는 열매를 잘 맺는다. 나무가 힘에 부칠 정도다. 특히 분재 로 키울 때 괴불나무는 꽃을 감상하기 위한 나무이지 열매를 보기 위한 나무가 아니기 때문에 열매를 빨리 따주는 것이 좋다. 열매를 모두 그대 로 두면 그만큼 나무의 에너지가 많이 소모되어 생장에 장애가 되기 때 문이다. 나무가 힘이 달리면 가지가 예고 없이 말라버린다. 그래서 웃 자란 가지를 적당히 잘라주어 최대한 힘을 낭비하지 않도록 해야 한다. 일본에서는 효단보쿠라고 하는데 제주도의 괴불나무하고 일본의 효단 보쿠는 근본적으로 다르다. 효단보쿠 꽃은 인동초와 비슷하고 향기가 없으며, 꽃 피는 계절이 다르고 열매 모양도 다르다.

유난히 까다로운 성격을 지닌 괴불나무 분재는 그 수형으로도 관심 을 끈다. 줄기가 새끼줄처럼 꼬이면서 올라가도록 기르기도 하는데, 우 리 정원에도 그러한 수형의 괴불나무 분재가 있다. 그것을 두고 직원들 이 부부나무라는 애칭을 붙여주었으며, 방문객에게 괴불나무를 설명 할 때도 부부나무라고 소개를 한 모양이다.

그러던 어느 날, 미국에서 온 방문객 중 한 사람이 직원의 그와 같은

괴불나무

괴불나무 꽃

설명에 의문을 제기했다고 한다.

"껴안고 있다고 다 부부입니까?"

동양적 문화를 생각하면 부부가 아닌 다음에야 껴안을 일이 없을 것이라고, 고개를 끄덕이고 지나가면 그만이었을 텐데 그 미국인은 선뜻 그와 같은 설명을 받아들이지 않은 것이다. 내가 그래서 뭐라고 했느냐고 직원에게 물으니, 그렇게 질문한 사람과 같이 온 일행이 한바탕 웃는 바람에 얼굴이 화끈거려서 혼났다고 대답했다. 괴불나무는 그 생김새 때문에 여러 가지로 재미난 일화를 가지고 있다.

그러나 괴불나무를 기르는 재미 중 겨울에 꽃을 볼 수 있고 꽃향기를 맡을 수 있다는 점을 빼놓을 수 없다. 괴불나무는 잎이 나기 전에 꽃부터 핀다. 한차례 꽃을 피우고 마는 것이 아니라 여러 가지에서 번갈아 피고 지고 한다. 대개는 11월 말부터 3월까지 장장 약 5개월간 꽃이 피고 진다. 한여름 100일 동안이나 꽃이 피고 지고 한다는 배롱나무가 있다면 겨울에는 괴불나무가 있는 것이다. 꽃 색깔이 노란색과 파란색이 있는가 하면, 향기도 진한 것이 있고 옅은 것이 있다. 나무 중에 꽃이 가장 오래 피는 것 같다.

매화나무, 동백나무, 차나무와 함께 괴불나무는 겨울에 꽃을 피운다. 꽃이 지는가 싶으면 다시 피고, 냄새 또한 좋으니 마음이 즐겁고 코가 즐겁다. 향수에 비길 바 아니다. 그래서 겨울이면 몇 번이고 온실에 있는 괴불나무를 찾아다니며 향기를 맡으려고 코를 갖다 대곤 한다.

그런데 3월쯤 되면 괴불나무가 걱정스러워진다. 아무 탈 없이 잘 자라다가도 갑자기 가지가 마르고 죽는 경우가 있기 때문이다. 그 이유를 짐작해보려 해도 알 수가 없다. 알 만한 사람들에게 물어보기도 했지만 자신도 그런 경우를 많이 보았으나 원인은 알지 못하겠다는 대답만 돌아오니 답답할 뿐이다.

곰곰 생각해보면 전체적으로 힘이 소진될 때 일어나는 현상 같다. 제때 열매를 따주고, 도장 순을 따주어 힘의 균형을 유지시켜주고, 적기에 거름을 잘 주는 방법밖에 없을 듯한데. 아무튼 괴불나무의 성격을 따라가는 것은 쉬운 일이 아니다.

3

생각하는 정원의
꿈

다만 나무를 사랑했고,
자연의 아름다움은 하나로 통한다는
그 마음으로 여기까지 왔다.

나무
인생의
시작

마음에 들어온 풍경

사람들이 고향을 물어오면 나는 언제나 제주도라고 대답한다. 사실 내
가 태어난 곳은 경기도 용인군 수지면 동천리이다. 그럼에도 내가 그렇
게 대답하는 것은 내 인생에서 '제주도'와 '나무'를 빼면 남는 것이 거
의 없기 때문이다.

　1962년, 군에서 제대하고 1년 뒤의 일이다. 어느 날 라디오 좌담 프로
그램을 듣게 되었다. 제주도를 방문하고 돌아온 대학교수들이 출연해
한라산의 수려한 경관이며 천지연 폭포의 웅장함, 사철 푸른 상록수부
터 고산지대의 한대성 수종에 이르기까지 참으로 아름다운 곳이지만

안타깝게도 그곳 사람들이 너무 가난한 생활을 하고 있다며 제주도 방문 시에는 광목 몇 필이라도 선물을 가지고 가서 나눠주어야지 그냥 가서는 안 되겠다는 이야기를 했다.

나는 그 라디오 프로그램을 들으며 한 친구를 떠올렸다. 군대에서 만난 친구였는데 그 친구와 나는 3년 동안 같은 내무반에서 함께 생활했다. 나보다 한 살 위였지만 며칠 늦게 입대해 같은 부대, 같은 내무반에 배속을 받은 터라 우리는 쉽게 친구가 됐다. 그 친구의 고향이 제주도, 바로 우리 정원이 있는 북제주도군 저지리였다. 고향을 멀리 떠나와 군 생활을 해야 했던 그 친구는 틈만 나면 내게 제 고향 얘기를 해주었다. 3년 동안 그 친구의 얘기를 듣다 보니 한 번도 가본 적이 없는 제주도가 고향처럼 친근하게 느껴졌고, 언젠가는 그 친구 말대로 한번 가보리라 생각했다.

문득 그 친구를 만나러 가야겠다는 생각이 들었다. 그 친구에게 편지를 쓰고, 기차로 목포에 내려가 하루를 목포에서 묵고 제주도행 연락선을 탔다. 파도에 몇 시간을 시달리다 제주도항에 내렸다. 초겨울인데도 푸른 잎이 울창한 상록수들과 멀리 보이는 한라산, 올망졸망한 돌담을 끼고 파랗게 자라는 채소들, 처음 보는 밀감나무에 노랗게 달린 귤, 황량하게만 느껴지는 서울의 겨울과는 너무 달랐다.

그러나 친구가 사는 저지리의 생활 형편은 말이 아니었다. 전기도 수도도 들어오지 않았고, 낡은 버스가 덜컹덜컹 달리는 비포장도로는 끝이 없어 보였다.

그 친구를 만나 제주도 구석구석을 둘러보면서 이곳에서 농사나 짓고 나무도 가꾸면서 살고 싶다는 생각을 잠시 하기도 했다. 고향에서 과수원을 일궈보려고 땅을 잠시 개간해본 경험도 있었기에 더욱 그런 생각이 들었다. 제주도의 너른 들판과 겨울에도 채소가 자랄 만큼 따뜻한 기후, 육지에서는 볼 수 없는 온갖 종류의 상록수들이 놀랍고 신기하기만 했다. 제주도의 환경에 매료된 나는 첫날 밤 잠을 이룰 수 없었다.

나는 어릴 때부터 나무와 시골을 좋아했다. 고향을 떠나 서울에서 학교를 다니면서도 틈만 나면 근교의 화원을 찾아다녔고, 화원에서 분재를 보고 난 후부터는 분재에 매력을 느껴 당시로서는 드물던 분재원을 찾아다니며 시간을 보내기도 했다. 처음 분재를 보았을 때 화분에 작은 나무가 오목조목 섬세하게 가꾸어져 있는 것이 무척이나 신기하고 아름다웠다. 분재원을 찾아갈 때면 괜히 가슴이 두근거리고 기분이 좋았다. 그때마다 나도 나무를 기르면서 살고 싶다는 생각을 했다. 그러나 서울에서 어렵게 생활하고 있던 내게 그 꿈은 요원한 것이었다.

서울에 올라와 공부하던 소년 시절, 생활이 어려워 친척이 하는 식당에서 지내며 중구 저동에서 서대문까지 먼 길을 걸어서 등교했다. 점심 도시락은 싸본 적이 없었다. 잘 곳과 먹을 곳은 해결된 셈이었지만 학자금은 벌어서 보태야 했다. 하굣길에 신문 배달을 하고, 식당으로 달려와 손님을 안내했다. 차가운 영하의 계절에도 밤 12시가 되어 손님들이 돌아간 다음에야 다다미방에서 담요 한 장을 둘둘 몸에 말고 2층에서 새우잠을 자곤 했다. 겨울에도 내의는 입어본 적이 없었고, 양말은 하나뿐이어서 빨아 널면 이튿날 아침에 채 마르지 않아 맨발로 학교에 가야 했다. 겨울이면 손발이 동상에 걸려 고생이 말이 아니었다. 나는 언제쯤이면 학자금 걱정 없이 학교에 다니고, 밥도 배불리 먹을 수 있을까 생각하곤 했다. 결국 학자금을 댈 수 없어 고등학교 2학년 때 학교를 중퇴하고 군대에 갈 수밖에 없었다. 몇 년 전 모교로부터 고등학교 명예졸업장을 받았을 때 그 감회는 이루 말할 수 없었다.

1962년 군에서 갓 제대한 내게 분재에 대한 꿈은 아득히 멀기만 했다. 아직 어떻게 해야 먹고살 수 있는지 결정하지 못한 상태였기 때문이다.

나는 제주도에서 나무를 기르며 조용히 살고 싶다는 막연한 생각을 뒤로하고 다시 서울로 올라왔다. 그해 겨울을 고향에서 보내고 얼마 후 아는 분의 소개로 서울 남대문 자유시장 안에서 장사를 시작했다. 노점 가판대 절반을 빌려 몇 가지의 옷을 팔았다. 처음 하는 일이라 손님이 와서 "이거 얼마예요?"라고 가격을 물어도 쑥스러워서 대답을 못 해 옆에서 장사를 하던 아주머니들이 팔아주곤 했다. 그렇게 1년 반 정도 지나니까 돈이 조금씩 모이기 시작했다.

하지만 그 일은 돈을 조금 벌 수는 있어도 오래 할 수는 없겠다는 생각이 들었다. 고민을 하던 차에 전문성을 갖춘 남성복, 그중에서도 와이셔츠만 취급해보기로 결심했다. 내가 노점에서 미제 와이셔츠를 구입해 팔다 보니 국산 와이셔츠를 좋게 만들 수는 없을까 고민하게 되었다. 그 시절 틈틈이 국산 기성품 와이셔츠를 사다 미국산과 비교 연구하기 시작했고, 친구를 통해 와이셔츠 생산 공장에 견학도 몇 차례 가보았다. 그렇게 분주하게 서울 생활을 하고 있던 중에 제주도 친구에게서 편지를 받았다. 1,500평 정도의 밀감나무밭을 사지 않겠느냐는 내용이었다. 나는 미래를 위해 조금씩 저축을 해둔다는 생각으로 그동안 모아놓은 돈을 다 털어 그 땅을 샀다. 내가 저지리에 산 최초의 땅이었다.

농 부 의 삶 이 시 작 되 다

새벽부터 부단히 노력한 끝에 장사가 조금씩 틀이 잡혀가면서 조그만 가게를 마련하게 됐다. 1967년 대한극장 앞에 와이셔츠 가게를 열게 된 것이다. 그러나 입지가 썩 좋지 않아 생각처럼 장사가 잘되지는 않았다. 그러던 차에 무교동 사거리에 건물을 수리해서 가게로 꾸미려는 곳이 있는데 그곳으로 이전해보는 게 어떻겠느냐는 친구의 제의를 받았다. 자금을 마련하는 데 어려움을 겪었지만 다행히 이전을 할 수 있었다.

　무교동 사거리는 시내 중심가였기 때문에 처음에는 어려움도 있었지만 차츰 정성을 다해 노력하자 장사가 잘되었다. 손님도 늘기 시작했다. 나는 '조금 만들어도 완벽하게 만들자' 그렇게 다짐하면서 각국의

유명 브랜드 제품을 구입해 우리 제품과 어떤 차이가 있는지 살펴보았
다. 유명 제품의 와이셔츠 재봉 상태를 분석하기 위해 1cm 안에 몇 바늘
이나 꿰맸는가를 확대경으로 비춰보며 세어본 다음 재봉을 하고, 면과
실크의 원단이 줄지 않도록 물세탁을 해서 재단을 했다. 재봉틀은 물론
원단, 단추, 심지, 재봉실까지 고급 제품을 썼다. 새벽부터 동대문 원단
시장에 나가 하나하나 물품을 골라서 구입해오고 손님과 약속한 날짜
와 시간은 무조건 지켜나갔다. 그러니 밤을 새우기가 일쑤였다.

　까다로운 손님일수록 그 취향을 맞춰주면 영원한 단골이 된다는 믿음

1963년 11월 29일. 제주도 첫 방문 후 육지로 떠나기 전, 밀감 하나를 손에 들고 선 부두에서.

으로 최선을 다했다. 직원에게도 물건을 많이 팔지 않아도 좋으니 어떤 손님에게든 최선을 다해 친절하게 대할 것을 강조했다. 또 고객 카드를 만들어 고객의 취향과 치수를 기록해둔 후 굳이 가게에 오지 않아도 와이셔츠를 맞출 수 있도록 했다. 일목요연하게 분류해놓은 고객 카드 덕분에 한번 옷을 맞춘 고객은 몇 년 후에 찾아와도 알아볼 수 있었다. 그결과 와이셔츠 가게는 번창하기 시작했다. 특히 주한 외국인 고객이 밀려들었다. 치수가 맞지 않아 유명 양복점에서 맞춰 입거나 본국에 가서 구입해 입을 수밖에 없던 그들은 우리 가게의 단골손님이 되어갔다.

나는 그때나 지금이나 손님이 손님을 부른다고 생각한다. 당시 단골손님 중에 나를 유난히 좋아하던 주한 미8군 사령관 G. 스틸웰 장군의 소개로 주한 외국인은 물론, 각 국무위원들을 비롯해 청와대 직원들까지 단골이 되었다. 그 시절 주한 외국 대사들 사이에서는 한국에 가면 우리 가게의 와이셔츠를 입어야 신임장을 증정하러 갈 수 있다는 말이 나돌 정도였다. 미국의 포드 전 대통령, 닉슨 전 대통령 방한 시 수행한 비서진과 경호원들도 와이셔츠를 맞춰갔다.

당시 우리 가게에서는 24시간 내에 와이셔츠를 만들었다. 외국에서는 주문 와이셔츠 한 벌을 맞추는 데 20~30여 일이 걸렸으니 각국의 바이어나 출장 나온 외국인들은 서울에 도착해 짐을 풀기도 전에 우리 가게부터 찾는 경우가 허다했다. 당시 손님의 60% 정도가 외국인이었을 만큼 기성품이 맞지 않던 외국인들에게 우리 제품이 인기가 있었다.

가게가 번창해 조선 호텔 앞을 비롯해 몇 개의 점포와 대지 등을 마련할 수 있었고, 큰 공장이 필요하다고 느껴 추후에 수출용 와이셔츠 공장을 짓기 위해 반월공단 부근에 공장 부지를 매입하기도 했다.

그러나 나는 와이셔츠 공장을 운영하면서도 제주도를 왕래하고 있었다. 친구의 편지를 받은 뒤 보지도 않고 밀감나무밭을 구입한 이후에 사놓은 땅을 보러 내려갔다. 주변 땅을 더 매입하고 싶었지만 주인이 팔지 않으니 구입할 수가 없었다. 1,500평의 밀감나무밭만으로 농장을 만들 수는 없는 일이었다. 더 넓은 곳을 찾아보기로 했다. 그래서 당시 황무

단골손님이던 주한 미8군 사령관 G. 스틸웰 장군.

지였던 지금의 정원 땅을 친구의 권유로 구입을 결정하고 밀감나무밭과 바꾸었다. 황무지였지만 넓은 땅에 농장을 만들어 나무 농사를 짓고 싶었기에 선뜻 그 땅을 구입하기로 한 것이다. 그리고 목돈이 생길 때마다 근처의 땅을 조금씩 매입했다. 1필지씩 묶여 있는 땅을 구입해야 했기 때문에 그중에는 농지도 있었고, 임야도 있었고, 돌무더기와 가시덤불에 덮인 잡종지도 있었다. 여러 필지에 이르는 지금의 정원 대지 전부를 구입하기까지 수차례 제주도를 왕복했다. 처음에는 한 달에 한 번 정도 내려와 땅을 개간하고, 담을 쌓고, 허술했지만 통나무를 걸쳐 문을 만들었다. 그리고 차차 서귀포 등지에 나가 조경수로 쓸 나무를 구입해 심었다.

내가 저지리 땅을 구입한 것은 제주도 각 지역 중에 가장 낙후된 곳이었으나 상대적으로 나무 기르기에는 가장 적합한 곳이라는 판단이 들었기 때문이다. 제주도 지도를 보면 서부 지역 넓은 평야의 중심부이고, 겨울에도 최저기온이 영하 2~3°C를 넘지 않을 뿐 아니라, 예고 없이 부는 몰풍沒風도 적었다. 대부분의 태풍이 대한해협이나 중국으로 빠져나가 피해가 적고, 해수海水가 날아들지 않는 곳이기도 했다.

나는 지금의 터에서 꿈을 이룰 자신이 있었다. 그 당시 사람들이 내게 "이곳은 100년이 지나도 발전할 수 없는 곳인데 무슨 미친 짓이냐. 하루라도 빨리 다른 곳으로 옮겨라"라고 말했지만, 나는 "이곳을 제주시나 서귀포보다 더 아름답게 만들어놓을 테니 지켜보라"고 대답하곤 했다.

구입한 땅이 늘어나면서 때로는 한 달에 한두 번 제주도에 내려와 농장 부지를 개간하는 일에 지역 인부들과 함께 힘을 쏟았다. 그러나 돌이 워낙 많은 땅이라 개간하기가 쉽지 않았다. 당시에는 요즈음 쓰는 중장비가 없었기 때문에 일일이 쇠망치로 때려서 돌을 캐내야 했다. 엄청나게 많은 돌이 나왔다. 지프차 엔진으로 개조한 '딸딸이'라고 불리는 사륜구동 차를 빌려 돌을 실어 날랐다. 좁고 험한 길도 다닐 수 있었기 때문에 당시 농장의 돌투성이 땅에서 돌을 캐고 옮기는 작업을 하는 데 없어서는 안 될 장비였다. 그렇게 돌을 캐서 개간을 하며 한두 달 서울로 올라가지 않고 제주도에서 보내기도 했다. 틈틈이 제주도 도내를 찾아다니며 동백나무 같은 정원수나 야자나무 묘목, 밀감나무를 사다 심고 소철 씨앗 20~30마대를 사다 밭에 파종을 했다. 그리고 오래전부터 마음속에 품고 있던 '분재를 길러보고 싶다'는 희망과 계획을 실행에 옮기기로 했다. 농장 한쪽에서 분재를 기르기 시작한 것이다. 소나무, 주목, 윤노리나무, 느릅나무 등을 사다 화분에 심었다.

좋아하기는 했지만 실제로 분재에 대해 아는 것이 없던 나는 직접 몸으로 부딪쳐가며 배워나갔다. 밤을 새워가며 분재 책을 읽고, 분재 하는 사람들을 찾아다니며 모르는 것을 묻고, 또 농장에 직접 와서 분재를 만져달라고 사람을 부르기도 했다. 분재를 만지는 사람 옆에서 어떻게 나무를 만지는지 유심히 지켜봤다가 나중에 그대로 해보기도 했다. 분재에 대해 조금씩 알아갈 때마다 새로운 세계가 열리는 듯했다.

　내가 그렇게 제주도에서 돌을 캐고 나무 만지는 재미에 빠져 있을 때 아내는 서울에서 내 몫의 일까지 도맡아 해야 했다. 아내는 점점 제주도로 내려가는 횟수와 체류하는 기간이 늘어나는 나를 말없이 지켜보며 혼자서 공장을 운영하고 가게를 이끌어갔다.

　한번은 이런 일이 있었다. 내가 제주도에서 농장을 한다는 소식을 듣고 친구들이 관광을 하기 위해 서울에서 제주도로 내려왔을 때이다. 땀을 뻘뻘 흘리며 돌을 나르는 내 모습을 본 그들은 온다 간다 말도 없이 서울로 올라가서 아내에게 "당신 남편, 정신이 이상해진 모양이야. 정

당시에는 트럭이 없어 지프차 엔진으로 개조한 사륜구동 차로 돌을 실어 날랐다.

신병원에 데려가 봐"라고 했단다. 잘 돌아가는 공장과 가게를 놔두고 황
무지를 개간하는 내 모습이 아무래도 정신병자처럼 보였던 모양이다.

그때 나는 지역 주민들한테도 '두루외(미친놈이라는 의미의 제주도 사
투리)'니, '낭이 밥 먹여주나', '나무와 돌에 미친 놈'이니 하는 소리를 듣
고 있었다. 그런 소리를 들어도 별로 신경을 쓰지 않았지만 험한 일을
하다 보니 자주 부상을 당했다. 손목이나 어깨를 다치는 것은 예사였
다. 하지만 시간이 가면서 차츰 일에 자신이 생겼다. 제주시나 서귀포
시에서 사람들이 찾아와 "이곳은 100년이 지나도 발전할 수 없는 곳인

최초로 만든 우리 정원의 정문.

데 이 중산간에서 무슨 미친 짓이냐. 하루라도 빨리 다른 곳으로 옮겨가라"라고 말했지만, 그럴 때마다 나는 오기에 차서 "이곳을 제주시나 서귀포시보다 더 아름답게 만들어놓을 테니 지켜보라"고 대답했다.

주 민 등 록 을   제 주 도 로   옮 기 다

1974년, 나는 주민등록을 아예 제주도로 옮겼다. 당시 서울에서 와이셔츠 품질로는 자신 있던 터였지만 서울에서의 성공에 그다지 미련을 두지 않았다. 내 눈에는 하루가 다르게 자라고 있는 나무들과 내 손이 갈 때마다 푸르게 변해가는 황무지가 보였다. 농장에는 밀감이 열리기 시작하는 밀감나무밭이 있었고, 비닐하우스에는 씨앗을 뿌려 키운 소철이 자라고 있었으며, 야자나무 묘목들도 해마다 쑥쑥 자라고 있었다. 분재로 기르기 시작한 나무를 돌보는 재미도 나날이 더해갔다. 나는 이곳저곳 땅을 빌리고 구입해서 관엽식물을 심어나갔다. 기르는 방법이나 판매하는 방법도 몰랐지만 무조건 돈이 될 것 같았고 또 보기가 좋았다. 세월이 가면서 나무가 자라니까 이곳저곳에서 상인들이 찾아오기 시작했다. 관엽식물은 인기가 좋아 키우기 바쁘게 팔려나갔다.

아내는 가끔 시간을 내어 제주도로 내려왔다. 아내의 얼굴은 공항에서부터 지쳐 있게 마련이었다. 터보프로펠러 비행기에 2시간 동안 시달리는 것은 그리 만만한 일이 아니었다. 아내가 택시로 이곳 저지까지 비포장도로로 오다 보면 깜깜한 오밤중이 됐다. 그때 나는 아내에게 고생했다는 말도 변변히 못 하고 그저 아내가 챙겨온 짐을 풀어보기 바빴다. 아내가 챙겨온 짐들 중에 흠집이 있어 팔 수 없는 와이셔츠나 양말은 인부들과 나의 일복이 되었고, 반질반질한 유리알 과자나 주먹만 한 왕사탕은 간식거리라곤 없던 우리에게 귀한 간식이 되었다. 왕멸치며 장조림, 말린 나물, 무를 넣은 된장, 고추장 같은 밑반찬에서부터 연고, 알코올, 항생제, 반창고 같은 상비 의약품까지 챙겨왔다. 이를테면 아내의 짐은 만물 상자였다.

본격적으로 농장을 운영하기 위해서는 수익을 올릴 수 있는 일이 필요했고, 또 나무의 밑거름을 얻고자 이곳에 잠시 내려와 있는 형님과 부친의 권유로 농장 한쪽에 축사를 짓고 돼지와 소를 길렀다. 몇 년 지나자 돼지는 많은 숫자로 불어났다. 얼마 후 독립하고 싶어 하는 형님에게 돼지를 다 넘겨주고 나는 다시 처음부터 몇 마리로 시작했다. 몇 년 뒤 이들은 다시 많은 숫자로 불어났다.

그러나 나는 짐승과는 별 인연이 없다는 생각이 들어 차츰 정리하기로 결심하고 2,000~3,000천여 마리의 돼지와 소를 다 팔아버렸다. 돼지와 소를 판 돈으로 육지에 나가 분재 소재를 구입했다. 분재 소재를 구해 밭에 심고 가지를 다듬어 분재목을 만들어갔다. 한여름 밤이면 마대를 깔고 앉아 가지를 다듬고 철사걸이를 했다. 옷 위로 모기떼가 물어

대는 통에 온몸이 얼얼해진 적이 한두 번이 아니었다. 반나절을 그 자리에 꼼짝 않고 앉아 있기도 했다. 나무가 천천히 자란다고 생각할지 모르지만 나무만큼 빨리 자라는 것도 없다. 한창 자랄 때는 며칠 사이에 가지가 웃자라버리기 때문에 제때 솎아주고 철사걸이를 해주지 않으면 제대로 분재목을 만들 수 없다.

분재로 기르는 나무가 늘어나면서 일도 더 많아졌다. 봄에 새순이 나오면 길게 키워 가지를 굵게 만들어야 하는데 바람이 부는 통에 가지가 부러지기 일쑤였다. 그래서 대나무를 세워 가지마다 하나하나 묶어가며 가지를 키웠다. 적기에 물과 거름을 주는 것은 기본이고, 나무에 따라 병충해도 미리미리 예방해주어야 했다. 잠시 한눈을 팔면 시들기 때문에 한시도 소홀할 수가 없었다. 윤노리나무, 등나무 같은 나무는 여름철 강한 햇빛에 조금만 말려도 잎이 타들어갔고, 배롱나무나 사과나무, 배나무 등은 다른 나무에 비해 해충이 많아 날마다 세심하게 살펴야 했다. 초기에 발견해야지 모르고 그대로 두었다가는 나무 전체로 번지기 때문이다.

그러나 아끼는 나무를 여러 주 죽이기도 했다. 육지에서 육송이니 해송이니 하는 대품분재 소재를 구입해왔는데, 처음에는 대개 화분이 아니라 나무판자로 상자를 만들어 그 안에 나무를 심어놓고 기르게 된다. 2~3년 키우다 화분에 옮기는 것이다. 그렇게 애지중지 기르다 막상 화분에 옮기고 나면 공사 중에 관리 소홀로 나무가 죽었다. 온실에서 보호해줘야 하는데 농장을 개간하는 중이라 적당한 온실을 갖추고 있지 못했기 때문이다. 돈만 생기면 시간을 내서 육지로 나가 하나 둘씩 어렵게 구입한 나무였다. 그렇게 나무가 죽고 나면 기운이 빠졌다. 그래도 육지에 나갔다 좋은 나무를 만났는데 돈이 부족해 그냥 돌아오면 밤에 자려고 누워도 천장에 그 나무가 보이고 가슴이 뛰었다. 어떻게 하든 그 나무를 사와야 할 텐데 하면서…….

나무를 잘 기르기 위해서라도 농장의 개간을 서둘러야 했다. 새벽에 일어나 돌을 캐 개간을 하고, 홑담이지만 돌담을 쌓고, 씨앗 파종과 꺾꽂이, 묘목으로 기르는 주목이나 각종 야자나무, 소철, 종려나무 같은 관엽식물을 돌보고, 틈틈이 분재목도 다듬고, 밀감 농사도 지었다. 그러나 황무지에서는 캐도 캐도 끝도 없이 돌이 나왔다. 인부들과 내가 쇠망치로 일일이 깨어 캐내고 나면 아주머니 대여섯이 자갈을 쌀부대에 주워 담았다. 그것을 또 '딸딸이'에 싣고 옮겼으니 개간은 더딜 수밖에 없었다. 며칠씩 돌을 캐도 2평 이상 캐기가 어려웠다.

한번은 작업을 하다가 목뼈가 삐끗했는데 밤이 되자 통증이 시작됐다. 서울에 있는 아내에게 전화를 했지만 아내가 그 밤에 이곳까지 올 수도 없는 일이었다. 어찌나 아프던지 밤새 온 방 안을 헤매며 어린아이처럼 엉엉 울었다. 다음 날 기다시피 해서 시내 병원에 가보니 목 디스크라며 빨리 큰 병원에 가서 수술을 받아야 한다고 했다.

비행기를 타기 위해 진통제를 맞고 비행장으로 갔다. 그런데 진통제의 양이 너무 많았는지 비행기를 타려고 기다리다가 그만 잠들어버리고 말았다. 깨어보니 내가 탈 비행기는 이미 떠난 지 오래였다. 그리고 통증이 다시 시작됐다. 할 수 없이 병원으로 되돌아가서 "이번에는 좀 약하게 놓아달라"고 부탁하고 진통제를 다시 맞았다. 그런데 이번에는

비행기를 타기도 전에 통증이 오기 시작했다. 할 수 없이 비행기를 타긴 했는데 너무 아파서 꼭 죽을 것만 같았다. 나는 몸을 제대로 가누지 못하고 울음을 삼켰다. 옆자리에서 나를 지켜보던 청년이 의과생이라며 응급조치를 해주었다. 그는 옆으로 몸을 돌리게 한 뒤 주먹으로 목 부위를 탕탕 쳤다. 일시적 효과가 있는지 통증이 가라앉았다. 서울로 가는 내내 그 청년이 나를 돌봐주었다. 지금 생각하면 천우신조가 아니었나 싶다. 그러나 당시에는 경황이 없어 청년에게 고맙다는 말도 제대로 못

개원 전 전경.

했다. 어쨌든 나는 김포공항에서 초조하게 나를 기다리고 있는 아내를 만나 병원으로 향했고, 아내와 의사의 뜻에 따라 수술보다는 한방 치료를 택해 50여 일간 침과 물리치료를 받았다.

병원 치료를 마치고 다시 농장으로 내려온 지 얼마 후, 1980년 초에 아내가 아이들만 서울에 남겨둔 채 제주도로 아예 내려왔다. 나중에 그 시절을 떠올리며 아내는 "아침 설거지 하고 나면 부랴부랴 점심 준비하고, 점심 먹고 나면 새참 준비하고, 금방 저녁 준비를 했다"고 말하곤 한다. 개간도 아직 다 끝나지 않았고, 틈틈이 돌담도 쌓고 있었으며, 농사의 규모도 컸기 때문에 우리 농장에는 고정으로 일하는 사람을 포함해 10~20명의 인부가 일을 하고 있었다. 아내는 자신이 '식순이', '차순이'였다고 말하곤 한다. '식순이'야 밥을 하는 것을 두고 한 말이었고, '차순이'는 말 그대로 차를 타는 것을 두고 한 말이었다. 농장에서 풀을 매던 할머니들은 꼭 '코피참', 그러니까 다방 커피처럼 진하게 탄 커피를 한 잔씩 참으로 마셨다. 그뿐 아니라 우리 농장이 잘 꾸며졌다는 입소문이 나면서 드문드문 사람들이 구경 삼아 찾아오기 시작했기 때문에 그 사람들에게도 커피를 대접했다.

일손이 부족해 늘 발을 동동 구르던 시절이었으니 아내는 농장 일까지 거들어야 했다. 그렇게 농장 일과 집안 살림에 쫓기던 아내는 허기가 져 쓰러지기도 했다. 아내는 보리와 된장에 알레르기가 있었는데 그 시절 주식이 보리밥과 된장이었으니 못 먹고 굶은 채 지낸 것이다. 물론 아내만 따로 밥을 해 먹을 수도 있었지만 매일 일꾼들이 들끓는 집에서 그렇게 할 수는 없는 일이었다.

방학이면 서울에서 학교를 다니고 있던 아들과 딸, 두 남매가 농장으로 내려왔다. 아이들은 목이 말라 빗물을 받아놓은 시멘트 저수탱크를 열었다가 장구벌레와 지렁이에 놀라 고함을 지르기도 했다. 그러나 모두 바쁘게 일하는 농장에 왔으니 아이들도 일을 해야 했다. 아들과 딸아이에게 쌀부대를 주고 자갈을 주워 담는 일을 하게 했다. 아이들은 군소리 없이 밭에서 자갈을 줍곤 했다. 그렇게 부모와 떨어져 학교를 다니며 사춘기를 보내고 대학을 다닌 아이들이 이제는 어엿한 성인이 되어 내 곁에서 우리 정원을 지키고 있으니 대견하고, 한편으로는 제대로 부모 노릇을 못 해준 것 같아 미안하기 그지없다.

인간의 한계와 아내의 힘

그렇게 몇 해가 지나자 아내의 입에서 목멘 소리가 나왔다.

"여보. 나랑 애들을 놔주시구려. 서울로 올라가 봉제 공장을 돌려서 돈을 벌어 보낼 테니 그 돈으로 품꾼을 사서 쓰고……."

그럴 만도 했다. 아내는 나무에 물을 하루에 두세 차례씩 주었다. 그렇게 물 주는 시간만 하루에 5~6시간이었다. 인부 10~20명, 집 식구

7~8명에게 밥 세 끼, 새참 두 끼를 해주었는데, 게다가 나무를 때서 하다 보니 무척 고생스러웠다. 구경 온 사람들에게도 차를 끓여 대접했다. 돼지 2,000~3,000천마리가 있었는데, 때로는 어미 돈사에서 하루에 10여 두가 새끼를 낳았다. 돼지 한 마리가 새끼 10여 마리, 많을 때는 16마리씩 낳았다. 포를 쓰고 나온 새끼들의 탯줄을 잘라주고, 피를 닦아주고, 양쪽 송곳니를 잘라준다. 초유를 먹여서 보온실에 넣어주고 자리를 치우고 나면 새벽이 된다. 아내는 너무 힘들어서 "오늘 살 수 있는 힘을 주세요"라고 울면서 하나님에게 새벽 기도를 하곤 했다. 한계에 부닥친 것이다.

아내는 '내가 쓰러지면 자식은 누구에게 맡기나' 하고 생각한 모양이다. 나는 아내가 허다하게 끼니를 거르고, 식순이와 차순이 노릇을 하며 풀을 매다가 정말이지 쓰러질지도 모른다고 생각했기 때문에 아내의 목멘 소리에 아무 대꾸도 할 수가 없었다. 게다가 멀쩡한 부모를 두고 서울에서 쓸쓸히 학교를 다니고 있는 아이들을 생각하면 아내를 붙잡을 명분이 없었다.

나는 아내를 붙잡지 않았고 아내도 내 마음을 알고 있다는 듯 소리 없이 떠날 준비를 했다. 마침내 아내가 떠나기로 한 날이 되었다. 아내는 자신이 할 수 있는 일은 다 하고 떠나겠다는 듯 아침도 굶은 채 모기들로 인해 우비를 입고 풀을 맸다. 점심때가 되자 여느 날처럼 일꾼들의 식사를 준비하고, 식사가 끝나자 다시 남은 풀을 맸다. 나는 아내가 떠나는 뒷모습을 보기 싫어 멀찍이 떨어진 곳에서 돌담을 쌓았다. 아내는 풀을 매고 나는 돌담을 쌓는 하루가 더디게 흘러갔다. 어스름 녘, 부엌에서 저녁을 준비하는 아내에게 왜 떠나지 않았는지 물을 수는 없었다. 그리고 그날 이후 아내는 한 번도 이곳을 떠나겠다는 소리를 하지 않았다.

그날 아내가 남아준 기쁨에 나는 감사할 수밖에 없었다. 그 전에는 아내가 내게 이처럼 큰 존재이고 큰 힘인 줄은 미처 몰랐다.

그날 저녁이었다. 아내는 시 한 편을 들고 나타나더니 눈물을 흘리며 읊조렸다. 아내의 말에 따르면 어스름 녘 목이 말라 주방에 들어가서 물 항아리를 열다가 눈앞이 캄캄해서 쓰러졌다고 한다. 그 시간이 얼마나 걸렸는지 몰라도 뭔가가 떠올라 가까스로 정신을 차려 곁에 있던 사료 포대에 적은 것이 그 시라고 말했다. 체력의 한계가 시상을 떠올린 것인지 시인이 아닌 나는 알 수 없다.

시인이 아닌 아내가 쓴 시이니 수준 높은 시는 아니다. 그것은 분재에 미쳐 있는 내 꿈을 깰 수 없는 아내의 마음일 것이다. 우리는 앞으로 어떤 환란이 닥쳐도 서로를 떠나지 않을 것이다. 청원농장을 떠나지 않겠다는 아내의 말을 서원誓願이라 생각하고 우리 정원의 한구석에 자그마한 시비를 세워주었다. 나와 함께 분재 인생을 살아주는 아내에게 보답하는 기회이기도 했다.

부끄럽지만 그 시를 인용하면 다음과 같다.

영주원永主苑

우주촌에 아주 작은
강하고 저력 있는 민족
은혜의 땅 한국이 있다.
그 땅 끝 남쪽으로
환상의 섬, 아름다운 평화의 섬
시각으로 느낄 수 있는 산물이 있다.

서회선 쪽 멀리 떨어진
중산간(당무루)에 가시와 엉겅퀴와
작지로 버려진 곳이 있다.
여호수아와 갈렙이
하나님의 멍에 속에
순종하는 은혜의 땅이라
뜨락은 젖과 꿀이 흐르는
생명체의 예술인
분재, 정원수, 아열대 식물, 돌,
물의 조화를 이루는
섭리의 땅이 숨 쉬고 있다.

아내는 간호사 출신이다. 내가 나무에 미쳐 제주도에 와 있을 때는 서울에서 아이들을 공부시키며 홀로 봉제 공장을 운영했다. 아내는 성격이 활달하고 천성적으로 부지런해 몇 사람의 에너지를 혼자 방출한다고 해도 과언이 아니다. 그러나 서울의 일들을 뒤로하고 나를 따라 제주도로 오게 되었다. 나는 나무에 미쳐 있었지만 아내는 다만 내 아내라는 이유로 번화한 서울의 모든 것을 뒤로하고 나를 따라주었다. 아직 미개발 상태여서 모든 것이 불편한 제주도 오지에 와서 나무 인생을 함께 살게 된 것이다.

얼마 후 나는 그동안 짓고 있던 4,000~5,000평 규모의 밀감 농사를 포기하기로 했다. 고생하는 만큼 별 소득도 없었고 쉬운 일도 아니라 생각됐다. 게다가 당시 제주도에서는 밀감 농사가 확장 일로를 걷고 있었기 때문에 언젠가는 공급 과잉으로 '밀감 파동'이 예상되었고, 수익 면에서도 그리 신통치 않았다. 그러나 1980년 초 제주도에서는 대학나무라고 하며 밀감 농사를 가장 유망한 농사로 여기고 있었다. 그래서 주변에서 반대도 심했다. 막상 뽑을 계획을 세웠으나 아버지의 반대로 실행에 옮기지 못하고 있다가 아버지가 서울에 잠시 올라가신 틈을 타서 밀감나무 전체를 뽑아버렸다. 돌아오신 아버지는 노발대발하시더니 다시 육지로 올라가버리셨고, 주위 사람들은 '정신 나간 놈'이라며 핀잔을 주었다. 제주도에서 밀감 성목을 뽑아버린 최초의 사건이었다. 그 후 서귀포에서 사람들이 찾아와 고소득을 올릴 수 있다며 바나나 농사를 권유하기도 했지만 나는 거절했다. 앞으로는 내가 좋아하는 나무만 기르면서 살아야겠다고 굳게 결심했기 때문이다.

아내가 마음을 다잡자 나는 전국을 다니며 분재와 정원수 구입에 정성을 쏟았다. 괭이 하나만 들고 한라산에 올라가면 수백 년 묵은 좋은 나무들을 구할 수 있었지만 굳이 전국을 돌며 나무를 사들인 것은 나무를 기르려면 과정부터 순수해야 한다는 생각에서였다. 지금껏 딱 한 번 한라산 정상을 올랐는데 한라산에는 정말 좋은 나무가 많았다. 나무에 욕심이 많은 내가 자꾸 한라산을 찾아가게 되면 나도 모르게 나무를 캐오려는 흑심이 생길까 봐 일부러 가지 않았다. 그렇게 분재 소재 구입에 열을 올리는 한편 밀감나무를 베어낸 자리에 비닐하우스 몇 동을 짓고 켄차야자, 종려나무, 소철 등의 관엽식물을 대량으로 재배하기 시작했다.

남제주도군 신흥2리에도 땅을 구입해 식물들을 심고 제주시에도 밭을 빌려 소철을 심었다. 서로 거리가 떨어져 있는 밭에서 농사를 지으려니 고정으로 품삯을 주고 아주머니들을 불러 풀을 맸다. 나는 차에 아주머니들을 태우고 이 밭에서 저 밭으로 돌곤 했다. 농장에는 홑담이던 돌담을 헐고 새로 겹담을 쌓기 시작했다. 겹담을 쌓는 데에만 많은 인부를 쓰고도 근 3년이 걸렸다. 그러니 하루 12~16시간씩 일을 해도 늘 시간이 부족했다.

낮에는 농장 일을 하느라 바쁘다 보니 밤에 불을 켜놓고 분재를 만지는 날이 늘어났다. 그전에 돈사로 쓰던 곳을 몇 겹 비닐로 막고 온실로 개조해 분갈이한 화분을 넣어놓았다. 나는 밤이면 자주 그곳에 갔다. 그곳에 가서 스프레이로 물을 뿌려주며 상태를 살펴야 잠이 잘 왔다. 동네 잔칫집이나 상가에 조문을 갔다가 밤늦게 돌아온 날에도 손전등을 들고 농장을 돌아보며 나무들을 점검해야 마음이 편했다.

시간이 지나면서 관엽식물들이 크게 자랐고 상인들이 찾아오기 시작했다. 그 당시 화분용과 꽃꽂이용으로 소철이 인기를 끌고 있었으므로 상인들은 대부분 소철을 사갔다. 야자나무도 크게 자라 조경수로 사가는 사람들이 생겨났다. 관엽식물과 아열대식물의 판로가 생겼고, 나는 수익이 생길 때마다 분재 소재를 계속 사들였다.

그러나 마음에 쏙 드는 분재 소재를 얻기가 쉽지 않았다. 마음에 드는 나무가 있을 때는 손에 쥔 돈이 없고, 돈이 있을 때는 마음에 드는 나무가 없는 식이었다. 제주도에 땅을 사서 농장을 만들기 시작할 때는 그저 1만 평 정도의 땅에 아담한 집을 짓고, 2,000여 평 정도는 정원으로 꾸며 분재와 나무를 키우면서 살겠다는 소박한 생각을 했다. 그런데 세월이 흐르면서 돼지를 키운 것, 밀감나무를 키운 것, 소철과 종려나무, 야자나무를 키운 것 등이 모두 분재와 정원수를 사들이는 데 쓰였고, 좋아하는 정원수와 분재를 키우는 일이 주된 목적이 되어갔다.

그렇게 농장 일에 묻혀 사는 동안 나는 마을회관에 의자를 기증하고, 제주도의 가난한 집 학생들에게 장학금도 주었다. 저청중학교와 면사무소 조경 공사를 지원해주기도 했고, 한밤중에 마을에 환자가 생기면 트럭에 태우고 한림읍이나 제주시의 병원에 데리고 갔다. 1981년에는 서울영락교회의 도움과 자비를 들여 저청중앙교회를 세웠고, 지역 유지들과 함께 저청신용협동조합도 설립했다. 나는 그렇게 제주도 사람이 되어가고 있었다. 그리고 내가 어릴 적부터 꿈꿔오던 농부가 되었다고 생각했다.

모든 것을
걸고
시작된 꿈

제 주 도 를 닮 은 정 원 을 꿈 꾸 며

1987년 정초에 김태홍 한경면장이 찾아와 "우리 면내는 이렇다 할 만한 관광지가 없으니 그동안 키운 분재로 관광농원을 여는 게 어떻겠느냐"는 제안을 했다. 나는 눈 덮인 농장을 내다보며 그의 말을 듣기만 했다. 선뜻 응할 마음이 생기지 않았다. 다른 사람들이 내가 키운 나무들을 어떻게 볼지 자신이 없었을 뿐만 아니라, 우리나라와 일본에서도 몇몇 재력가가 분재공원을 열려고 준비하다가 포기했다는 걸 잘 알고 있었기 때문이다.

며칠 후 나는 면사무소를 찾아가 거절의 뜻을 밝혔다.

"아시다시피 우리 농장이 있는 곳은 막은창(길이 없고 막힌 곳)이 아닙니까? 그리고 이곳은 관광객이 찾아올 수 없는 중산간인데 어떻게 관광지를 만든단 말입니까?"

그러나 행정기관의 권유는 그것으로 그치지 않았다. 그 후 당시 북제주군 임재호 군수가 찾아와 다시 권유했고, 또 한 번은 답사차 홍영기 제주도 지사가 찾아와 "그런데 저지는 관광객들이 머무는 제주시나 서귀포시에서 너무 멀리 떨어진 데다가 교통마저 불편해서 경영이 어려울 거야"라며 걱정스러운 얘기를 했다. 그때 나는 "지사님, 아무리 험한 한라산 계곡이라도 향기 좋은 꽃이 피면 벌과 나비가 찾아와 꿀을 따갑니다"라고 대답했다. 그러자 홍영기 도지사는 빙긋이 웃을 뿐 아무 말도 하지 않고 돌아갔다. 얼마 후 도청에서 사무관과 서기관이 찾아와 "제주시 가까운 쪽으로 2만~3만 평을 대체해줄 테니 옮겨서 관광지를 만드는 것이 어떻겠느냐"는 제안을 해왔다. 나는 그 고마운 제안을 단숨에 거절했다. 세상 물정을 모르기 때문이 아니었다. 제주시 가까운 곳에 환지를 해주면 당장 대지값부터 올라갈 테고 입장객도 늘어 경영에 도움이 될 테지만, 20년 가까이 함께 살아온 이곳 주민들이나 분재정원을 만들자고 권하던 면장의 말을 외면하고 떠날 수는 없다고 하면서 즉석에서 거절하니 그들은 어이가 없는 듯 더 이상 할 말을 못하고 그냥 돌아가버렸다. 아마 세상에 저런 바보도 다 있는가 했을 것이다.

그렇게 얼마간의 시간이 흐르는 동안 나는 차츰 분재를 전시할 정원을 만드는 일에 마음이 끌리기 시작했다.

그래서 반월공단 옆에 와이셔츠 수출 공장을 짓기 위해 사두었던 1만여 평의 부지와 서울 강남의 택지, 장사가 잘되던 서울의 점포까지도 정리했다.

그러면서 나는 분재에 관한 자료를 찾고, 책을 읽고, 전국을 돌며 새로운 나무를 구입했다. 분재가 발달한 일본으로 견학을 다녀오기도 했다. 그러나 여전히 망설여지는 일이기도 했다. '분재정원을 어떻게 꾸밀 것인가?', '경험이 없는 내가 과연 만들 수 있을까?' 등등 번민의 시간이 이어졌다.

일본에서는 기와지붕을 올린 하얀 담벼락 앞에 분재를 전시하곤 했다. 하얀 바탕에 푸른 나무가 있으니 나무도 돋보였고, 보는 사람도 한눈에 그 나무를 마음으로 읽고 느낄 수 있었다. 그러나 그것을 흉내 내고 싶은 생각은 없었다. '어떻게 하면 우리나라 고유의 정원을 만들 수 있을까?' 나는 여러 사람과 의논하기 시작했다. 전문가들에게 자문을 구하기도 했다. 그들 중 한 명이 오름을 스케치해주었다.

제주도는 화산 폭발로 이루어진 화산섬이다. 그런 까닭에 제주도의 자연환경은 모두 화산 폭발과 깊은 연관성이 있다. 가장 큰 분화구인 한라산의 백록담이 그렇고 주변의 용암 평원, 화산회토로 덮인 땅과 다공질의 현무암, 그로 인해 평소에는 물이 흐르지 않는 건천, 해변의 단애, 무수히 많은 기생화산이 그렇다. '화산 지형의 보고'로 불릴 만한 제주도의 이 같은 자연환경 중에서도 기생화산, 즉 오름은 세계 어디를 가도 볼 수 없는 것이다. 이처럼 기기묘묘하게 생긴 수많은 오름을 빼놓고서는 제주도를 말할 수 없다. 오름은 '악' 또는 '봉'으로 불리기도 한다.

이러한 제주도의 난대성 기후가 북서계절풍과 만나서 만들어낸 것이 변화무쌍한 이곳의 날씨다. 한라산을 기점으로 해서 남쪽인 서귀포시와 북쪽인 제주시가 전혀 다른 겨울 날씨를 보이는 것이다. 북쪽에서 불어오는 세찬 겨울바람을 한라산이 막아주니 서귀포시는 겨울에도 따뜻하고 눈이 내려도 금방 녹아버린다.

매서운 겨울바람이 아니라도 사시사철 바람이 불고 비도 많이 왔다. 그중에 가장 위력적인 것은 태풍이었다. 태풍은 반대로 남쪽에서 시작되어 대한해협으로 빠져나가는 경우가 많았다. 이렇게 내륙 지방과는 전혀 다른 지형과 날씨를 가진 제주도는 아열대식물이나 상록활엽수는 물론이고 한라산 높은 곳의 한대침엽수림까지 정말 다양한 수종의 서식지이다.

나는 제주도만의 특징인 오름을 살려서 정원을 꾸며보는 것이 어떻겠느냐는 지인의 충고를 받아들이기로 했다. 제주도의 햇살과 바람, 비가 기른 나무이니 제주도의 자연과 제주도 사람의 삶을 대변하는 '오름' 앞에 전시하는 게 옳다고도 생각했다.

설계도 없는 정원

곰곰이 생각해보면 나는 아마도 할머니와 아버지, 어머니를 골고루 닮은 것 같다. 할머니는 성격이 괄괄하고 생각하는 폭이 큰 분이셨다. 어머니는 성격이 깔끔해 그 옛날 시골에서도 언제나 닦고 쓸고 정돈하고, 늘 종이를 사다 집을 도배하고, 돌을 주워 만든 울타리 옆에다 호박도 심고 꽃씨도 뿌리고 했다. 분재를 가꾸면서 내가 지금 그 부분을 조금씩 닮아가고 있는 것 같다. 아버지는 귀가 특별히 크고 잘생겼고 성격이 호방한 분이었다. 술도 잘 마시고 가끔 노름도 해서 땅이나 소를 다 팔았다가도 이듬해에 또다시 다 사놓는 배짱 좋은 분이었던 것 같다. 그 시절에도 인부들과 함께 큰 산 전체를 허가받아 벌목해 장작으로 쪼개어 팔았다. 일을 벌였다 하면 새벽부터 밤늦게까지 일하시는 것을 수도 없이 목격했다. 나는 아마도 일을 벌이는 것을 겁내지 않는 아버지의 성격을 조금은 물려받은 듯싶다.

분재정원에 대한 전문 지식을 배운 적도 없고 설계도도 없었다. 그러나 전문가의 의견을 경청하는 중에 가장 한국적이면서 제주도 분위기와 흡사하다고 생각되는 분재정원의 윤곽이 머릿속에 그림으로 잡히기 시작했다.

결심을 굳힌 나는 1989년 봄부터 정원수들을 한쪽으로 옮겨 심기 시작했다. 지금 정원 식당 자리에 심어놓은 와싱토니아야자나무들과 뷰티아야자나무, 카나리아야자나무, 비닐하우스 여러 동에 분산되어 있던 소철, 종려나무, 정원 곳곳에 있던 동백나무, 향나무, 녹나무, 배롱나무, 단팥수 등을 한군데에 몰아서 가식을 하고 나머지는 다른 밭으로 옮겼다. 이렇게 농장 곳곳에서 자라고 있던 나무들을 이식하는 데 1년이 걸렸다. 드디어 1990년 4월, 관광농원 허가를 받으면서 본격적인 난 공사가 시작되었다. 북제주도군청에서는 공사 기간 1년을 주며 반드시 준수하라고 했다.

제일 먼저 시작한 연못 공사는 난공사 중의 난공사였다. 연못을 만들 땅을 파는 데 40여 일이 걸렸다. 큰 굴착기를 동원했는데도 워낙 돌이 많고 단단하기 때문에 시간이 지체된 것이었다. 하수도 배관을 하고 자갈을 붓고 철근을 깔고 레미콘을 친 다음 방수를 하고 다시 돌을 깔아야 했다. 연못 공사를 진행하면서 동시에 돌담도 쌓고, 돌을 어느 정도 쌓은 다음 위에다 흙을 1~2m쯤 덮어 동산을 만드는 동산 공사도 진행했다. 돌과 흙을 외부에서 끝도 없이 실어와 땅 위로 쏟아부었다. 흙을 구하기가 너무 어려웠다. 오름 형태로 이어진 동산은 막상 만들어놓고 나면 배치가 마음에 들지 않는 경우도 생겼다. 동산의 위치를 옮기기 위해 다시 굴착기로 돌을 파냈다. 그러면 돌 위에 1~2m 덮은 흙이 온데간데 없이 사라져버렸다. 돌을 다시 파냈기 때문에 그 빈자리로 흙이 다 들어가버린 것이다. 할 수 없이 다시 흙을 구해와 덮어야 했다. 제주도에는 흙이 귀해서 흙을 구하는 것이 난제 중의 난제였다.

굴착기와 덤프트럭, 중장비가 수시로 드나드는 공사 현장에는 30~40여 명의 인부들이 이곳저곳에서 농장의 돌담을 허물고 다시 쌓는 돌담 공사, 정원수와 정원석을 놓는 조경 공사, 식당과 매표소 등의 토목 공사, 폭포와 연못을 만드는 연못 공사 등을 동시다발적으로 진행해나 갔다. 애초부터 스케치 한 장을 들고 시작한 공사였기 때문에 새벽에 공사 현장을 둘러보며 진행 상황에 맞춰 하루치 공사 계획을 짜야 했다.

그러나 공사 현장을 비울 수밖에 없을 때도 있었다. 육지로 나가 제주 도에 없는 정원수와 정원석을 구입해와야 했다. 정원석이나 정원수를 중장비를 이용해 대형차에 싣고 화물선으로 운반해 공사 현장까지 옮 겨오는 것도 어려운 작업이었지만 그렇게 옮겨 심은 나무가 죽어갈 때 는 허탈감에 빠지기도 했다. 무엇보다도 내가 자리를 비운 사이 인부들 이 정원석이나 정원수를 엉뚱한 곳에 심어놓은 경우가 자주 생겼다. 그 러면 다시 캐서 옮겨 심어야 했기 때문에 작업은 그만큼 더뎌질 수밖에 없었다. 그러니 현장을 떠날 수도 안 떠날 수도 없는 때가 많았다.

겨울로 접어들면서는 분갈이가 문제였다. 낮에는 공사 현장에 있느 라 시간을 낼 수가 없었다. 그래서 나는 밤마다 졸음이 쏟아지는 눈을 비벼가며 수십 개의 화분을 분갈이했다. 어떤 날은 밤에 분갈이를 하면 서 졸기도 했다. 분갈이를 한 후에는 온실에서 잘 관리를 해주어야 하는

최초로 정원 안에 지은 집. 그리고 이후 일부 증축해 살던 집.

데 분재에 대해 잘 모르는 인부들이 귀한 분재를 몰라보고 화분을 방치하는 바람에 그토록 아끼고 아낀 나무들을 죽이기도 했다. 그동안 정성을 쏟아 애지중지 기른 나무들이 그만 관리 소홀로 죽고 만 것이었다. 분재정원을 열려고 하는 공사였는데 귀한 분재를 죽이다니⋯⋯. 가장 아끼는 나무 몇 점을 죽이고 나자 허탈하기 그지없었다.

여름에 태풍이 올라올 때는 분재를 넣어둘 온실이 부족해 애를 태우고, 태풍에 이식한 나무들의 뿌리가 흔들릴까 봐 노심초사하기도 했다. 하지만 공사는 계속 지연되었고, 북제주도군청에서는 쉴 새 없이 독촉을 해댔다. 공사가 너무 까다롭고 비용이 계속 늘어나게 되니 어려운 일이 한두 가지가 아니었다. 그리고 허가는 해주었지만 규제가 너무 많아 이것도 안 된다 저것도 안 된다 하니 자연히 지연될 수밖에 없었다. 이렇게 어려운 싸움 끝에 개원이 가까워지면서 화분을 구하는 일에도 애를 먹었다. 우리 정원에는 특히 대형 분재가 많았기 때문에 화분을 구하지 못해 나무를 화분에 심지 못하는 경우까지 생겨났다. 국산 화분은 맞는 게 없어 일본에서 화분을 컨테이너로 사올 수밖에 없었다.

밤낮없이 일에 매달리는 날이 늘어나면서 졸음과 싸워야 했고, 현장 감독을 하면서 꾸벅꾸벅 졸기도 했다. 한번은 농촌진흥원에서 강의를 해달라는 요청을 받았다. 거절했지만 거듭 간곡히 부탁을 해와 할 수 없이 제주시에서 강의를 하고 점심을 먹은 후 공사 현장으로 돌아오는 길에 그만 졸음운전을 하고 말았다. 내가 몰던 차가 길 옆 1m 정도 깊이의

개원 후 증축한 정문. 수많은 난관을 극복하면서 생각하는 정원을 죽음의 문턱에서 지켜낼 수 있었다. 앞으로는 IMF와 같은 비극의 태풍이 다시는 없기를 바라는 마음으로, 아름다운 푸른 나무들을 보면서 어려운 시기를 극복할 수 있게 도움을 주신 많은 분과 하나님께 늘 감사하는 마음으로 살아간다.

구렁으로 곤두박질쳤고, 승용차는 크게 파손되었으나 다행히 나는 손가락 하나만 부러졌다.

무엇보다도 공사를 하는 내내 힘들게 한 것은 육체적 피로보다 각종 인허가에 따른 문제들이었다. 풀어야 할 문제가 한둘이 아니었다. 당초 2층으로 외부 설계를 맡긴 식당 건물은 고도 제한 규정 때문에 1층으로 설계가 변경됐고, 관광농원 허가가 났음에도 불구하고 차일피일 지목 변경이 미뤄졌다. 금융기관에서는 자산 평가에서 평당 1만 원씩밖에 못 쳐주겠다는 식이었다. 이렇게 저렇게 제동이 걸렸다. '이건 주먹으로 바위 깨기다'라는 생각이 들 때가 한두 번이 아니었다.

공사를 시작하면서부터 행정 당국의 인허가, 은행 융자, 식당 건물의 설계 용역 등 외부와 관련된 일을 전담하고 있던 아내는 하루도 빠짐없이 온갖 구비 서류를 들고 관공서로, 은행으로 뛰어다녔다. 그러던 중 하루는 아내가 울먹이며 돌아왔다. 식당 건물 설계가 잘못됐다고 관계 기관 공무원이 아내를 향해 그 서류를 집어 던진 것이다. 티셔츠에 청바지 차림으로 동분서주하고 있던 아내는 행정기관의 고압적 자세에 인간적 모욕감마저 느꼈다고 했다. 이처럼 공사 현장이 아닌 곳에서 벌어지는 일들이 나와 가족을 더욱 힘들게 했다. 그때마다 '공사를 시작하는 것이 아니었는데'라는 후회가 밀려오기도 했고, '왜 내가 이 일을 해야 할까? 내 스스로 선택한 가시밭길에 뛰어든 셈이 되었으니……. 그냥 서울 가서 편하게 돈 벌면서 가족과 함께 한평생 행복하게 살까?' 하는 생각으로 한숨을 쉬기도 했다.

그러나 한편으로는 분재정원 일에 관심을 가지고 적극 도와주려는 분이 많았고, 어려운 일을 당할 때마다 같이 안타까워하는 공무원들이 있어 힘이 되었다. 그러한 분들이 있었기에 포기하지 않고 끝까지 공사를 할 수 있었다.

IMF라는
비운의 태풍이
몰아치다

개 원 후 에 도 계 속 되 는 공 사

밤을 낮 삼아 3년 동안 공사를 강행했지만 난공사로 인해 개원이 계속
지연되었다. 당시 북제주도군청에서는 1년 밖에 안 되는 공정 기간에
맞춰 하루빨리 개원하라는 독촉이 심했다. 그래서 할 수 없이 미완성 상
태에서 서둘러 1992년 7월 30일 분재예술원으로 개원하게 되었다. 하
지만 짧은 기간에 맞추다 보니 당시 정원의 공정률은 25% 정도에 그쳤
기에 나는 개원 후에도 추가 공사를 계속해나갔다.

　다행히 개원 후 국내외의 반응은 뜨거웠다. 국내외 명사들의 방문이
잇따랐고, 특히 1995년 중국 장쩌민 국가주석의 방문이 있고 나서는 각

종 외국 방송과 신문에 '세계 유일의 분재정원'이라고 소개가 됐다. 그 덕에 해마다 입장객 수가 30~40%씩 늘기 시작했고, 식당에서 식사를 하는 손님도 하루에 400~500명, 많은 날에는 800~1,200명에 이르렀다. 준비한 그릇이 부족한 날이 많아지면서 나도 설거지에 나섰다. 낮 12시까지 돌을 쌓고, 1~2시까지 식당 주방에서 설거지를 하는 날들이 이어졌다.

나는 차츰 희망에 부풀기 시작했다. 더 많은 자금을 투자해 확장 공사를 하고, 돌담도 계속 쌓고, 돌문도 더 만들고, 전국에서 조경수들을 구입해와 심었다. 나는 하루빨리 미비한 정원 환경을 정비하고 싶었고, 그러한 마음에 자금을 투자하기 바빴다. 그러나 1997년 말부터 서서히 시련이 밀려오기 시작했다. IMF 한파가 한국 경제권을 뒤덮자 방문객 수가 급격히 떨어져갔다. 마침내 1998년 10월 주거래은행으로부터 경매 처분 통고를 받았다. 투자액의 10%에도 못 미치는 부채 때문이었다.

나는 이곳저곳 은행 문을 두드렸다. 그러나 건물이나 토지가 아닌 살아 있는 식물, 즉 분재 같은 생체물은 담보로 잡을 수 없다 하여 모든 은행으로부터 융자 신청을 거절당했다. 감정평가원에서도 분재는 감정 평가를 할 수 없다는 판정을 내렸다. 따라서 토지와 건물 그리고 수년 동안 온갖 정성을 들여 가꾼 정원의 수목들이 황무지 등급으로 평가되었다. 지난 3년간 밤낮 없는 노력의 결정체인 엄청난 토목 공사와 인공 연못, 폭포, 조경수 등의 관광자원으로서 가치는 전혀 고려되지 않았다.

1차 경매가 유찰되고, 다시 2차 경매가 공고되자 헐값에 우리 정원을 거저 얻으려는 사람들이 몰려들었다. 낙찰을 받으려고 비디오로 정원을 찍어가는 사람들도 있었다. 그리고 내가 가장 믿고 있던 몇 사람은 이미 그들의 브로커가 되어 있었다. 나는 은행을 쫓아다니며 애를 태웠고, 밤잠을 설쳤다. 은행으로부터 융자 신청을 번번이 거절당하고, 믿고 있던 사람들이 브로커로 변하는 걸 보면서 이제 내가 할 수 있는 일은 없다는 생각이 들었다. 그래서 아무도 만나지 않기로 결심했다. 그간의 온갖 잡념을 털어버리고 일에 전념하기로 했다.

나는 돌담을 다시 쌓기 시작했다.
한번은 평소 친분이 있던 제주대학교 국문과 윤석산 교수가 돌담을 쌓고 있는 나를 찾아왔다.
"뭐 하시는 거예요? 다 해결됐어요?"
그분이 돌담 아래서 물었다.
"다 해결되기는요."
나는 그냥 웃었다.
"그럼 담을 쌓아서 뭐 하게요?"
"어쩝니까. 겨울은 다가오고, 담을 높이 쌓지 않으면 나무들이 동상에 걸릴 텐데……."
경매로 언제 뿔뿔이 흩어질지 모르는 나무들이지만, 겨울바람에 그냥 시달리게 놔둘 수는 없는 일이었다.

윤석산 교수는 안타까운 표정으로 나를 올려다보았다.

나는 어느 때보다 더 열심히 돌담 쌓는 일에 매달렸다. 그리고 아침마다 남을 원망하지 않고, 하던 일을 그대로 하게 해달라고 기도했다. 경매가 있던 날에도 현장에 나가지 않고 돌담을 쌓았다. '내가 만약에 이곳에서 떠나게 되더라도 돌담을 쌓아두면 나무들에게 큰 도움이 될 것이다'라는 생각으로 그렇게 돌담을 쌓아가자 잡념이 사라져갔다.

이때 내 뒤에 서준 사람은 역시 아내였다. 정원이 경매에 부쳐지자 아이들은 당황해하며 내 눈치만 살폈다. 자기들도 막막했던지 엄마에게 이제 우리는 어떻게 해야 하느냐고 물은 모양이었다. 아내는 아이들에게 이렇게 말했다고 한다.

"괜찮아. 엄마가 제주도 어느 골목의 작은 집을 세내서 갈비탕을 만들어 팔면 되잖아. 다시 시작하면 돼. 엄만 잘할 수 있어. 마음 푹 놓고 우리 모두 아빠를 응원하자. 모든 일이 다 잘될 거야."

그때 아내의 그 말은 경매의 벼랑 끝에서 있는 우리 가족 모두에게 큰 힘이 되었다.

시간이 좀 더 흐르자 언론에서 우리 정원의 안타까운 상황을 보도하기 시작했다. 제주도 방송과 신문 그리고 MBC 〈시사매거진 2580〉을 통해 우리의 실정이 방영되자 우리 정원을 아껴주시던 몇몇 분이 도움의 손길을 보내왔다. 계좌번호를 물어보는가 하면, 담배인삼공사의 모 간부는 "이곳은 개인 것이 아니라 우리나라의 문화유산이다"라며 후원을 약속해주었다. 또 한 제주도민은 전화로 울면서 생각하는 정원이 다른 사람 손에 넘어가면 안 된다며 지쳐 있는 내게 격려의 말을 보내왔고, 신문 사설을 통해 생각하는 정원을 살려야 한다는 안타까운 호소가 이어지기도 했다.

나는 어려운 상황에도 비가 오나 눈이 오나 하루도 쉬지 않고 돌담을 쌓고 나무를 만졌다. 그러다가 2000년 2월 4일 다시 허리를 다치고 말았다. 밤새 통증과 싸운 나는 음력설 새벽에 응급실로 실려갔으나 연휴인 관계로 수술 날짜가 잡히지 않아 일주일이나 진통제 주사를 맞으며 통증을 견딜 수밖에 없었다. 다친 정도가 너무 심해서 척추 수술을 받고 나서도 50여 일간이나 병원에 드러누웠다. 정원을 만들기 시작해 여섯 번째 부상을 입고 입원한 것이다.

비밀에 부쳤는데도 어떻게 알았는지 쾌유를 비는 전화가 연이어 왔고 화환을 병원으로 보내왔다. 어떤 이는 서울에서 비행기를 타고 제주도까지 내려와 위로해주었고, 도지사도 화환을 보내왔다. 이들의 관심은 오래도록 내게 기억에 남았다.

평소 우리 정원이 좋아서 가끔 찾아왔다던 분이 "이곳은 국내외 사람들이 사랑하는 곳인데 다른 사람한테 넘어가면 안 되지"라면서 적극적인 도움의 손길을 내밀어 절망에 빠져 있던 내게 희망을 주었다. 하지만 그 후 또 다른 이유를 들어 내가 감내하기 힘든 어려움에 봉착하면서 나는 다시 한 번 죽음의 문턱을 넘어야 했다.

나는 마음을 가라앉히고 조용히 하나님께 감사 기도를 드리며 내가 가야 할 길을 생각해보았다. 그러면서 날이 밝아오면 나도 모르게 돌무더기 앞으로 가서 매일 쇠망치로 돌을 다듬고 또 다듬어 돌담을 쌓아갔다.

그렇게 시간을 늦추지 않고 조금씩 변화를 이끌어가면서 더 아름다운 정원을 만들기 위해 몸과 마음을 집중했다. 모든 것은 하늘에 맡긴 채 나는 시간을 쪼개가며 돌과의 싸움을 이어갔다.

그 결과 아직 갈 길은 멀지만 이제 차츰 최악의 상황에서 벗어나 조금씩 서광의 빛이 보이고 있다. 세계 각국에서 찾아온 많은 사람이 '뷰티풀beautiful!', '원더풀wonderful!', '아름다운 정원'이라는 말을 하고 가니 감사할 따름이다. 또 어떤 사람들은 세계의 좋은 곳은 다 다녀보았으나 지금까지 다녀본 곳 중에서 가장 아름다운 정원이라는 말과 글을 수없이 남기고 간다.

그렇게 국내외에서 수많은 사람의 성원과 관심이 이어지고 있지만, 금융을 푼다는 것은 맨주먹으로 바위를 깨는 것과 같았다. 문화와 예술을 접목해 관광 상품으로 이어가려는 나의 그림은 그저 허망한 꿈일 뿐, 내가 구상하고 추진하는 일은 모든 금융인의 외면 대상이 되고 있었으니 나는 그 시련과 난제들을 안은 채 체념하고 살아갈 수밖에 없었다.

그러던 어느 날, 한 손님이 찾아와 나를 만나자고 한다며 직원에게 연락이 왔다. 그래서 만나보니 모 은행에서 왔다며 아들을 은행으로 보내달라고 하는 것이었다. 나중에 아들의 말을 들으면서도 나는 듣는 둥 마는 둥 별로 관심이 없었다.

이렇게 모든 것을 체념하고 있는 상태였으니 어느 누구의 말도 귀에 들어올 리 없었다. 세상이 나를 그렇게 만들었는지, 내가 나를 그렇게 만들었는지 나도 알 수가 없지만 말이다.

그는 나와 우리 정원에 대해 면밀히 연구 검토를 한 모양인지, 아니면 스스로 함정에 뛰어들려 한 것인지, 그렇지 않으면 천재적인 두뇌를 가지고 높은 눈으로 내가 그리고자 하는 그림을 본 것인지, 수준 높은 세계인들이 평가한 것을 마음속으로 깊이 실감한 것인지는 잘 모르겠으나 겁도 없이 해결의 총대를 메겠다고 나섰다. 그리고 그와 함께 은행 임원진들의 협조가 따라주어 나는 다시 새로운 전환기에 접어들게 되었다.

세상에는 수많은 눈과 귀가 있는데 다 같은 생각을 한다면 세상은 변화하지 않고 퇴보하게 될 것이다. 다른 눈과 귀, 다른 생각을 하고 있는 사람들로 인해 세상은 변화하고 발전해가는 것 같다.

먼 후일 내가 이 세상에 없을 때 그가 제주도와 대한민국을 전 세계에 높은 문화·예술국으로 각인시켜주는 데에 등대 같은 커다란 역할을 한 인물로 기억되기를 바랄 뿐이다.

내가 잊을 수 없는 고마운 그의 이름은 부상온이다.

이렇게 지금까지 오는 동안 국내외의 수많은 사람을 만났는데, 그중에는 나를 적극적으로 도우려는 이도 있는 반면 지독히 괴롭히고 방해한 자도 있었다. 이렇게 몇 차례 죽음의 문턱에서 살아난 생각하는 정원은 이제 난제를 풀어가며 비약적 발전을 거듭할 것이다.

올해는 생각하는 정원을 만들고 운영한 지 22년째가 되는 해이고, 개척한 지는 46년째이다. 지금까지 세계 유명인과 전문가들이 수없이 우리 정원을 방문해 만나고 대화해왔다. 그들이 쏟아놓은 말과 써놓은 글 평가는 이미 언론 보도를 통해 세상에 알려진 일이 아닌가 싶다. 하지만 작품을 만들고 다듬는 싸움은 끝이 없다. 자만은 곧 죽음이라고 생각해 주어진 악조건에서 그저 혼신을 다할 뿐이며, 무지와의 싸움은 끝이 없는 투쟁과도 같다고 생각한다. 무엇이든 세계 최정상을 정복한다는 것은 낙타가 바늘구멍을 통과하는 것과 다름없는, 매우 어렵고도 끈질긴 투쟁이 아닌가 싶다.

이제 생각하는 정원이 세계 정원 문화에 새로운 이정표를 제시해 한국 정원 문화·예술의 새로운 징표가 되고, 또 한국 관광 문화에 새로운 전환점을 마련하는 계기가 되기를 바랄 뿐이다.

나는 저 푸른 나무들이 아름답게 무럭무럭 자라나는 모습을 보면서 IMF라는 비극의 태풍을 겪은 절망의 시기를 지금도 잊을 수가 없다. 국가가 건강하게 잘 돌아가야 국민의 생활과 기업도 안정적으로 돌아가지 않을까? 그때 일을 회상하며 염려해준 분들과 하나님께 늘 감사하는 마음으로 살아가고 있다.

중국과의
특별한
인연

국빈의 방문

1995년 10월 중순경, 외교통상부로부터 11월로 예정된 중화인민공화
국 장쩌민江澤民 국가주석의 방한 일정에 생각하는 정원 방문이 확정되
었다는 소식을 전해 들었다. 장쩌민 주석의 제주도 체류에 맞춰 일정을
짜던 답사팀이 제주도 전역을 사전에 답사한 후 몇 곳을 방문지로 추천
했고, 중국 측에서 우리 정원을 방문하기로 결정한 것이었다. 나는 대
한민국 농민 대표로 국빈을 맞는다는 생각으로 20여 일간 철야 작업을
강행하며 직원들과 준비를 했고, 우리 가족은 하나님께 좋은 날씨를 베
풀어주실 것을 기원하며 감사 기도를 드렸다.

국가원수의 방문이었기에 기쁨과 함께 걱정도 앞섰다. 개원한 지 불과 3년여밖에 되지 않았기 때문에 아직 미비한 점이 많았다. 초겨울이라 날씨도 걱정이 됐다. 방문 준비를 하는 내내 아내는 좋은 날씨를 위해 기도를 했다.

다행히 장쩌민 주석이 방문하는 날은 바람 한 점 없는 따뜻한 봄날처럼 화창했다. 하늘도 큰 축복으로 국빈을 맞아주신다는 생각이 들었다. 나는 감사하는 마음으로 장쩌민 주석 내외분을 비롯해 국무위원 다수와 수행원 그리고 통역 쩐옌광金燕光 등 150여 명의 일행을 맞았다. 그러나 한편으로는 혹여 실수라도 할까 봐 내심 긴장했다.

다행히도 장쩌민 주석은 관람 내내 위엄보다는 친근함과 자상한 모습으로 나를 대했다. 분재마다 나무의 수형과 수세를 자세히 관찰했고, 설명서도 꼼꼼히 읽었다. 궁금한 점은 내게 묻고, 내 설명이 부족하다 싶으면 다시 물었다. 예정된 관람 시간이 40여 분 초과되었다. 관람이 끝나고 난 후 장쩌민 주석으로부터 '목숨 수壽' 자가 새겨진 도자기와 방문 기념 휘호를 선물로 받았다. 나는 기쁜 마음에 전 세계 중 제주도에서만 자생하는 황피느릅나무 5간 분재를 선물로 드렸다. 그 화분 앞에 서서 장쩌민 주석이 보여준 함박웃음은 그의 정감 어린 모습과 함께 오래도록 내 마음을 따뜻하게 했다.

———

1995년 11월 17일. 생각하는 정원을 방문한 장쩌민 전 중국 국가주석.

나는 관람 중 분재 앞에서 장쩌민 주석에게 이런 말씀을 드렸다.

"분재는 나무가 아름다워서만 가꾸는 것은 아닙니다. 분재를 가꾸면서 깨닫는 진리를 통해 나 자신을 개조해가는 데에 더 큰 의미가 있는 것입니다. 나무에 심취하게 되면,

1. 일이 많아 근면해지고,
2. 오래 가꾸면서 인내를 얻고,
3. 나무는 거짓이 없어 정직해지고,
4. 창의력과 미적 감각을 깨치게 되며,
5. 먼 미래에 대한 기획력도 갖게 됩니다.
6. 또 이웃과는 서로 교류하며 화합하게 되고,
7. 국제 간에는 나무 예술을 통해 평화를 논의하는 중요한 문화·예술이기도 합니다."

그러자 장쩌민 주석은 고개를 끄덕이며 "잘 이해했습니다"라고 했다.

장쩌민 주석의 방문으로 국내외 언론의 관심 대상이 된 우리 생각하는 정원이 크게 주목받았고, 10여 일 후부터는 많은 중국 고위 인사들의 방문이 이어졌다. 또 1998년 3월경에 중국 대외연락부 부부장 리청런李成仁이 우리 정원을 돌아보고 나서 만족스러운 표정으로 내 손을 꼭 잡고 말했다.

"4월에 귀한 분을 모시고 오겠습니다."

장쩌민 주석이 증정한 방문 기념 휘호(왼쪽), 선물(오른쪽).

그 '귀한 분'이 지금 중국의 새 지도자가 된 후진타오 총서기일 줄은 당시엔 미처 몰랐다.

후진타오 중국 국가부주석의 방문

1998년 4월 30일, 당시 국가부주석이었던 후진타오胡錦濤 총서기의 방문으로 생각하는 정원은 다시 한 번 국내외의 주목을 받게 됐다. 외교통상부로부터 후진타오 중국 국가부주석이 제주도 일정에 우리 정원 방문 계획만 잡았다는 연락을 받았다. 관계자는 한국의 중요한 국빈이니 준비를 잘해달라고 부탁했다. 나는 막중한 책임감을 느끼며 준비에 더욱 신경을 썼다. 경북에서 150년생 육송 한 주를 옮겨와 기념식수 준비를 하고 미비한 환경 정비에 힘썼다.

후진타오 부주석 역시 관람 예정 시간을 초과해가며 우리 정원의 연혁과 설명서를 모두 읽고, 분재 하나하나를 세심히 관찰하고 감상했다. 궁금한 점은 내게 묻고, 내 설명을 듣고 나서 다시 나무를 살피는 모습이 퍽 인상적이었다. 그리고 장쩌민 주석 방문 기념비 앞에서 "이곳은 중한 우호 관계의 상징적인 곳입니다"라고 말하며 기뻐했다. 150년생 육송을 기념식수한 후 "이 소나무처럼 중한 우호 관계가 높고 푸르게 발전하기를 바란다"는 말을 남긴 후진타오 부주석은 이어 "생각하는

정원에도 입장객 100만 명 시대가 오기를 기원한다"는 격려도 아끼지 않았다. 또 만리장성이 새겨진 기념품 액자와 휘호를 선물로 주었다.

당시 후진타오 부주석을 수행한 중국 대외연락부의 리청런 부부장은 그 후 국사에 바쁜 와중에도 시간을 내어 나를 초청했다. 아세안 호텔에서 열린 만찬에 초청해 아세아 제2국 탄쟈린譚家林 부국장, 황이화黃依華 통역사 등과 함께 따뜻하게 환대해주었다. 그 후 베이징에 갔을 때도 대외연락부 아세아 제2국 국장 유홍재 씨를 통해 공산당 대외연락부 초대소로 초청해 만찬을 함께 하고 따뜻한 대화를 나누었다. 장쩌민 주석과 후진타오 부주석을 수행한 중국 주한 초대 대사 장팅옌張庭延도 외교부 아주(아세아주)국 부국장 순궈샹孫國祥과 함께 나를 환대해주고 따뜻

한 만찬을 나누며 중한 우호 교류 및 분재와 생태 환경 등에 대해 이야기했다. 그들의 따뜻한 환대는 늘 잊을 수 없는 추억이 되었다.

　나는 장쩌민 주석에 이어 후진타오 부주석의 방문을 준비하고 진행하면서 두 분 모두 예술적 심미안이 뛰어날 뿐만 아니라 겸손하고 온화한 성품의 위대한 지도자라는 것을 알게 됐다. 한 나라의 지도자로서 존경심을 불러일으키기에 충분했다. 또 국내에서조차 그다지 알려지지 않은 우리 정원의 가치를 먼저 인정해주고, 세계적인 작품이라며 격려를 아끼지 않는 모습에 진심으로 감사했다. 그 두 분의 방문은 생각하는 정원이 국외에 먼저 알려진 후 역으로 국내에 알려지는 계기가 되었다.

　후진타오 국가 부주석의 방문이 있은 후 1999년 11월 서울에서 열린

1998년 4월 30일. 당시 후진타오 중화인민공화국 국가부주석이 본원을 방문해 남긴 선물.

한중 관광정책회의에서 중국 여유국(관광부) 장씨친張希欽 부국장은 2000년 6월부터 중국 사람들이 한국을 방문할 수 있도록 한국을 여행 자유국가로 지정했다는 사실을 발표하고 우리 정원을 방문해 칭찬을 아끼지 않았다. 이렇게 정부 요인들의 방문이 이어졌다.

2000년 10월 22일, 주룽지朱鎔基 총리의 본원 방문이 결정되었다. 우리들은 밤을 새워가며 모든 준비를 끝냈다. 경호원들이 대거 대기 중인 당일 갑자기 현대 정몽구 회장과의 해상회담으로 일정이 변경되어 방문이 취소되었다는 연락을 받았다. 중국의 개혁·개방에서 중요한 역할

후진타오 국가부주석이 본원 방문 중 150년생 육송을 기념식수하는 장면.

을 해 13억 중국인의 높은 평가를 받고 있는 총리를 볼 수 있는 기회를 놓쳤다는 생각에 무척 아쉬웠다. 그런데 뜻밖에도 주한 중국대사관 루장路江 참사관으로부터 한중 우호협회 만찬에 참석해주면 감사하겠다는 전화가 왔다. 신라 호텔 연회 석상에서 중국 외교부 의전국 부국장 리쏘우펀李少芬과 통역 찐옌광이 나를 반기며 내 손을 잡고 주룽지 총리 앞으로 데리고 갔다. 주룽지 총리는 생각하는 정원 방문이 일정 변경으로 취소돼 무척 유감스러웠다고 하면서 반갑게 손을 잡아주었다. 한 나라의 총리가 우리 정원에 대해 이처럼 큰 관심을 가지고 다망한 국사 방문 중에 한 농부를 따뜻하게 대해주는 것이 너무 뜻밖이었다. 이렇게 중국과 생각하는 정원의 인연은 점점 더 깊어갔다.

츠하오티엔遲浩田 국방부장이 방문했을 때 나는 중국 군 총수라 엄격한 분이겠거니 생각했다. 처음에 수행원들이 사진도 찍지 말라고 했으니 그런 생각이 든 것도 당연했다. 그런데 예정 시간을 40여 분 초과해가며 정원을 돌아보던 츠하오티엔 국방부장은 연신 감탄하며 사진을 찍자고 하는 등 기뻐서 흥분한 기색을 감추지 못했다. 그리고 "퇴임하면 이곳에 와서 살고 싶어요. 어떻게 주민등록을 내야지요?"라며 농담 섞인 질문을 해 모두 크게 웃었다. 그러고는 "장쩌민 주석께서 방문하셨을 때 TV를 통해 이곳을 보고 나서 한국에 가면 생각하는 정원을 꼭 방문해야겠다는 생각을 했다"고 덧붙였다. 나중에 츠하오티엔 국방부장에게 소나무 분재를 칠보로 수놓은 은접시를 선물했더니 무척 기뻐했다.

이후로도 중앙 및 지방정부 관계자들의 방문이 잇따랐다. 우리나라 신문 지상에 보도되는 중국의 방한 인사 대부분이 우리 정원을 방문했다. 그 외에도 사업차 또는 회의 참석차 방한한 중국 인사들도 일정을 쪼개가며 우리 정원을 방문했다. 이렇게 중국 인사들의 방문이 끊이지 않으면서 우리 정원은 민간 외교의 공로를 인정받아 관광업체로는 처음으로 2001년 외교통상부의 공로패를 받았다.

중국으로부터 한 통의 메일을 받고 20여 일 후 리창춘李長春 상무위원 일행의 방문을 환영하기 위한 준비에 들어갔다. 이와 함께 우리 음식 문화인 김치 담그는 행사도 겸해 준비를 갖추고 100명의 귀빈을 맞았다.

중국의 지도급 인사들이 방한 시 우리 정원을 꼭 방문한 것은 장쩌민 주석이 특별히 우리 정원을 언급했기 때문이었다. 장쩌민 주석이 귀국 후 간부들에게 "한국 제주도에 있는 생각하는 정원은 일개 농부가 정부의 지원 없이 혼자서 세계적인 작품으로 만들어낸 곳이다. 가서 보고 개척 정신을 배우라"고 말했다는 사실을 나는 추후에 전해 듣게 되었다. 경제 부흥에 힘을 쏟고 있던 중국이었기에 그 어느 때보다 열심히 일하는 사람이 존경을 받고 있었다. 중국은 문화·예술에 대한 깊은 전통을 가지고 있었고, 분재문화의 발상지로서 어느 나라보다 분재예술에 대한 관심과 애착이 강했다. 그러나 중국의 많은 문화유산이 전쟁과 문화혁명으로 유실되었다. 그래서 중국 전역에서는 대대적인 생태공원 조

310 _ 생각하는 정원

성과 나무 심기 운동이 벌어지고 있었고 그 운동의 일환으로 우리 정원이 거론되었던 것이다.

특히 중국 사회과학원 부원장은 젊은 엘리트 간부 10여 명을 데리고 와서 정원을 돌아보고 난 후 "우리는 선생을 중국 사회 개혁 모델로 삼으려고 한다"며 세계 유수의 대학에서 박사 학위를 받은 젊은 학자들을 일일이 소개하기도 했다. 나는 중국인들의 그러한 열의를 보면서 부러

2009년 4월 4일. 리창춘李長春 중국공산당 중앙정치국 상무위원과 장관급 인사 방문 모습. 정원 관람은 물론 김치 시연 행사도 함께 했다

움과 더불어 앞으로 세계 최고의 강대국이 될 중국의 저력을 느낄 수
있었다.

중국으로부터의 초대

중국 인사들의 초청으로 나는 수십여 차례나 중국을 방문했다. 장쩌민
주석의 고향인 장쑤성 양저우시의 우둥화 당서기도 우리 정원을 방문
하고 나를 초청했다. 나는 거듭되는 초청에 응하고 중국의 분재 현황을
살필 겸 상하이 식물원과 항저우·쑤저우·양저우시를 방문하기로 했
다. 방문 중 양저우시 양파분경박물관에서 중국 분재협회 자오칭
첸赵庆泉 부회장과 후일을 기약한 것이 계기가 되어 2000년 7월 양파
분경박물관과 우리 생각하는 정원은 상호 협력 약정 조인식을 갖게 되
었다.

양저우시 양파분경박물관은 시립분재원이었다. 전문 분재사가 분재
를 관리하고 있었지만 문화혁명 당시 폐쇄 정책의 여파로 분재 기술은
약간 낙후되어 있었다. 특히 분토로 마사토나 적흑토를 쓰지 않고 흙에
나무를 심었다. 흙에 심게 되면 통기성이 떨어져 나무가 잘 활착되지 않
고, 시간이 가면서 뿌리가 썩을 우려가 있다. 나중에는 뿌리와 흙이 딱
딱하게 굳어 뿌리의 원활한 호흡을 막기 때문에 나무의 수명이 단축되

고 쇠약해질 수도 있다. 나는 양파분경박물관 측에 앞으로 분재를 발전시키려면 필히 마사토를 써야 한다고 권유했다. 그들은 "동감이다. 노력하겠다"라고 대답했지만 양저우시에서 운영하는 곳이라 많은 절차가 필요한 듯했다.

같은 해 베이징 임업대학 주진자오朱金兆 총장으로부터 특강 요청을 받고 원림 담당 교수들과 조경학과 학생들을 상대로 강의를 했다. 강의실은 100여 명이 넘는 교수와 학생들로 만원이었다. 강의 내용 통역까지 3시간여에 걸쳐 진행된 강의에서 나는 우선 세계 분재계의 흐름을 소개하고 전통적인 형식과 유파에 구애된 분재보다는 개성 있는 작품이 선호되는 추세임을 밝혔다. 더불어 이제 중국 분재도 해파니 양파니 하는 전통적 양식을 이어나가는 한편 세계적 흐름 속에서 발전시켜야 한다는 점을 강조하며, 분재 작품은 반드시 경제성과 연계되어 있어 기호자에 의해 발전 속도가 좌우될 것이라고 했다. 그러기 위해서는 우선 시급히 분토를 개선해야 한다는 점을 강조했다. 그리고 가로수 식재와 같은 조경에서도 광활한 국토와 지역의 특성을 살려 지방 또는 지역마다 기후에 따라 개성 있는 나무로 가로수를 심으면 그것 또한 훌륭한 관광자원이 될 것이라고도 말했다.

강의를 마친 후 관계자로부터 다음 날 중국 전역에 원림정책회의가 있으며, 거기에 내 강의 내용이 적극 반영될 것이라는 얘기를 전해 들었다. 그 순간 나는 놀라우면서도 중국인들의 높은 관심에 깊은 감사와 동시에 책임감과 두려움을 느꼈다.

얼마 후에 중국이 아끼는 세계적 조각가인 난징 대학의 우웨이
산吳为山 조소과 교수로부터 초청을 받아 난징 대학에서 강의를 하게
되었다. '분재와 인간'이라는 주제로 내가 나름대로 느껴온 것을 3시간
가량 강의했다.

이듬해인 2001년, 나는 다시 양저우시 인민정부로부터 초청을 받고
중국 전역에서 모인 수십여 명의 분재가들을 상대로 '한국, 중국 등 세
계 분재계의 동향'이라는 주제로 특강을 했고, 또 양파분경박물관 명예
원장으로 추대되기도 했다.

2002년 5월, 중국 전 농민을 위한 복지 분야 천현공정운동(일종의 새
마을 운동) 1주년 기념식에 우리나라 각 분야에서 선출된 8명과 함께 외
국인 농부로서는 내가 유일하게 초청되었고, 인민대회당 소회의실에
서 내가 걸어온 '농부로서의 삶'을 발표했다. 또한 우리 일행은 국빈이
머무는 조어대에서 휴식까지 취하는 영광을 누렸다. 귀국 후 우리 정원
을 방문한 류치 베이징 시장으로부터 베이징시 녹화사업에 협조 요청
을 받기도 했다.

2004년 10월, 중국 랴오닝성 선양에서 2006년에 주최하기로 한 '세계
원예 박람회' 환경 상담을 위해 중국 선양시 정부의 초청을 받았다. 그
동안 중국 지도부의 배려와 애정에 항상 감사하는 마음을 가지고 있던
나는 어떤 계기가 있어 중국에 기여할 수 있는 역할이 주어진다면 협조

하리라는 생각을 늘 하고 있었다. 그리고 현재 중국 전역에서 분재예술과 조경에 대한 붐이 일고 있어 수년 내에 큰 변화가 오리라는 확신도 함께 갖고 있었다. 나는 그들의 초청에 흔쾌히 응했다. 선양으로 가서 한창 가동 중인 세계원예박람회 공사 현장을 돌아보고 천쩡까오陳政高 시장을 만나 의견을 청취한 뒤 견해를 밝혔다.

세계원예박람회에 내놓을 선양 시수市樹가 있어야 하며, 이 나무는 선양의 정신을 가장 잘 구현할 수 있어야 한다는 내용을 담아 중국 분재 전문가에게 큰 반향을 일으켜 언론에 보도되었다.

중국을 방문할 때마다 이렇게 극진한 대접을 받았다. 한낱 농부인 내가 이와 같은 대접을 받아도 되는 것일까 싶을 정도로 그들의 태도는 매우 정중했다. 이렇게 지극한 정성으로 나를 맞이하고, 나와 대화하기를 원하고, 내 강의 내용을 적극적으로 정책에 반영하는 중국 지도층의 모습은 내게 큰 감동을 주었다. 그들은 탁상공론보다는 현장의 소리에 귀 기울일 줄 알았다. 그리고 나라의 발전을 위해서라면 나 같은 외국인 농부에게까지 자문을 구하는 것도 개의치 않았다.

나는 수많은 중국 지도자들을 만나면서 많은 것을 배우게 되었고, 중국 문화를 더 많이 이해하며 사랑하게 되었다. 그들은 겸손하고, 문화·예술에 심취해 있었다. 분재를 감상하는 태도에서도 깊이 이해하고 배우려는 모습이 역력했다. 그들과 대화를 나누다 보면 저절로 고개가 끄덕여지고, 감탄이 우러나왔다.

중국 언론의 평가

사람은 자신을 인정해주는 사람과 일하고 싶어 한다. 나도 나를 인정해주는 중국이라는 나라에 애정을 느끼고 그들과의 교류에도 최선을 다하게 되었다. 그들의 강의 초청을 수락했고, 그들이 방문하면 정성껏 대접했다. 중국 언론에서도 우리 정원에 관한 보도가 잇따랐다. 〈인민일보〉와 각 TV 방송, 상하이 〈신민만보〉, 상하이 〈문회보〉, 〈광명일보〉 등에 외국인 농부인 내 이름과 우리 정원이 수시로 오르내렸다.

중국은 개혁·개방을 통해 경제가 급성장기에 있기 때문에 경제 고찰을 위주로 하는 정부 차원의 고찰단考察團 방문이 이어졌다. 장쩌민 국가주석, 후진타오 국가부주석, 주룽지 총리, 츠하오티엔 국방부장 등 최고 지도자들에 이어 성장, 시장들, 국가 급의 경제 고찰단, 과학 고찰단, 원림 고찰단, 환경 고찰단, 청년 대표 방문단, 신문 취재단 등 수많은 고찰단이 우리 정원을 방문했다.

그때마다 중국의 관계 분야 국가 급 언론들에 의해 우리 정원이 소개

윤노리나무의 봄과 가을. 생각하는 정원의 가치를 인정해주고 격려를 아끼지 않는 중국 지도자들의 모습을 보며 나는 중국이라는 나라에 깊은 애정을 느끼게 됐다. 그러는 한편 앞으로 나는 우리 후손들에게 무엇을 남겨줄 수 있을 것인가를 고민하게 됐다. 그리고 그것은 바로 내가 가지고 있는 모든 것이라는 결론에 이르게 됐다.

되다 보니 〈인민일보〉에만 여섯 차례나 보도되는 등 전국의 많은 언론에 다양하게 보도되었다.

장쩌민 주석이 방문한 1995년 11월 17일은 당시 〈인민일보〉 총편집장이던 판징이范敬宜 선생이 같은 해 10월에 우리 생각하는 정원을 방문하고 쓴 관람기 〈신병매관기新病梅館記〉라는 장문의 글이 최초로 〈인민일보〉에 게재된 날이기도 하다. 판징이 선생은 어린 시절 〈병매관기〉라는 글을 읽고 분재에 대해 부정적인 생각을 갖고 있었는데, 정원 관람로에 쓰인 글을 다 읽고 나니 생각이 전환되었다고 했다. 판징이 선생의 〈신병매관기〉를 통해 중국의 지도부가 분재문화에 대해 새롭게 인식하는 중요한 계기가 된 것이다. 판징이 선생은 정원 방문 당시 관람하는 내내 우리 정원에 대해 호의를 보였고, 특히 내가 맨손으로 황무지를 개간해 지금에 이르렀다는 역사관의 글을 읽고 나서는 더욱 찬사를 보냈다.

그는 관람하는 동안 정원 내에 적혀 있는 글을 하나도 빼놓지 않고 다 읽었는데 나는 그것을 보고 놀라움을 금치 못했다. 또 나는 무엇보다 그의 정중한 태도와 겸손함에 끌렸다. 판징이 선생과의 인연은 그렇게 시작되어 1년 뒤에 내가 중국을 방문해 처음 만남을 가진 이후 수시로 연락을 주고받았고, 두터운 교분을 쌓아가는 사이로 발전했다.

청나라 때의 유명한 작가 공자진龔自珍이 쓴 〈병매관기 〉로 인해 중국 분재는 왜곡되는 불운을 겪었다. 그후 지도부로부터 부정적 계기를 맞게 되었다가 〈인민일보〉 총편집장 판징이 선생의 생각하는 정원 방문을 통해 왜곡된 문화를 바로잡는 계기가 되었다.

장쩌민 주석이 방문한 날짜에 판징이 선생이 〈신병매관기〉를 발표하면서 중국 분재는 좋은 문화로 다시 부활하는 계기를 맞았다.

나는 근년에 와서 1년에 네다섯 차례 중국을 방문했다. 본원을 방문하는 인사들로부터 여러 차례 초청을 받았기 때문이다. 그러나 정원의 작업 일정 때문에 2003년에는 시간을 낼 수 없었다. 그러던 중 11월에 장옌농張研農〈인민일보〉사 총편집장이 방문했다. 그 일행은 우리 정원의 아름다움과 조성 과정에 크게 감동하며 다음과 같은 귀한 글을 남기고 돌아갔다.

"제주도에는 선경이 많지만 극치는
생각하는 정원이네. 현대에 전통을 이
어받고 중한 친선 깊이 새기네"
- 장옌농〈인민일보〉총편집장이 남긴 글

귀국 후 그는 〈인민일보〉에 '분재와 인생盆艺与人生'이라는 칼럼을 통해 생각하는 정원과 나에 대한 격찬의 글을 실은 것은 물론, 나를 2004년 5월 베이징 본사로 초청했다. 장옌농 총편집장은 베이징 올림픽을 앞두고 온 나라가 조경 때문에 법석이라며 인터뷰를 요청했다. 나는 놀라며 "아니, 대국에서 세계적 석학을 불러 인터뷰를 하셔야지 저같이 부족한 농부가 해서 되겠습니까?"라고 하니 장옌농 총편집장은 "우리는 세계적 석학이 필요 없습니다. 원장께서 바로 세계적 조경가가 아니십니까?"라고 해 한바탕 웃었다.

그렇게 화기애애한 분위기 속에서 수목과 분재에 관한 많은 이야기를 나누었고, 그는 내게 약 3m쯤 되는 귀한 산수화를 선물로 주었다. 나는 기자와 통역을 데리고 호텔로 돌아와 2시간가량 내가 지금까지 중국의 조경에 대해 느낀 점과 앞으로 중국이 지향해야 할 식수에 대한 소견을 인터뷰했다. 이 인터뷰는 나중에 '식물 경관을 도시에 부를 가져다주는 보물로 만들자让植物景观成为城市宝贵财富'라는 제목으로 〈인민일보〉에 크게 게재되었다.

한국도 1950년 6·25전쟁 직후 경제가 어려워 산의 나무들을 모두 화목으로 잘라서 태워버린 역사가 있다. 산마다 벌거벗은 황산이었다. 박정희 대통령에 의해 전 국민이 식수 운동을 수년간 전개했고, 지금에 와서 온 산이 푸르게 되었다. 국가 발전 초기에는 벌거숭이산에 나무를 심고, 거리에 가로수만 있으면 되었다. 경제가 어느 정도 수준에 이르자 정부부터 주민에 이르기까지 새로운 욕구가 생겨났다. 경제 효과뿐 아니라 나무의 품종이 우수하기를 바랐고, 아름다운 풍경이 되어 관광객을 유치하는 데 도움이 되기를 바랐다. 또 정신문화와 국가의 이미지를 잘 나타낼 수 있는 자연의 일부분이 되기를 바랐고, 토양이 좋은 곳에는 우수한 수종으로 갱신해 경제림으로 바꾸어나가는 작업이 꾸준히 진행

되기를 바랐다.

중국도 이 단계들을 하나하나 거치는 것 같다.

나는 중국의 남방과 북방의 여러 도시를 돌ㅇ 보았다. 방문할 때마다 녹화가 눈에 띄게 달라졌다. 개혁·개방을 하고 있는 중국 정부에서 녹화를 아주 중시하고 있기 때문이다. 전국 각 지방만 해도 첫 번째와 세 번째 방문 때의 녹화 풍경이 달라졌다. 풍경 미화를 위해 딴 곳에서 나무를 옮겨 심은 것이다.

〈인민일보〉의 주징뤄朱亮若 기자는 통역 쉬버徐波와 함께 2시간 남짓 나를 인터뷰했다. 중국의 원림 상황에 대한 의견을 하나하나 적더니 내가 실제로 목격한 강소 이수 작업을 실례로 들어 '식물 경관'이라는 기사를 발표했다. 그는 정부가 안목을 더 넓혀 다른 나라의 경험을 받아들이고, 10년 혹은 20년 후 사람들의 심미적 요구를 인식해 계획을 세워 실천하자고 강조했다. 부족한 내가 세계적으로 권위 있는 〈인민일보〉에 대여섯 차례나 게재되는 영광을 안은 것이다. 한번은 중국의 지도자와 세계의 지도자들을 중심으로 취재하는 잡지 〈중화영재〉 총편집장인 왕쇼핑王霄鵬 의 인터뷰 요청이 있어 본사를 방문해 기자와 인터뷰를 하게 되었다. 2001년에 생각하는 정원과 나에 대한 격찬의 기사가 〈중화영재〉에 게재되었다. 어느덧 왕쇼핑 총편집장과 세 번째 만남을 갖다 보니 그는 나를 정다운 친구로 환대해주었다.

中華 盆景艺术 从這裡 傳向世界
我们将把這裡的人文精神带回中國

潘岳 走贈全世界最有名的
農夫成范永先生於云丹亭
三月二十三日

판웨_{潘岳} 중국국가환경보호총국 부국장의 글.

"분재의 시작은 중국에서 먼저 했지만이제 중화분재예술이 이곳에서 시작되어 전 세계로 퍼져 나갑니다. 우리는 이곳의 인간 정신을 중국으로 가져가야 할 것입니다. 전 세계 최고의 존경을 받는 농부 성범영 선생께 바칩니다."

2004년 10월 15일, 〈중국환경보〉에 리스李實 기자가 쓴 '생태 우공과 그의 섬 생애生态愚公与 的驻岛生涯'라는 제목의 장문이 발표되었다. 기자는 글에서 "그의 생각하는 정원은 미에 대한 인류의 탐구와 그 경지를 대지에 뿌리 내리게 함으로써 녹색 생명이 만들어낸 아름다움과 완벽한 배치로 인류의 심미 가치와 생각의 경지를 구현했다. 성범영 선생이 창조한 이 생각하는 정원은 고상하고 우아하고 아름다운 생명의 노래로서 국내외 관광객이 감탄하는 걸작이다"라고 썼다.

중국 최고급 국방부 직할 부대 기관지인 〈광명일보〉의 부편집장 리징루이李景瑞를 비롯한 류씨첸劉希全, 룽쥔龍軍은 2005년 2월 '성범영과 그의 분재예술원'이라는 제목의 글에서 "제주도 북제주군 한경면 저지리에 자리 잡은 생각하는 정원은 환상적인 곳이다. 황무지이던 이곳을 이처럼 아름답게 만든 것은 성범영 원장의 집념과 노력 덕분이다"라고 평했다.

이렇듯 일일이 다 열거할 수 없을 정도로 중국의 많은 언론사에서 인터뷰를 요청해왔다.

그들은 나를 전문가로 인정하며 내가 겪어온 한국 원림의 발전사와 중국을 여러 차례 방문하며 느낀 점, 정원 조성 과정, 내 인생 철학, 세계 분재계의 동향 등 수많은 질문을 쏟아놓는다.

나는 앞으로도 언론사의 인터뷰나 강의를 통해 교류를 계속해나갈 것이다. 나는 지금까지 농부로 살아왔고 앞으로도 농부로 살아가겠지만, 내가 알고 있고 갖고 있는 모든 것은 우리나라와 인류를 위해 쓰고 싶기 때문이다. 또한 그것이 내가 생각하는 정원을 통해 현대인들이 아름다운 생태 환경 속에서 심리적 안녕과 정신적 위안을 받기를 바라는 작은 마음이며, 문화·예술을 통한 한중 간의 교류로 양국의 우의 증진을 이루는 데 보탬이 될 것을 믿기 때문이다.

명사들이
남기고 간
이야기

기 술 과 돈 과 시 간 과 집 념 이 만 들 어 낸 작 품

1996년, 제임스 레이니 주한 미국 대사가 80세 노모의 생일을 맞아 가족 여행을 하던 중에 우리 정원을 방문했다. 그러나 처음에는 별로 기대치 않았던 모양이다. 레이니 대사가 가족 여행 중에 우리 정원을 찾은 데에는 이유가 있었다. 대사가 우리 정원을 방문하기 전에 70여 명의 주한 외교사절단이 부부 동반으로 우리 정원을 다녀갔었다. 그때 참석하지 못한 레이니 대사가 그 후 생각하는 정원을 방문한 주한 외교사절단으로부터 우리 정원이 분재정원이라는 얘기를 전해 들은 것이다. 분재에 관심이 많던 레이니 대사는 일본도 아닌 한국에 분재정원이 있다는 말

에 반신반의하면서 우리 정원을 방문한 것이다.

그냥 둘러보고만 가려고 했기 때문에 대사는 통역을 통해 따로 연락을 취하지도 않았고 조용히 입장해서 정원을 둘러보았다. 그런데 2코스 중간쯤에서 마음이 바뀌었다. 아무래도 이곳 주인을 만나봐야겠다 싶어서 나를 찾은 것이다.

산딸나무. 국적과 활동하는 분야가 다름에도 한결같이 식물을 사랑하고, 나무의 아름다움을 찾으려는 사람들의 모습을 보면서 나는 나무가 세계를 하나로 만들 수 있다는 사실을 실감했고, 또 내가 하고 있는 작업에 대해 자긍심을 느낄 수 있었다.

레이니 대사는 체격이 좋고 서글서글한 인상이었다. 2코스 중간에 있는 향나무 앞에서 나를 기다리고 있던 대사는 나를 보자마자 악수를 청하고 포옹을 했다.

대사는 자신이 분재를 좋아해서 일본에 있을 때 전역을 다니며 분재정원을 구경했지만 일본에서도 이런 곳을 보지 못했다며, "일본에 없다면 이것은 세계적 작품이다"라고 찬사를 보냈다. 당시는 개원 초였고, 여러 가지 미비한 점이 많은 상태였다. 또 서양인으로서 우리 정원을 두고 세계적 작품이라고 평가해준 사람도 없었다.

대사와 나는 화기애애한 분위기 속에서 차를 마셨다. 나는 무엇보다도 분재정원은 기술과 돈과 시간과 집념이 없이는 못 만든다는 레이니 대사의 말에 놀라움을 감출 수 없었다. 분재정원을 열기 위해 3년간의 난공사를 몸으로 체험한 후 개원했지만 앞으로도 공원을 계획대로 완성하려면 얼마나 더 많은 시간과 자금이 필요할지 몰라서 내심 초조해하던 시기였다. 일본의 분재공원 '서상원'마저 설립자가 타계한 후 문을 닫은 상태였다. 기술과 돈, 시간, 집념을 거론하는 대사의 지적은 너무나도 정확했다. 국내에서는 분재 자체에 대한 관심도도 낮고 이러한 어려움에 대해 알아주는 이도 없었던 때라 레이니 대사의 격려와 찬사는 내게 커다란 힘이 됐다.

분재공원을 만드는 어려움은 1994년에 일본의 다카키 분재미술관 회장을 만났을 때도 절감했다. 나는 그를 도쿄에 있는 다카키 분재미술관 분관에서 만났는데, 7~8층 건물의 옥상에 분재를 전시해둔 상태였다. 당시 미스코시 백화점을 운영하고 있던 그는 1997년 개원을 목표로 다카키 분재미술관 공사를 하고 있었다. 이미 1997년에 그곳에서 세계분재대회를 개최하기로 예정된 상태였다. 분재공원에 대한 열의가 대단하던 그는 이미 분관 건물 75평에 이르는 지하 창고에 오동나무 상자속에 골동품 화분을 가득 수집해놓은 상태였다. 그러나 돈이 너무 많이 들어가서 걱정이라며 "중동의 석유 파는 왕자들이나 해야지 나같이 가난한 사람은 못 하겠다"고 엄살 섞인 하소연을 했다. 얼마 후 이유는 정확히 알 수 없으나 다카키 분재미술관 공사는 중단됐고, 세계분재대회도 취소됐다. 지금도 일본에서 우리 정원을 찾아오는 분재 애호가들에게 다카키 분재미술관 공사가 언제쯤 완공될 것 같으냐고 물어도 '잘 모르겠다'는 대답이 돌아올 뿐이다.

나는 가끔 그가 한 말 중 '석유 파는 왕자들이나 해야지'라는 대목이 떠오를 때면 쓴웃음을 짓곤 한다. 우리 속담에 '내 손이 내 딸이다'란 말이 있다. 모든 것을 돈으로 하려면 분재정원 일은 끝도 없고 시작도 없다. 다시 말해서 나무 마디마디, 가지가지마다 대화가 오가야 하고 내 몸의 혈관같이 다루어야 하는 것을 어찌 돈으로만 해결할 수 있단 말인가.

그러고 보면 우리 정원은 일본과도 인연이 깊다. 1994년 사쓰 가쓰오 삿포로 관광연맹회장이 80여 명의 인사와 함께 방문한 이래 2000년 한일 연안 해협 8개 시·도·현 지사 방문을 비롯해 분재 애호가들의 방문이 끊이지 않았다.

그중 스미토모 그룹 회장의 방문은 특히 인상적이어서 잊히지 않는다. 그가 방문하기 전에 일본에서 답사팀이 먼저 다녀갔을 정도였다. 나중에 전해 들은 바로는 일본에서 굉장히 유명한 재력가라고 했다.

회장 내외분이 도착하자 정문에서 비서진이 다음 일정상 20분밖에 시간을 낼 수 없다는 말을 먼저 전해왔다. 그래서 나도 부리나케 걸어가며 안내를 하기 시작했다. 그러나 두 내외분은 시간에 구애받지 않았고, 정원의 역사를 간략하게 정리해놓은 역사사진실까지 천천히 관람했다. 1시간 가까이 정원을 둘러본 후 "어떻게 만들었는지 도저히 이해가 안 간다"며 감탄했고, 20분밖에 시간이 없다더니 2시간이 넘도록 우리 정원을 관람했다. 그는 귀국 후에도 편지를 보내왔다. "선생을 만나게 된 것은 일생일대의 영광이었다며 지속적으로 발전하기를 기원한다"는 내용이었다. 분재가 얼마나 사람의 마음을 온통 빼앗을 수 있는지 다시 한 번 느낄 수 있던 기회였다.

다양한 나라, 다른 분야 사람들의 한 가지 반응

1997년 방한한 마카오 총독도 해외 언론에 소개된 우리 정원에 관한 특

집 프로그램을 보고 찾아왔다. 외교부의 초청으로 제주도를 방문한 그
는 "와서 보니 TV에서 본 것보다 더욱 아름답다", "세계적 작품에 놀랐
다"며 동행한 카메라 기자들에게 마카오에서 생각하는 정원 특집 방송
을 하자고 인터뷰를 요청하기도 했다. 방문을 마치고 귀국한 총독은 며
칠 지나지 않아 내게 초청장과 화보집을 보내왔다. 그러나 1997년 이후
해외 유명 인사들의 방문이 이어졌고, 정원 공사도 계속되고 있었기 때
문에 틈을 내기가 쉽지 않았다.

　내가 마카오를 방문한 것은 총독의 초청이 있고 2년이 흐른 뒤였다.

1999년 바스코 로샤 비에이라 마카오 총독 관저에서.

포르투갈령 마카오가 중국 반환을 1년 앞두고 있는 시점이기도 했다. 나는 다시 방문해달라는 전화 요청을 받고 급히 시간을 내어 홍콩으로 가서 배를 타고 마카오로 건너가 총독 관저를 찾았고, 마침내 바스코 로 샤 총독과 만났다. 포르투갈 장군 출신인 총독은 나를 따뜻하게 맞아주 며 차량과 가이드는 물론 5성급 호텔과 식사 등 마카오 여행에 불편이 없도록 배려해주었다. 융숭한 대접이었다. 영빈관 면담 시에 총독은 "세계적 작품을 만들었으니 부러울 게 없겠다"라고 말하며 나를 격려 했다. 세계적 작품! 나는 총독의 환대와 높은 평가에 고무되기보다는 무거운 책임감을 느꼈다.

2000년 이후 우리 정원이 해외에 널리 알려졌다는 사실을 실감하게 됐다. 국내외 정치가를 비롯해 식물학계 인사들, 군 장성들, 각국의 석 학들, IOC 위원, 유명 언론인 등의 방문이 이어졌다. 그들은 한결같이 정원의 설명문을 빼놓지 않고 읽었다. 국적과 활동하는 분야가 다름에 도 한결같이 식물을 사랑하고, 나무의 아름다움을 찾으려 애썼다. 나는 그와 같은 모습을 통해 나무가 세계를 하나로 만들 수 있다는 사실을 실 감했고, 내가 하고 있는 작업에 대해 자긍심을 얻게 됐다. IMF 이후의 큰 시련 뒤에 얻은 자긍심이었기에 내겐 더 소중했다.

2000년 봄에 방문한 몽골 국회의장이나 야당 당수도 그런 모습을 보 여주었다. 첫눈에 신사라는 인상을 풍기던 당시 몽골 국회의장은 "자연 과 식물을 예술로 승화시켰다"며 진지한 태도로 분재들을 감상했다. 몽

골 야당 당수는 여성이었는데 너무도 세심하게 나무 하나하나를 관찰했다. 그리고 감동이라는 말을 연발했다. 그들의 감상 태도를 통해 나는 몽골이란 나라를 다시 보게 되었다. 그들의 태도는 매우 겸손했고 진솔했다. 그가 방명록에 남긴 '우리가 정보 속에서 잃어버린 지혜를 어디에서 찾을까요?'라는 대목을 나는 아직도 기억하고 있다.

명자나무

러시아에서 온 인사들에게서는 조금 더 독특한 느낌을 받았다. 푸틴 대통령 특별 보좌관을 비롯해 군 서열 5위의 토츠키 국방 수비 대대장 등의 장성급 인사들과 하원의원 등이 우리 정원을 방문했다. '예술의 도시 모스크바'라고 했던가, 그들의 감상 태도와 심미안은 군인이나 정치가가 아니라 예술가의 그것이었다.

느릅나무

Dear Bum Young Sung,
Congratulations to your work and life!
This wonderful garden reminds us of transience of life
Yet it also tells us that in such a short period of life
humans can change their lives to the better. As T. Eliot
said: "Where is the wisdom we lost in information?" in
today's information age. We find wisdom here.

Thank you
Mongolian Parliament Delegation:
S. Oyun, U. KHUREDSUKh, R. Toya
19 April, 2002

2002년 4월 18일. 산자슈레긴 어용 몽골 민의당 당수.

친애하는 성범영 씨

당신의 생의 작업에 경하드립니다. 이 놀라운 정원은 우리에게 인생의 무상함을 일깨워주는군요. 그럼에도 또한 이 정원은 비록 짧은 인생이지만 인간은 자신의 삶을 보다 나은 방향으로 발전시킬 수 있다는 것을 알려줍니다. 《황무지》의 작가가 얘기했듯 "우리가 정보 속에서 잃어버린 지혜들은 어디로 갔을까요?" 오늘날 정보의 시대에 사는 우리는 그 지혜를 이곳에서 찾았습니다. 감사합니다.

J' ai trouvé ici la grande philosophie. The one that links spiritual and sensorial. It remembers me a sentence of our great religious master, St BERNARD (13° / 14° century?) : « You will learn more in the woods than in books. Rocks and trees will teach you secrets that no one can teach you »

PBabin
directeur CREC AVEX, Lyon - Fr.

2001년 7월 18일. 프랑스인 신부 크렉 알렉스

이곳에서 나는 위대한 철학을 발견했습니다. 이곳은 열정과 오감의 연결장입니다. 이 장소에서 나는 가톨릭교회의 성인이신 성 베르나도(14세기경)께서 말씀하신 다음의 문장을 떠올리게 되었습니다.

"우리는 책보다도 숲 속에서 더 많은 것을 배울 수 있습니다. 바위와 나무들은 그 누구도 가르쳐줄 수 없는 '비밀'들을 우리에게 가르쳐줄 것입니다."

Делегация депутатов Государственной Думы
Российской Федерации
выражает глубокое восхищение созданой красотой!
Красота спасёт мир! Мы увозим
в разные уголки России частицу этой красоты.
С благодарностью!

Депутат Государственной Думы
депутат государственной Думы -
- летчик-космонавт, Герой Р.Ф.
Депутаты ГД

Советник Г.Д.

Клюс Б.А.
Кешш / Кондаков Е.В
Резин Резин Б.А.
Нефёдов А.А.
Доров А.В

나는 러시아 고위 인사들의 높은 예술 감각에 감동해 우리 정원 설명문에 러시아어를 게재했다.

한국이 낳은 세계적인 바이올리니스트 정경화 씨의 방문 때도 나는 그의 천진난만함에 놀랐다. 직원과 함께 정원을 돌아보고 난 그는 "평생 세계 곳곳을 다녀봤지만 세상에서 가장 감동적인 곳이다"라는 말과 함께 나를 포옹하며 어린아이처럼 기뻐했다.

하버드 대학교의 스컬리 박사는 "살아 숨 쉬는 것에 대한 철학적이고 아름답고 놀라운 접근 방법이다. 아주 아름답고 훌륭한 경험이 되었다"라고 표현했고, 노스웨스트 미주리 주립대학교의 딘 하버드 총장은 "이런 곳을 본 적이 없다. 감사하다. 나무를 보살피는 정성과 이것을 인생에 접목한 철학이야말로 이 정원을 방문해 느낀 풍요로운 경험이다"라고 적었다.

재미있는 글을 적어준 이도 있다. 아가니 주한 인도네시아 대사는, "이 정원을 만든 분은 다음과 같은 사람일 것입니다"라고 쓰고 번호를 매겨가며 "1. 식물학에 고명한 지식을 가진 분 2. 인내력이 강하고 치밀

2006년 4월 14일. 러시아 클류스(하원 에너지위원회 부위원장), 콘다코바, 네표도프, 레즈닉 의원.
여기에 와보니 원장님의 노고가 나무마다 고스란히 담겨 있고, 도스토옙스키가 얘기한 "아름다움이 세계를 구원한다"라는 말의 의미를 다시 느낄 수 있습니다.

한 분 3. 높은 예술성을 겸비한 분 4. 어린아이를 다루듯 사랑과 애정을 가진 분. 위의 심성을 갖추지 않으면 이렇듯 세계적으로 유명한 정원을 창조할 수 없을 것입니다"라고 장문의 글을 남겼다.

그의 분석이 맞을까? 쑥스러운 일이다.

2002년에 방문한 김광림 특허청장은 "가장 한국적인 것이 가장 세계적이고 귀한 신지식재산입니다. 대한민국의 가장 자랑스러운 신지식재산, 정원!"이라고 썼다.

나는 가보지는 못했지만 손님들로부터 스페인 바르셀로나의 구엘 공원에 관한 이야기를 많이 듣게 되었다. 세계적 건축가 가우디가 만든 구엘 공원이 바르셀로나 시민을 다 먹여 살린다고도 들었다. 언젠가 제주도 애월에서 태어나 살다가 스페인으로 이민을 가 태권도 사범으로 활약하고 있는 김부향 씨가 우리 정원을 찾은 적이 있었다. 그는 우리 정원을 보고 "유럽 사람들이 가장 좋아하는 스타일이다. 어떻게 이런 구상을 시도했느냐"고 물으며 구엘 공원 이야기를 했다. 또 경북대학교 건축과 출신의 여건축사는 스페인에 가서 가우디 건축학을 몇 년간 연구하고 왔지만 "나는 이곳이 구엘 공원보다 더 아름답고 좋다"고 말했다.

36년간 농부로 살아온 내 능력으로 분재정원을 만드는 것은 벅차고 불가능한 것이었다. 다만 나무를 사랑했고, 아름다운 얼굴을 찾아주고 싶었고, 자연의 아름다움은 나라와 국적을 불문하고 하나로 통한다는 그 마음으로 많은 난관을 헤치며 여기까지 왔다.

우리 정원을 방문한 수많은 귀빈이 남긴 메시지는 모두 따뜻한 격려와 감동의 숨결이 고스란히 느껴지는 글귀들이다. 나는 그 메시지들을 볼 때마다, 그리고 그들이 포옹으로, 악수로, 감탄으로, 내 노고에 경의를 표하고 진지한 대화를 원할 때마다 내가 그동안 옳게 살아왔구나 하는 안도감을 느끼게 된다. 또 자신의 분야에서 능력을 인정받은, 남다른 안목과 식견을 겸비한 전문가들의 까다로운 잣대로 능력을 인정받았다는 것은 내게 자긍심과 새로운 목표, 희망을 주었다.

세계인과의
만남

웃음으로, 포옹으로

세계 각국에서 한국을 찾은 많은 귀빈이 우리 정원을 방문한다. 바쁜 일
정에도 불구하고 우리 정원을 찾아주는 데 대해 감사할 뿐이다. 나는 민
간외교관이란 자부심을 갖고 그들이 아름다운 한국을 마음속 깊이 새
기고 갈 수 있도록 정성을 다해 안내하고 환대한다. 그래서 그들이 감동
하고 감격할 때 큰 보람을 느끼지 않을 수 없다.

　2000년 PATA 총회에 참석한 유럽 각국의 여행사 관계자들과 기자단
이 우리 정원을 방문했다. 한국관광공사 초청으로 내한한 그들은 서울,
경주, 안동, 부산을 거쳐 마지막으로 제주도에 왔고, 우리 정원을 찾았

다. 관광 전문가들인 만큼 어떤 반응을 보일지 궁금했다. 관람 도중 그들의 입에서는 "뷰티풀!", "원더풀!"이라는 탄성이 연신 터져나왔다. "이곳이 한국 여행의 하이라이트이다", "이곳을 일찍 보여주었으면 우리가 여러 날 동안 시간 낭비도 않고 고생하지도 않았을 텐데", "이곳 하나 보러 한국에 왔다. 한국에서는 이곳과 코스를 함께 잡을 곳이 없다. 일본하고 코스를 잡을 수밖에 없다" 등등 그들의 반응은 대단히 호의적이었다.

추후에 방문한 미국 워싱턴 소재 국제 여행 디자인 회사의 케니 안 사장도 "한국에서 많은 것을 보았지만 생각하는 정원이 최고였다"며 좋아했고, 귀국 후 "생각하는 정원을 방문할 여행단을 모집했다. 사람들이 생각하는 정원을 방문해 감동할 생각을 하니 가슴이 뛴다"는 내용의 이메일을 보내왔다. 그리고 그는 제주도 방문에 대해 의논하고 싶다며 내게 워싱턴을 방문해달라는 요청도 해왔다. 하지만 여건상 방문 요청에 응할 수가 없었다. 비엔나에서 온 여행사 사장은 "정부에서 얼마나 지원을 받았기에 이 어려운 작업을 했느냐"며 꼬치꼬치 묻는 통에 곤혹스러웠고, 이탈리아 기자는 그간 돌아본 한국 관광지 중에서는 안동 하회마을이 가장 나은 것 같았으나 원형 보존을 잘해놓지 못해 실망하고 나왔는데 이곳 정원이 하이라이트이다"라고 말했다.

2001년 미국 CNN 여행 전문 프로그램 〈핫 스폿 시티 투어〉에 우리 정원이 소개되면서 이를 보고 찾아오는 외국인들도 생겨났다. 호주의 채널 9 TV 방송에 소개된 우리 정원을 보고 일부러 찾아왔다는 호주인도 여럿 있었다. 2000년에 들어서면서부터 중국, 일본 관광객에 비해 상대적으로 적었던 미주, 유럽 관광객이 눈에 띄게 늘기 시작했고, 남아공이나 나이지리아 등지에서도 우리 정원 하나를 보러 프랑스를 거쳐 한국에 왔다는 관광객도 있다. 그들은 멀리서 찾아온 만큼 세심하게 정원 곳곳을 살피고 관찰한다. 한국, 중국, 영국, 일본, 러시아 5개 국어로 된 설명글도 꼼꼼하게 읽는다.

어떤 분은 작품을 남겼다. 사이판과 중국, 국내 작가들로부터 그림, 서예, 동양화 등등 귀한 작품을 다량 기증받았다. 명사들은 휘호로 우리 정원에 대한 사랑을 남겨두기도 했다. 따로 전시실을 마련해야 함에도 아직 창고에 쌓아두다시피 하고 있다.

미국에서 관광학을 공부하고 있다는 젊은이는 "제가 세계를 다니며 좋은 곳은 다 보았습니다. 특히 요 며칠 동안은 일본 전국을 순회하면서 많은 감동을 받았습니다. 그런데 오늘 이곳을 보고 나니 일본에서 받은 감동이 온데간데없습니다. 그래서 너무 감격스럽고, 또 우리나라에 이런 세계적 작품이 있다는 사실에 자긍심이 생깁니다"라고 말하며 몹시 기뻐했다. 그러고는 작은 정성이라며 100달러를 기부하고 돌아갔다.

2002년에 방문한 나이지리아 장관도 관람 내내 "아름답다", "감동적이다"를 연발하며 몹시 즐겁게 관람을 했다. 멀리서 온 분이었기에 기

윤노리꽃, 산딸꽃. 외국인 방문객들이 남긴 메시지는 나와 우리 직원들에게 더없는 격려일 뿐
아니라 벅찬 자긍심을 불러일으킨다.

This garden is the most beautiful, serene, and
spiritual place that I have visited; and I have
travelled widely. The founder is truly an unique
individual who has contributed greatly by sharing
a set of valuable lessons concerning life, our
relationships to nature, self growth, and respect for
all living things. I am honored to have been in
his presence. I hope to return here and let others
know about him and the other living treasures.
Sincerely yours, Carole M.P. Neves, the Smithsonian
Institution. May 3, 2009.

Director, Office of Policy and Analysis

Carole M.P
Neves

뻔 마음으로 정성껏 대접했기 때문일까? 그는 떠나면서 내 손을 잡고 꼭 다시 방문하겠다는 말로 아쉬움을 남겼다. 그렇게 그가 방문하고 하루가 지난 뒤에 가이드로부터 편지 한 통을 전해 받았다. 나이지리아 장관이 숙소에서 출국하기 전에 보낸 편지였다. "나의 작은 기부를 받아달라"는 내용의 글과 함께 100달러를 동봉해온 것이다.

어떤 분들은 계절이 바뀔 때마다 생각하는 정원을 찾아오기도 했다. "보면 또 오고 싶다"고 말하던 주한 교황청 대사는 네 차례나 방문했고, 주한 프랑스 대사 장 폴 레오 부부도 네 차례나 정원을 찾았다. 독일과 미국에서 세 번 방문했다는 사람, 네 번 방문했다는 사람들도 만났다. 얼마 전에는 나를 만나고 싶어 하는 외국인이 있다고 직원이 불러 일하다 말고 가보니 우리나라 사람과 결혼한 독일인이었다. 그는 나를 반기면서 우리 정원을 10여 차례 방문했다고 했다. 나는 그 말을 듣고 놀라지 않을 수 없었다.

미국 스미소니언 박물관 정책분석관 캐럴 니브스.
"이 정원은 제가 많은 곳을 돌아다녀보았지만, 이때까지 방문해본 곳 중에서 가장 아름답고, 조용하며, 평화롭고, 고귀한 정신이 깃든 정원입니다. 자연으로부터 인간이 배울 수 있는 삶에 대한 가치 있는 교훈들, 즉 내면의 성숙, 생명에 대한 소중함 등을 저희들과 함께 나누도록 해주신 원장님은 그의 헌신적 삶을 볼 때 진정 훌륭한 분이십니다. 그와 함께 대화를 나눌 수 있어서 영광으로 생각하며, 다시 이곳을 방문하기를 바랍니다. 다른 분들도 이곳에서 원장님과 여기 다른 살아 있는 보물들에 대해 알기를 바랍니다."

독일 헌보청의 하소 폰 삼손은 우리 정원을 방문한 후 다음과 같은 메시지를 남겼다.

"나는 당신의 아름다운 정원을 보고 절대적으로 열광했습니다. 그것이 제주도로의 여행을 가치 있게 만들었습니다. 전 세계에 이런 경이로운 작품을 제공해주신 선생님께 감사드립니다"

"I was absolutely enthusiastic about your beautiful park. It really makes a trip to Je-ju worthwhile. Thank you for having given this marvel to the world."
-Hasso von Samson, Germany

그런 분들을 만날 때마다 그들이 기뻐하는 모습을 보면서 나는 힘이 나고, 늘 하늘에 감사한다. 이렇게 직원들과 밤낮으로 노력한 보람이 있구나 싶다.

미국 기자협회와 스위스 분재인들의 방문

2003년 10월 9일, 그날도 이리 뛰고 저리 뛰며 바쁘게 일하고 있다가 오후 1시가 넘어서야 점심을 먹으러 식당에 들어섰다. 식당에는 체격이 건장한 서양인 대여섯 명이 식사를 하고 있었다. 나는 평소와 다름없이 한쪽에서 조용히 식사를 하고 있었는데 직원 한 명이 오더니 그 외국인들이 관람 후 나를 만나볼 수 있는지 물어왔다고 하는 것이다. 알았다고 하고는 식사를 마친 후 밖으로 나가 돌담 쌓는 작업을 계속하고 있는데 또 다른 전화 연락을 받았다. 미국 기자협회장 일행이 우리 정원을 방문한다는 것이었다.

세계 각국에서 기자나 여행사 임원, 관광 관련 단체장 등의 방문이 이어질 때마다 나는 하던 일을 멈추고 그들의 호기심 어린 질문에 자세히 설명해주고자 노력한다. 우리 정원을 세계에 알리는 절호의 기회이기 때문이다. 그러니 그들의 방문이 누구보다도 반가울 수밖에 없었다.

오후 3시경, 기자 일행이 도착해 환영 인사를 나누고 관람에 들어갔다. 가이드와 한국 기자협회 직원이 1시간밖에 여유가 없다며 재촉을 해왔다. 그러나 그들은 "뷰티풀!", "뷰티풀!" 하고 탄성을 자아내며 움직일 줄을 몰랐다. 3분의 1도 채 보지 않아 1시간이 다 흘렀다. 빨리 움직이자고 재촉을 해왔지만, 여기저기서 질문이 쏟아지니 시간은 계속 지연되었다. 그러자 일행 중 하나가 다음 일정을 연기하자는 제안을 했다. 박수가 일제히 터져나왔고, 결정이 내려지자 사람들은 각자 흩어져 나무를 감상하고 사진을 찍고 질문을 이어갔다. 가이드의 말에 따르면 모두들 피곤하다며 호텔에서 쉬고 싶다고 본원 방문을 꺼려 했으나 가서 보면 그런대로 재미있을 것이라고 하여 방문했다는 것이다.

그들이 이토록 기뻐하는 모습은 내게 큰 활력소가 될 수밖에 없다. 세

계인의 관심과 평가로부터 큰 힘을 얻어온 나였기에 이러한 반응에 특별히 관심이 클 수밖에 없다. 그들의 수준 높은 평가는 내가 밤낮으로 일할 수 있게 하는 원동력이 되고 있다.

1시간 30여 분의 관람을 마친 후 나는 그들과 1시간가량 차를 마시며 질문에 소상히 답을 해주었다. 그들은 "세계 유일이다", "참으로 감동적이었다"라며 열심히 취재를 했다. 밖이 어둑어둑해질 무렵 기념사진 촬영을 끝으로 그들을 떠나보내고 나니 서양인 대여섯 명이 아까 점심 시간부터 나를 만나려고 기다리고 있었다.

우리 정원을 방문한 미국 언론인들

"아……미안합니다!"

나는 이렇게 말하며 다가갔다. 명함을 주고받고 보니 그들은 스위스에서 분재를 하는 사람들이었다. 나는 큰 기쁨으로 환대를 했다.

"너무 오래도록 기다리셨습니다. 벌써 어두워지고 있는데요."

"아니, 괜찮습니다."

우리는 오랜 친구와도 같이 반가운 해우를 했다. 비록 나라는 다르고 대화는 통하지 않아도 같은 작품 세계를 갖고 있는 사람들이라 충분히 대화가 통한 것이다. 마침 통역이 한국 여성이었다. 그녀는 간호사로 독일에 건너가 스위스 사람과 국제결혼을 했는데, 그녀의 남편은 취리히 공항 식물검역관이자 분재가盆栽家이기도 했다. 그들 일행은 본원을 몇 번이고 돌아보며 쉴 새 없이 감탄한 모양이었다.

"우리는 기가 완전히 죽었어요! 정말로 환상적이에요!"

정양채 씨는 그들의 말을 통역하며 기뻐했다.

또 스위스 나무를 산채해서 기념으로 보내주겠다는 둥 스위스를 꼭 한번 방문해달라는 둥 우리 모두는 마치 만난 지 오래된 지인이라도 된 것 같았다. 그렇게 우리는 늦은 시간까지 기쁨의 대화를 나누었다.

사실 나는 스위스 ITIS 관광대 총장에게 2003년 10월 9일 초청을 받고도 아직 떠나지 못하고 있는 상태였다. 본원을 둘러본 ITIS 총장은 세계를 손에 넣고 관광학을 가르쳐왔으나 이곳을 돌아보고는 기가 막혀 할 말이 없다며 감탄을 하고 간 적이 있다. 그와 동행한 심주종 교수도 방

나는 우리 직원들과 가족들에게 "하루 관람객이 1,000명, 2,000명이 방문하는 것도 중요하지만 그보다 세계 최고 전문가들로부터 어떠한 평가를 받느냐가 더 중요한 일이다."라고 늘 말해왔다. 이제 세계의 전문가들이 우리 정원을 "세계에서 가장 아름다운 정원"이라고 평가한다. 하지만 여기에 만족하지 않고 더 분발해 지속적으로 발전 시켜가는 것이 나의 책무라고 생각한다.

명록에다 "나는 19년간 예술학을 공부한 사람으로서 부끄럽기 그지없다. 몸둘 바를 모르겠다"며 본원을 격찬했다.

작금에는 하루가 다르게 국내는 물론 세계 각국에서 방문해 탄성과 격려의 말을 남기고 가니 나로서는 더욱 무거운 책임감을 통감하고 큰 힘을 얻게 된다. 국내외에서 방문하는 분들이 더 큰 기쁨을 갖고 돌아갈 수 있도록 최선을 다하자고 직원들과 다짐해본다.

감동이 있는 관광

세상에 많은 생각과 집념, 노력 그리고 희생 없이 얻어지는 것은 아무것도 없다. 그러나 사람들은 쉬운 방법으로 더 많은 이익을 얻으려고만 한다. 결과는 노력한 만큼도 제대로 돌아오지 않는 것이 대부분인데 말이다. 바로 여기서 불합리한 사회현상과 자신의 삶에 괴리가 발생하게 되는 것 같다. 지나친 과욕이 자신의 삶에 문제를 빚어내는 것은 아닐까.

나무를 사랑하다 보면 마음의 평안을 찾을 수 있을 뿐만 아니라 순리대로 세상을 살아가는 진리를 깨닫게 된다. 세상에 태어나서 나무 한 그루, 풀 한 포기 제대로 키워보지 않고서 어떻게 아름다운 행복을 누릴 수 있으랴 싶다.

나는 세계 각국에서 우리 정원을 방문하는 사람들을 맞으며 그들이

이 정원만 보러 오는 게 아니고 한국과 한국인을 대표하는 사람을 만나고 싶어 그 멀리서 찾아온다고 생각해보라고 직원들에게 말하곤 한다. 우리 직원들 한 사람 한 사람이 다 한국의 대표이고 문화대사이고, 민간 외교관이라는 자부심과 긍지를 갖고 찾아오는 이들에게 정성을 다 하라고 한다. 그렇게 높은 사명감을 갖고 신나게 일하면 보람도 얻고, 국위 선양에도 큰 도움이 될 것이라고 말한다.

우리는 이 세상에 잠시 왔다가 가며, 그 동안에 살기 위해서 일하는 것으로 생각한다. 하지만 그 일이 자신과 국가의 미래에 얼마나 큰 보탬이 되는 일인가를 한 번 더 깊이 생각해보아야 할 것이다.

희생 없는 삶은 무미건조하지 않은가. 사람은 어렵게 사는 방법과 쉽게 사는 방법 중에 어떤 길을 선택하느냐에 따라 자신의 운명도 결정될 것이다. 보람 있는 삶이 자신과 사회와 국가에 어떠한 영향을 미치게 되는지 한번 곰곰이 생각해볼 일이다. 나는 돌 하나하나를 다듬어 쌓아 올릴 때 이렇게 보고 저렇게도 보면서 '참으로 아름답다. 그 누가 보아도 똑같이 아름답게 보일까? 다른 사람들의 눈에는 이게 돌로 보일까? 담으로 보일까? 땅으로는 안 보일까? 또는 보석으로 보이지는 않을까?' 하고 많은 생각을 해본다. 한 가지 일을 시작하기 전에 백 번, 천 번씩 머리에서 그려보다가 확신이 들면 실천에 옮긴다. 시작한 후에는 헐고 다시 쌓을 수도 없을 뿐만 아니라 영원히 존재할 수도 있다는 말이다. 그

배롱나무

렇게 쌓은 담이 시행착오가 되면 많은 시간과 노력이 낭비되는 것은 물론이요, 맥도 풀리기 때문이다. 한번 갔던 길을 왔다가 돌아서 다시 가야 하니 좀 따분하지 않겠는가? 이렇게 정성을 들인 담은 오래가지만 대강대강 쌓은 담은 쉽게 허물어진다.

나는 이 담들을 쌓기 위해 지금까지 얼마나 많은 세월과 고뇌가 함께 쌓여왔는지 헤아릴 수가 없다.

세계 각국에서 한국을 찾는 여행사 임원들과 기자들은 한국의 역사와 문화, 예술, 혼이 들어간, 한국에서만 볼 수 있는 세계적 작품을 찾는데 그것이 없다고 말한다. 나는 관광학을 공부한 사람도 아니고 건축학, 식물학, 토목학, 조경학도 공부하지 않았다. 다만 나무와 흙이 좋아 나무를 가꾸면서 관광업을 하게 된 농부이다. 하지만 개원 후 세계인들을 수없이 맞으며 관광에 대해 여러 가지 생각을 하게 되었다.

흔히 21세기를 정보와 문화 산업의 시대라고 부른다. 문화 산업을 논하면서 관광 산업을 빼놓고 말하기는 어렵다. 사람들이 낯선 곳에 찾아와 얻고자 하는 것은 무엇일까? 거기에는 여러 가지 답이 있을 수 있지만 내 경험에 비추어볼 때 나는 그것을 '감동感動'이라고 생각한다. 그것이 새로운 세계를 접하고 견문을 넓히는 관광이 됐든, 심신을 재충전하는 여유로운 관광이 됐든 감동이 없다면 관광은 그저 덤덤하고 일회적이며 피로의 연속에 지나지 않고, 다시 찾아올 이유도 없어진다. 다시 말하자면 감동이 있을 때 '의미'가 생기고, 지속적인 관계가 유지된다.

　나는 태국, 말레이시아, 중국, 필리핀 등의 동남아 관광객을 안내하는 가이드들을 자주 만날 기회가 있어서 동남아 관광객들의 국내 관광지 반응도와 인기도를 물어보았다. 요즈음 들어 정책적으로 동남아 관광객 유치가 한창 진행되고 있기 때문이었다. 관광 가이드들의 대답을 종합해보면 제주도와 설악산, 서울의 명동과 동대문·남대문 시장 등이 인기가 있다고 한다. 그중에 제일 선호하는 곳으로 제주도를 꼽았다. 제주도에서 관광업을 하고 있는 나로서는 반가운 일이 아닐 수 없다.

　그러나 외국인 관광객들의 선호도가 높은 제주도의 관광 개발에 많은 문제점이 대두되고 있다. 장기적으로 우리 것을 찾아 창조해내야 하는데 그렇게 모방에만 집중하고 있으니 경쟁 약화는 물론이고, 이미지 실추로 인해 방문객들의 발길을 되돌리는 과오로 이어지게 되지는 않을까 걱정스러운 일이 아닐 수 없다.

　단순히 '사람 끌어모으기' 식의 관광으로는 장래성이 없다. 동남아 관광객도 중요하지만 미주 지역이나 유럽 등 고급 소비자층도 겨냥해 장기적으로 질 좋은 상품, 한국의 역사성과 혼이 들어 있는 우리 것을 만들어내지 않으면 언젠가는 관광객들로부터 멀어지지 않을까 싶다.

　세계인들은 이제 세계를 한눈에 놓고 제일 좋은 곳만 찾아간다. 동남아 관광객이라고 해서 다르지 않다. 자고 나면 하루가 다르게 사람들의 생각과 눈높이가 변하고 있다. 그렇다면 세계인이 찾아올 수 있는, 이를테면 감동이 있는 관광, 감동을 주는 관광시설을 만들어나가야 한다.

제주도는 자생식물의 보고라고 불릴 만큼 자연과 식물이라는 천혜의 관광자원을 가지고 있으므로 그 같은 자연의 혜택을 바탕으로 품격 있는 고급 관광시설을 만들어가야 한다. 이미 다른 나라에서 개발해낸 작품을 비슷하게 모방해 나열해놓고 관광객이 찾아오기를 기다려서는 안 된다. 초기에 내국인에게 반짝 인기를 끌 수는 있겠지만 장기적으로는 예고된 실패작이기 때문이다. 쉽게 급조하거나 모방해서 만든 작품으로는 예술적 가치나 문화적 의미를 창출해낼 수 없고, 당연히 독특한 매력도 없기 때문에 시한부 관광이 된다. 그러니까 장기적 계획을 가지고 세계적 작품을 만들어가야 하는 것이다. 국가의 미래를 내다보는 백년대계의 예술혼을 불어넣는 관광 개발이 없이 관광 입국의 미래는 한낱 꿈일 뿐이다.

독특한 것, 우리만의 것, 우리나라에서만 볼 수 있는 것을 만들어내야 한다. 세계적 명성 없이 세계인들을 찾아오게 할 수는 없을 것이다. 나는 세계 여러 곳을 다녀보지는 못했지만 제주도보다 더 좋은 조건을 갖춘 곳은 그리 흔치 않다. 제주도는 휴양 관광지로서 최상의 조건을 갖추고 있다. 이제 중요한 것은 어떻게 구상하고 만들어내는가이다.

관광시설은 처음부터 아이템과 능력, 하고자 하는 사람의 인품을 사전에 엄격하게 심사한 뒤 허가해야 할 뿐 아니라, 허가한 후에는 양자가 책임감을 갖고 집중적으로 관리해 시간이 지날수록 지속적으로 발전시켜나가야 하며, 세월의 흐름에 명성이 빛바래지 않고 그 역사성이 더욱 빛을 발하도록 지속적인 발전과 홍보에 주력해야만 유명 관광지가 될 수 있을 것이다. 혼이 없는 모방 작품인 시설만 양산해놓고 방문하는 손님들의 숫자만 세고 있는 관광으로는 미래가 없다고 생각한다.

나는 세계 각계각층의 관광 전문가들을 수없이 만나 대화를 나누면서 많은 것을 듣고 배운다. 이제 우리 정원은 장기적 발전과 홍보를 어떻게 적중시켜나가느냐가 관건이며, 우수한 인적 자원을 양성해 장기적으로 배치하는 문제가 성공의 열쇠가 될 것이다. 관광의 맥을 제대로 짚고 접점을 찾아간다면 어렵고 힘든 일만은 아니라고 생각한다. 사람은 누구나 새로운 곳에서 아름다운 환경을 보고 신선한 감동을 받으면 주위 사람들에게 전하는 것이 인지상정이다. 나는 중국에 초청을 받아 자주 가는 편이다. 나 같은 농부가 많은 고위층의 지극한 환대를 받을 때면 내가 살아온 삶을 다시 한 번 돌아보게 된다. 나는 그들의 지적인 수준과 인격을 높게 평가하며 존경한다.

우리 생각하는 정원은 수많은 세계인으로부터 지구 상에서 가장 아름다우며, 하나밖에 없는 독특한 곳이라는 격찬을 받고 있다. 지금도 세계 각국에서 방문하는 사람들은 그동안 우리 정원에 대한 많은 이야

기를 들었다고 한다. 수차례의 재방문도 주저하지 않고 있다. 세계는 넓은 것 같지만 그렇지도 않다. 사람들은 하나가 좋으면 다른 것도 다 좋게 보게 마련이다.

최근에는 독일에서 우리 정원을 방문한 다섯 명의 관광객이 있었다. 그들이 관람 후 나를 만나 하는 얘기가 "우리는 한국에서 이곳 '생각

아름다운 것을 싫어하는 사람은 없다. 나는 세상 사람들에게 우리 정원을 방문해 아름다운 나무만 보고 예쁘다고 하지 말고 옆에 있는 글을 읽으며 저 나무가 저렇게 아름다워지기까지 어떠한 과정을 거쳐서 지금에 이르렀는가를 한 번쯤 생각해보라고 말하고 싶다.

하는 정원Spirited Garden' 하나만 보고 바로 인천공항으로 가서 캐나다의 부차드 가든을 보기 위해 떠날 것입니다."라고 말해 한바탕 웃은 적이 있다.

세계적 작품을 만든다는 것은 쉬운 일이 아니며, 간단히 생각할 문제는 더더욱 아니라고 생각한다. 그렇지만 먼 미래를 내다보는 긴 안목을 가지고 꾸준히 혼신을 다해 오랜 세월 공을 들일 필요가 있다. 30년, 50년, 100년 앞을 내다보고 생각하며 혼을 불어넣지 않는다면 세계인에게 감동을 줄 수 없을 것이다. 그리고 그에 걸맞은 정부 차원의 홍보도 꾸준히 따라주어야 할 것이다. 나는 자만하지 않고 현실을 직시하며 다가오는 미래를 위해 한 걸음 한 걸음 나아가고, 생각하는 정원을 세계에서 가장 아름다운 명소로 만들어 100만, 200만 세계인이 찾아올 수 있도록 혼신을 다할 것이다.

늦었지만 아쉬운 것은 제대로 된 허브 공항 계획이 하루속히 나와주었으면 하는 마음이 간절할 뿐이다. 아무리 대규모 개발을 해도 인적 자원이 활발하게 움직이지 못하고 병목현상이 일어난다면 백약이 무효일 수밖에 없지 않은가.

스페인에서 온 패트릭 디아즈 씨는 2일 동안 우리 정원에 머물렀고, 또 어떤 프랑스 젊은이는 3일간 우리 정원에 있으면서 우리 직원들에게 유럽 사람들이 가장 선호하는 정원이 될 것이라고 말했다. 그는 또 제주도와 유럽 간에 직항로만 있다면 이 생각하는 정원 하나만으로 유럽에서만 연간 1,000~2,000만 명을 오게 할 수 있다는 말을 남기고 갔다. 디아즈 씨는 세계 식물원 중 유네스코에 등록된 식물원이 중국·이탈리아·영국·독일 4개국에 있는데, 자신이 보기에는 이곳 생각하는 정원이 가장 아름답다며 하루빨리 유네스코에 등록되기를 바란다는 말을 남기고 갔다. 이것은 허브 공항이 얼마나 필요한가를 말해주는 단면이 아닌가 싶다.

생명의
소리들

생각하는 정원에 둥지를 튼 새들

우리 정원에 자리 잡은 식당 '유연'의 테라스 처마 밑에 집을 짓고 사는
제비들이 한둘이 아니다. 제비집이 하나 둘 셋 넷, 여기서 보이는 것만
그렇다. 정원에 부쩍 새가 많아진 탓에 새똥을 치우는 일도 이제 정원
일의 하나가 되었건만 싫은 내색을 하는 직원이 없다. 새 얘기를 하자면
끝이 없다.

　뜨거운 여름이면 유연 옆 연못으로 쏟아지는 폭포는 목욕하는 새들
로 장관을 이룬다. 폭포 등성이 뒷동산에서는 새소리가 쏟아진다. 방문
객의 손길이 타지 않는 곳이니 마음껏 둥지를 트는 까닭이다. 울긋불긋

한 것, 검거나 흰 것, 큰 것, 작은 것 할 것 없이 많은 새가 그곳을 저희들의 놀이터처럼 들락거린다. 동박새, 비취, 직박구리, 제비, 까치, 산비둘기 등등 눈에 잘 띄는 새만 해도 이 정도다.

일을 하다 문득 돌아보면 종종종 옆 걸음을 치며 달아나는 멧새도 있다. 무섬도 타지 않는다. 가을이면 화분의 배나무 가지에 앉아 보란 듯이 열매를 쪼는 놈도 있다. 간혹 불상사가 일어나기도 한다. 휴게실 유리창을 그대로 박고 떨어지는 놈들이 있다. 그러나 겨울에는 잠잠한 편이다. 겨울에도 열매를 달고 있는 피라칸사스, 먼나무 같은 나무들을 찾는 것이다.

몇 해 전에는 해송 화분에 새가 집을 짓기도 했다. 가지 깊숙이 집을 지은 탓에 유심히 들여다보지 않으면 보이지 않았다. 아무튼 녀석이 그곳에 집을 지은 이유가 알을 품어 새끼를 보고자 함이었나 보다. 어느 날 보니 조그만 새알이 몇 개 보였다. 그때가 마침 소나무 순자르기를 할 시기였는데, 녀석이 화분의 나뭇가지에 집을 지었으니 그해는 별 수 없이 순자르기를 하지 않고 넘겨야 했다.

순자르기란 6~7월경 소나무의 새순이 굳어진 가지를 잘라주면서 묵은 잎을 섞어 뽑아주는 것을 말한다. 순을 뽑은 옆자리에서 다시 새순이 돋아나도록 하기 위함이다. 그러면 다시 나온 새순은 겨울이 되기 전에 보기 좋게 적당히 자란다. 그렇게 잎이 짧고 예쁘게 정돈되었을 때 전시회에 출품하는 것이 보통이다. 해마다 순자르기를 하는 것은 아니다.

나무가 있는 곳엔 생명이 깃든다. 생각하는 정원에도 나무와 더불어 새들이 둥지를 틀고, 연못에는 비단잉어들이 살고 있다. 여름이면 맹꽁이, 매미 소리가 들리고 가을에는 귀뚜라미 소리가 정겹다.

건강 상태를 보면서 때론 해를 거르기도 한다. 짧고 예쁘게 정돈된 잎을 가진 소나무를 보았다면 올해 순자르기를 했다고 생각해도 된다.

늘 방문객이 앞에 있는 분재인데, 녀석은 겁도 없이 하필 화분 나무의 가지를 택해 그 속에 집을 지었는지 모르겠다. 그런데 그만 불상사가 생겼다. 뻐꾸기란 놈이 슬쩍 제 알을 그곳에 낳아놓은 것이다. 그 새는 제가 낳은 알이 아니란 것을 아는지 모르는지 뻐꾸기알을 품어 뻐꾸기 새끼를 보았다. 제일 먼저 태어난 뻐꾸기 새끼가 둥지 속의 다른 작은 새끼들을 새집 밖으로 밀어서 떨어뜨렸다. 결국 녀석은 제가 낳은 알을 품어 제 새끼를 보지 못하고 커다란 뻐꾸기 새끼를 길러낸 것이다.

가을이면 우리 정원의 한구석에는 금귤, 유자나무, 하귤 같은 유실수들을 모아 심어둔 곳에 있는 감나무에 새들이 꼬인다. 똑같은 감나무라도 유독 새들에게 맛있는 감이 열리는 나무가 있는 모양이다. 그곳은 방문객들이 잘 찾지 않는 곳이니 그 홍시를 두고 새들과 다투는 경쟁자는 직원들밖에 없다. 새들은 행여 제 먹이에 손을 댈까 싶어 직원들이 감나무 밑에서 미심쩍은 행동이라도 할라치면 가지에 앉아 있던 놈들이 요란하게 지저귄다고 한다. 쫓아내려는 것이다. 그러니 직원들과 새들의 팽팽한 신경전이 펼쳐진다고 할 수밖에.

또 가을이면 배나무 화분에 앉아 배를 쪼아 먹고 있는 새들을 심심찮게 볼 수 있다. 열매가 성숙해 새가 한번 맛을 들이면 사람이 지키고 서 있지 않는 한 어느새 야금야금 다 파먹고 만다. 몇 놈이 근처 나뭇가지에 앉아 있다가 사람이 지나가면 들락날락하며 머지않아 다 먹어버린다.

왕보리수나무 열매, 으름나무 열매 등이 익어가면 새는 어느새 감별사 노릇에 열중한다. 열매는 화분에서 달리게 하기도 쉽지 않고 오랫동안 달려 있어야 손님들도 볼 수 있는데 익기가 무섭게 새들이 먹어버리는 것이다.

그러나 그런 새들이 나무의 건강에는 도움이 된다. 열매를 오래 달고 있으려면 나무가 그만큼 에너지를 소모하기 때문이다. 재미있는 일이 아닐 수 없다.

나는
행복한
꿈동이

제 주 도 와   함 께

제주도는 어느 지방보다 기후가 따뜻하고 습도가 적당하다. 돌이 많아
도 화산토라 나무가 잘 자란다. 그러니 분재를 비롯해 식물이 자라는 데
가장 적합한 환경이라 해도 과언이 아니다. 아열대식물에서 고산식물
까지 다종다기한 수종의 나무가 자라고 있는 것이다. 특히 한라산은 고
도에 따라 기온의 편차가 심하기 때문에 난대림에서 한대림에 이르는
다양한 수종의 분포를 자랑한다.

한라산 자락에는 지금 현재 '한라수목원'이 자리해 있다. 한라수목원
이 조성되기 전, 그러니까 1970~1980년대는 한라산에서 나무를 몰래

캐가는 도채꾼들로 인해 훼손이 극심하던 때가 있었다. 나무에 대한 욕심이 많은 내가 보기에도 한라산에는 도채꾼들이 탐을 낼 만큼 훌륭한 나무가 많다. 그런데 그러한 나무들이 도채꾼에 의해 육지로, 해외로 내보내지는 것을 알게 되자 몹시 안타까운 마음이 들었다.

당시 북제주군의 현치방 군수를 만나 이와 같은 대화를 나누다가 나는 이러한 제안을 한 적이 있다.

———

어릴 때부터 나무가 좋아 나무를 기르며 평생 살고 싶다는 꿈 하나로 오늘에 이르렀다. 작은 농장을 꿈꾸던 내 마음이 황무지이던 땅을 푸른 정원으로 바꾸었다. 아직 못다 이룬 꿈이 있으니 나는 이 평화의 정원에서 앞으로도 더없이 행복하게 일할 수 있을 것이다.

지금까지 그래왔듯이 꾸준히 공사를 할 것이다. 단기적으로는 현재 진행하고 있는 돌담 공사가 마무리되면 기초만 다져놓은 상태인 서문 공사, 즉 분재 전시대를 만드는 공사에 들어가고, 동문도 증축할 계획이다. 장기적으로는 생각하는 정원을 찾는 모든 사람이 정원을 즐기고, 배울 수 있는 공간을 마련할 계획도 갖고 있다.

"식물의 보고인 제주도에 수목원 하나 없어서 되겠습니까? 수목원에서 많은 나무를 재배해 나무를 가꾸고 싶은 사람들에게 공급해주면 도채꾼도 사라질 것이고, 아름다운 수목원이 있으면 관광에도 많은 도움이 될 것입니다."

나는 또 도로 확장 공사가 한창이던 그 시절, 도로가의 큰 나무들을 마구 베는 것이 안타까웠다. 그래서 이와 같은 의견도 덧붙였다.

"도로 공사를 할 때 도로가의 큰 나무들을 마구 베지 말아야 합니다. 그 나무를 보호하면 그 또한 관광자원이 될 것입니다. 그러니 큰 나무는 보호수로 지정해 잘 가꾸어야 합니다."

현치방 군수는 내 말에 깊이 공감했고, 그 후 관계 기관 내부에서 개발에 앞서 큰 나무들을 보호수로 지정하고, 수목원의 필요성도 대두되어 지금의 한라 수목원이 탄생하게 된 것이다. 그 후 현치방 군수로부터 일이 이루어진 경위를 자세히 전해 듣게 되었다. 그런데 한라수목원의 홍창보 초대원장이 나를 찾아와 "큰일입니다. 수목원의 땅이 너무 협소하고 단단해 나무를 심으려고 파놓은 구덩이에 비가 오면 물이 고여 빠지지 않아 나무를 심을 수가 없으니 말입니다"라며 내게 의견을 구하는 것이었다. 그 말에 나는 "문제없습니다. 그 구덩이에 제주도 작지(자갈)를 많이 넣고 흙을 수북하게 높여 나무를 심으면 아무 문제가 없을 것입니다. 그리고 지금은 면적이 협소하지만 우선 시작하고 추후에 조금씩 확장해나가면 될 것입니다"라고 답변하니 기뻐하며 돌아갔다.

그러나 현재의 한라수목원은 장소가 협소하다. 한라산에 서식하는 다양한 수종을 보유하는 데에는 한계가 있다. 내 생각으로는 한라산 200~500m 고지 사이에 적당한 입지를 선택해 장기적으로 세계적 규모의 국립식물원을 만들어 한라산에 서식하고 있는 수종을 비롯한 우리나라 식물을 제대로 보유한다면 말 그대로 '한국국립식물원'이 되지 않을까 싶다. 그렇게만 된다면 얼마나 좋을까. 물론 단기간 내에는 불가능한 일이겠지만 대대손손 지켜갈 '한국의 명승지'를 만들겠다는 생각이라면 50~100년이 걸려도 한번 해볼 만한 일이 아닌가 싶다.

생각하는 정원의 꿈

제주도의 자연환경은 '신의 축복'이라고 해도 손색이 없다. 이와 같은 천혜의 환경은 한국 관광의 미래를 이끌 '황금의 땅'으로서 무한한 가능성을 지니고 있다. 그러니 단기간의 투자와 개발도 필요하겠지만 100년, 200년 앞을 내다보고 장·단기적 계획을 수립해 가장 제주도적이고 한국적인 관광 상품을 개발해나가는 데 중점을 두어야 할 것이다.

제주도가 이처럼 앞으로 해결하고 모색해야 할 일이 많이 남아 있는 것처럼 우리 정원도 마찬가지이다. 내가 생각하고 있는 계획에 도달하려면 아직은 멀다. 미완성 상태에서 이루지 못한 문제들을 하나씩 하나씩 풀어가고 있다. 그런데도 세계 최고 전문가들이 "세계에서 가장 아름다운 정원"이라는 말을 많이 하고 있으니 송구할 뿐이다. 우리 정원을 찾는 분들은 단순히 분재만 보러 오는 것은 아닌 것 같다. 우리 정원의 전체적 구도와 조경, 나무 그리고 그 속에 담긴 철학과 만든 사람의 정신에 대해 더 높이 평가해주는 것을 보면 그 점을 느낄 수 있다. 손님들은 농부인 내가 평생을 바쳐 일군 우리 정원과 분재를 세계에서 하나밖에 없는 작품이라고 평가한다. 나로서는 아직도 많이 부족하다고 생각하기에 더욱 감사하면서도 막중한 책임감이 느껴진다. 세계인들이 한국에서만 보고 느낄 수 있는 세계적 관광자원 없이는 비전도 없을 뿐만 아니라, 관광 역조를 해결하는 것도 더더욱 어려운 일이라고 생각한다. 따라서 부족한 부분들을 지속적으로 메워나가야 할 것이다.

나는 지금까지 그래왔듯이 정원 공사를 꾸준히 해 돌담 높이는 공사도 어느 정도 마무리되어가고 있으며, 동문과 북문, 서문 공사도 이제 완료되었다. 장기적으로는 우리 정원을 찾는 모든 사람이 정원을 즐기고, 배울 수 있는 공간을 마련할 계획도 가지고 있다.

1999년 4월, 당시 클린턴 미국 대통령이 방한해 제주도 신라 호텔에서 정상회담을 한 적이 있다. 클린턴 대통령의 방한이 있기 전, 의전 행사를 담당한 분들이 우리 정원에 찾아왔었다. 미국 측에서 회담 장소를 공항에서 10분 거리 안에 있는 장소로 물색해줄 것을 요청해왔지만 적당한 장소를 찾지 못해 우리 정원까지 왔다며 우리 외교부 의전장과 미국 측 답사팀이 함께 찾아온 것이다.

그들은 우리 정원을 둘러본 후 "미리 알았더라면 이곳에 정자각 하나라도 마련했으면 좋았을 텐데……"라고 아쉬움을 표현했다. 분재 애호가로 알려진 클린턴 대통령이니 우리 생각하는 정원에 마땅한 장소, 정자각 하나라도 있었으면 우리 정원에서 정상회담을 해도 괜찮을 것 같다는 말이었다.

이러한 아쉬움을 남기고 간 의전장은 정상회담이 끝나고 20여 일 후 다시 우리 정원을 방문해 나와 많은 대화를 나누었다. 그리고 "언젠가 이곳에서 정상회담을 한다면 한국 문화를 세계에 알리는 좋은 계기가 될 것 같습니다"라며 다시 한 번 아쉬운 마음을 토로했다. 이처럼 우리 정원을 찾은 명사들은 "이곳에서 하루라도 묵어갈 수 있으면 좋겠다"고 아쉬움을 남기며 떠나곤 한다.

그럴 때마다 죄송한 마음이 앞서고, 잠시나마 쉬어 갈 수 있는 공간을 만들어야겠다는 생각도 하게 된다. 다행히 지금은 작은 영빈관을 마련해 귀빈들에게 차와 식사를 접대할 수 있게 되어 고맙게 생각하지만, 더 갖추려면 시간이 필요할 것 같다.

우리 정원을 앞으로 계속 발전시켜 방문한 분들이 남기고 간 사진이며 휘호, 선물, 추후에 보내주신 그림이나 서예 작품 등 그 귀한 작품들을 전시하기 위해 제대로 된 공간을 확보해야 할 과제도 안고 있다.

생각하는 정원을 찾은 분들이 차츰 분재와 나무에 대해 관심을 보이

나는 이 평화의 정원이 앞으로 방문할 국내외 젊은이들에게 새로운 삶의 활력소를 불어넣어주고, 새로운 삶의 전환점을 찾아주는 계기가 되기를 간절히 소망한다.

며 좀 더 알고자 하는데 지금은 체계적으로 그에 대한 정보를 줄 수가 없다. 현재 진행하고 있는 '나무와 함께하는 철학'이라는 나무 설명 프로그램은 맛보기에 불과한 것이니 방문객들이 갈증을 느낄 수밖에 없을 것이다.

앞으로의 계획을 직원들과 식구들에게 가끔 들려주었더니 '꿈동이'라는 별명을 얻었다. 지금처럼 우리 정원의 인지도가 하루가 다르게 세계로 확산되어간다면 그 꿈은 머지않아 현실로 이루어질 수 있다고 생각한다. 우리 정원은 이제 세계로 퍼져나가고 있다. 그렇다면 세계인들이 대거 찾아올 날이 그렇게 머지않았다고 본다.

황무지이던 이곳이 오늘날 세계인이 사랑하는 꿈의 정원으로 변했듯이 세월이 흐르면 그 또한 다 이룰 수 있으리라 믿는다. 모든 문제는 하늘에 맡기고 다만 천천히 준비하고 꾸준히 바꾸어가는 노력이 필요할 뿐이다.

우리가 세계를 손에 넣고 세계인을 유치하지 못한다면 꿈 없는 미래를 보는 것과 다를 게 없다. 준비하는 자만이 얻을 수 있다. 다행히 주변에 내 꿈을 이해해주고 세계 곳곳에서 성원해주시는 분들이 계속 늘어나고 있으니 나는 천군만마를 가진 셈이다.

분재예술가의 깊은 철학적 사고

판징이 范敬宜

초겨울 밤에 나는 전등불 아래에서 한국 친구 성범영 선생의 저서 《생각하는 정원》의 원고를 읽었다. 억제할 수 없는 정서 때문에 보던 페이지에 글 두 줄을 적어 넣었다.

'분재의 철학, 철학의 분재!', '한 분재 철학가의 깊은 사색!'

이 책을 진지하게 읽은 사람이라면 나의 이 글에 동감할 것이며, '분에 넘치는 표현'이 아니라는 것을 알게 될 것이다. 나와 성범영 선생이 서로 얼굴을 익히고 좋은 친구가 되기까지는 어쩌면 전기적 색채가 있다고 볼 수도 있겠다. 우리 사이의 이국적 우의는 세계, 인생, 일초일목에 대한 그의 철학적 사고에서 시작됐다. 이런 사고는 그의 굴곡적이고 눈물겨운 인생 경력과도 관계 있다.

우리는 1995년 10월에 한국 제주도에서 알게 됐다. 지금처럼 중국에 한류 바람을 몰아온 〈대장금大長今〉 같은 한국 드라마도 없었고, 나 역시 무서울 정도로 황량했다는 제주도의 개척사에 대해 아는 바가 전혀 없던 때이다.

나는 1960년대부터 이 불모지대에서 건평 33,000㎡ 규모의 '생각하는 정원'을 힘들게 일으킨 이야기를 그에게서 듣고는 그의 집요하고 완강한 개척 정신에 큰 충격을 받았다. 정원을 다 돌아보고 나서 나는 불쑥 이렇게 말했다. "당신은 분재에 대한 나의 관념을 개변시켰군요."

손수 자전거를 타고 나온 판정이 선생과 저자.

이 말에 성범영 선생은 무척 흥미를 느끼며 그 연유에 대해 물었다. 그것이 화두가 되어 우리는 다시 생각하는 정원의 조용한 찻집에서 1시간이나 이야기를 나누었다. 나는 분재에 대해 편견을 갖고 있었다. 이런 편견은 소년 시절 청나라 문학가 꿍띵안龔定庵의 글 〈병매관기病梅館記〉를 읽고 나서 형성된 것이다. 이 산문은 인격, 인성을 왜곡시키고 짓밟은 청 왕조의 죄악을 매화 분재로 상징해 비판한 글로 그 내용은 다음과 같다.

"바른 줄기는 자르고 옆 가지만 키우고, 풍성한 가지는 솎아버리고 병적인 가지만 키우며, 곧은 부분을 잘라 생명력을 억압하는 것으로 가치를 추구하고, 건강한 매화를 기형적이고 이상한 모습으로 만들었다."

우리 집에서 분재를 키우지 않은 것도 이와 같은 관념에서 비롯됐다. 쩌우언라이周恩來, 쭈더朱德 등 국가급 지도자들도 남들은 한번 가면 넋이 빠져버린다는 소주의 저명한 문학가 쩌우쇼우젠周瘦鵑의 분재원을 외면하고 방문하지 않았다고 한다.

나는 성범영 선생이 만든 '생각하는 정원'의 생명력으로 충만한 송백, 매화, 한국향나무 분재를 보고 그가 쓴 '분재의 아름다움 세 가지', '분재의 덕 열 가지', '분재를 통해 얻는 열 가지' 등 격언 체험을 읽고 나서야 분재에 대해 이처럼 긍정적인 해석도 있다는 점을 깨달았다. 경이롭고 감개무량한 나머지 세계에 이처럼 훌륭한 모습을 곡해당하는 사물도 있고 이처럼 심오한 도리를 담고 있는 사물도 있구나, 라는 생각을 하게 되었다. 나의 감상에 대해 성범영 선생은 빙그레 미소를 짓더니 나로서는 평생 잊을 수 없는 말을 했다.

"제가 하는 일은 나무를 괴롭히는 일이 아니라 교정하는 일입니다. 야성적인 화목들을 설계하고, 양성하고, 조화시켜 사람들이 감탄하는 예술품으로 만드는 일이 얼마나 의미 있는 일입니까? 저의 교육을 받고 게으른 '사람'이 부지런한 '사람'이 되고, 거친 '사람'이 섬세한 '사람'이 되고, 교오하고 자만하는 '사람'이 착실한 '사람'이 될 수 있다면 그 일에 왜 긍지를 느끼지 않겠습니까. 자식이 엄한 교육을 받아 훌륭한 사람으로 성장하기를 바라지 않는 아버지는 없을 것입니다. 제가 하는 일이 이와 같지 않습니까? 분재를 기르는 일이 나무를 괴롭히는 일이라면 그 나무는 죽었어야 합니다. 하지만 나무들은 죽지 않았을뿐더러 제한된 생활공간에서 생존해내고 더 훌륭히 살아가는 법을 터득해 우리가 수요하는 미적 경지에 도달했습니다. 이런 현상은 사회를 개혁하는 사람들에게 분재를 기르듯이 사회에 존재하는 바르지 못한 현상을 시정하고 제한해야 한다는 점을 일깨워주고 있습니다. 우리는 사회의 많은 일을 관리하고 시정해야 합니다. 우리 모두가 이런 사고방식을 가진다면 사회 발전에 크게 유조할 것입니다."

자칭 '농부'인 성범영 선생에게서 지혜와 시감이 넘치는 말을 듣고 나는 장알이 가득 박힌 그의 손을 꼭 잡고 말했다. "당신은 그야말로 철학가입니다. 어서 분재의 철학에 관한 저서를 쓰시기 바랍니다." 그는 겸손하게 대답했다. "철학이라고는 할 수 없겠습니다만, 매일 분재에 관한 생각들을 글로 정리하고 있는 중입니다."

귀국 후 나는 성범영 선생과 만난 일을 소재로 〈신병매관기新病梅館記〉를 써서 1995년 11월 17일자 〈인민일보〉에 발표했다. 어느새 10년이라는 세월이 흘렀다. 10년 동안 성범영 선생의 생각하는 정원은 세계적인 정원으로 발전했다. 각 나라 정계 요인과 관광객들이 한국에 가면 반드시 방문하는 곳이 되었고, 따라서 성범영이란 이름도 〈대장금〉과 함께 한국인의 굳센 정신의 상징이 되었다. 장쩌민, 후진타오 등 중국의 지도자들은 생각하는 정원을 참관하고 나서 성범영 선생이 반세기 동안 창조한 기적에 대해 높은 평가를 내렸다.

그런 성범영 선생이지만 여전히 소박하고 부지런한 점은 변함이 없다. 바쁜 사업의 와중에도 매일 시간을 내서 《생각하는 정원》을 집필했다. 중역본이 완고된 후 그는 바삐 베이징에 와 원고를 인민출판사에 넘겼다. 그는 진지한 표정으로 말했다. "인민출판사는 중국에서 가장 권위적인 출판사입니다. 이런 권위적인 출판사에서 출판해야만 중국에 대한 저의 깊은 감정이 표현될 것입니다." 지금 그의 심혈과 지혜로 이루어진 책이 독자의 앞에 놓여 있다. 내가 필묵을 낭비해가며 구구히 소개하고 찬양할 필요가 없다. 누구든 첫 페이지를 펼치기만 하면 그의 심각한 사고와 아름다운 문체에 깊이 끌려들 것이다. 나무를 생명처럼 의

지하며 나무와 아침저녁으로 '대화' 해 깨달음을 얻은 철학가의 내면 세계에 완전히 도취될 것이다. 그리고 그의 깨달음을 읽으면서 어떻게 인생을 마주하고 인생을 이해하며 인생을 개변시킬 것인지를 배우게 될 것이다.